S BLACK

CHARACTER

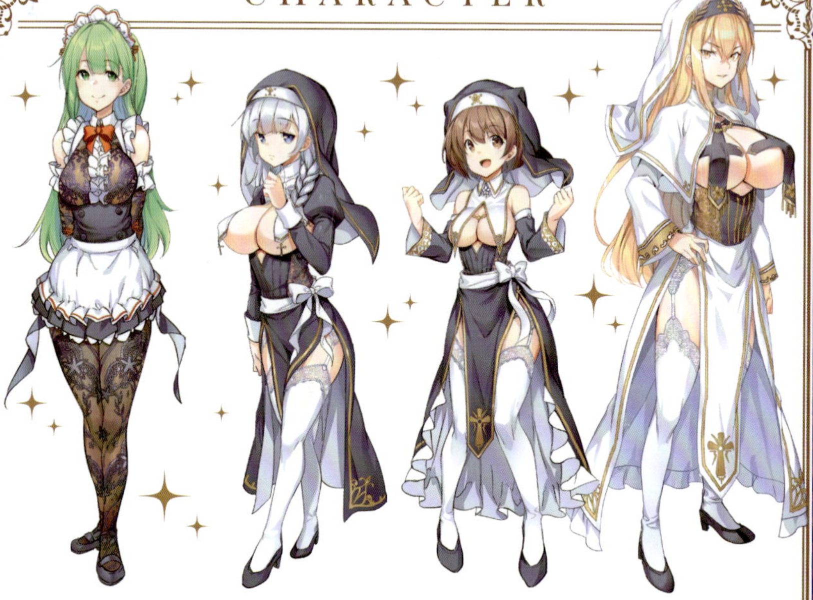

케이트

정도원에서 파견 근무 중인
궁전 메이드.
손길 섹스를 선망한다.

오비

재봉에 재능이 있는 원생.
매우 잘 느끼는
야한 몸을 가졌다.

루에타

아랴를 보좌하는 부원장.
성실하면서
순진하고 음란한 성녀!

아랴

'일 정도원' 원장.
엄격한 언행으로
욕정을 억제하는 성녀.

아리스트

이세계로 전생하여
귀족 자제가 된 청년.
여성을 상냥하게 대하는
인기남!

일제

음란한 바람을 품으면서
정도원과의 관계를 고민하는
위메의 영주.

미미&리오나

레스토랑 '레테아'의
제복도 마음도 음란한
미소녀 직원.

올리비아

상업 길드 길드장으로서
아리스트와 동행하는
구릿빛 피부의 여걸.

좌천된 곳은
여성도시 R
Resilience
~이번에는 성녀들과
후끈 달달 하렘~
저자/ 이치야 스미
일러스트/ 아지시오

CONTENTS

(제1장) 출장 간 곳은 정도원(正道院)!

여름의 태양이 중천에 떠오른 무렵, 마차가 천천히 멈추었다.

숲속에 마련된 계류소는 시원하고 아주 쾌적하다.

"아리스트 님. 도착했습니다."

마차 문을 열어 준 사람은 초록색 긴 머리가 무척 잘 어울리는 여성, 케이트 씨다.

연상의 미인 분위기를 풍기는 그녀는 궁전 메이드 중 한 사람이기도 하다.

"수고 많았어, 케이트. 하나도 안 흔들리더라. 역시 대단해."

올리비아와는 전부터 친분이 있는 듯하다. 마차에서 내리면서 말을 건넨다.

"후후. 칭찬해도 아무것도 안 나와."

케이트 씨가 보여 준 미소는 그야말로 청초함 그 자체였다.

눈가리개는 내 희망 사항으로 벗어 달라고 했다. 그래서 이렇게 케이트 씨의 얼굴을 제대로 볼 수 있는 것도 기쁘다.

그때, 케이트 씨가 돌연 표정을 진지하게 가다듬으며 내게 깊이 고개를 숙인다.

"아리스트 님, 다시 한번 잘 오셨습니다. 이곳에 머무시는 동안에는 제가, 에피를 대신하여 시중을 들겠습니다."

"저야말로 잘 부탁드립니다. 올리비아도 잘 부탁해."

나는 케이트 씨, 그리고 위메에서 함께 온 구릿빛 피부의 미녀에게도 가볍게 묵례했다.

"남자와 같이 출장을 가게 되는 날이 올 줄이야. 후후, 너랑 있으면 심심할 틈이 없네."

올리비아와 둘이 웃으며, 나는 이번 일의 경위를 떠올렸다.

"수도에서 명령이 내려왔다고요?"

궁전의 일실에서 그 얘기를 들은 건, 조금 전의 일이었다.

레테아의 경영이 자리를 잡기 시작한 시점에 말이다.

"'일 정도원(正道院)'에 시찰 목적으로 한 달 정도 체류하라는 명령입니다……."

일제 씨가 커다란 눈을 내리깔며 말한다.

"갑자기 왜요……?"

명목이야 그럴싸하지만, 단도직입적으로 말하자면 나는 수도에서 추방된 몸이다.

이제는 그냥 신경 안 쓰고 내버려 둘 줄 알았는데…….

"디브 백작이 훼방을 놓은 것으로 봐도 무방할 겁니다."

나의 의문에 답해준 건, 자리에 함께 있던 뉴트 씨였다.

"자기가 판 가게가 아리스트 님의 휘하에 인기를 끌게 되었죠. 그게 마음에 들지 않았던 모양입니다."

뉴트 씨와 나는 동시에 한숨을 내쉬었다.

(디브라면, 분명 '레테아'의 이전 주인인 귀족이었지.)

과체중 체형과는 다르게 그릇은 전혀 크지 않나 보다.

귀족 자제가 수도의 결정을 무시하는 건 중죄라서 나는 따를 수밖에 없는 듯하다.

"위메를 위해 힘써 주셨는데, 정말 죄송할 따름이에요……."

물론, 일제 씨가 사과할 일은 아니다.

"아닙니다! 제가 원해서 한 일인걸요! 그런데, 그 정도원은 어떤 곳인가요?"

내가 묻자, 유능한 집사인 뉴트 씨가 곧바로 설명해 주었다.

"정도원은 '림교'를 따르는 종교 시설이며, 원생이라고 불리는 여성들이 모여 사는 곳입니다."

이후 이어진 설명에 따르면, 현재로 치면 수도원과 비슷한 곳이라고 한다.

그리고 림교는 수많은 여성이 믿는 최대 종교라고.

"하지만 정도원은 폐쇄적이라, 내부 상황은 외부에 잘 알려지지 않았습니다. 정숙을 미덕으로 삼는 교리와는 반대로, 욕망을 억누르며 살아가는 여성도 많다고 합니다."

그런 배경 탓에 여성 도시보다도 더 꺼려서 남성이 먼저 찾아가는 일은 거의 없다고 한다.

그리고 그런 곳에 나를 던져 넣는다는 건…….

"희롱이나 당하고 오라는 의미겠지요. 한 달이면 충분하다고 판단했을 겁니다."

앞으로도 성가신 일이 생기면 또 거기로 보내겠다는 협박이기도 하다나.

"바, 방식이 참, 너무 그렇네요……."

다만, 지금의 일 정도원에서는 그런 일이 없을 거라고 뉴트 씨가 말했다.

남성에게 반항했다가 수도에서 쫓겨난 여성이, 정도원 원장이라는 것이 그 이유였다.

"상당한 남성 혐오자입니다. 백작 측은 그 감정을 이용하려는 심산인 듯합니다."

"오히려, 반대지요. '얼음 원장'은 그런 짓을 제일 싫어하거든요."

"얼음……요?"

"네, 통칭이랍니다."

완고하고 냉철한 인상으로, 정도원의 원장은 '얼음 원장'이라 불린단다.

"남성을 싫어하기 때문에, 외려 남성이 하는 행동은 하지 않으려는 사람이에요. 그런 점을 수도 사람들은 이해하지 못하고 있죠."

그 증거로 '원생과 동등하게 대우할 것'이라는 요지의 문서를 정도원에서 이미 보내 왔다고 한다.

"원장의 엄격한 성격은 믿을 수 있어요. 그렇지만, 그 탓에 위메와의 관계는 좋지 못하답니다."

엄격한 교리를 널리 퍼뜨리고자 하느라, 영민에게 기부를 강제하는 조례를 제정하도록 끈질기게 요구한단다.

"그 조례를 제정하지 않으면 영민의 성인식이나 장례 의식도

중단하겠대요."

그렇게 되면, 영지는 큰 혼란에 빠진다.

"그래서, 일제 씨는 조례를 만드실 건가요……?"

내 말에 가련한 영주님이 고개를 저었다.

"아뇨. 그런 조례를 내면, 정도원과 위메 영민들의 사이는 더는 회복이 불가능해질 거예요."

거스를 수 없는 명령, 골치 아픈 출장지.

(리오나 씨와 새 빵을 개발해 볼까 했는데…….)

좀처럼 뜻대로 되지 않는다.

그래도 일제 씨와 뉴트 씨는 나를 위해 대책을 마련한 듯하다.

"아리스트 님. 올리비아와 방을 같이 쓰는 거, 싫으실까요……?"

그리고 그 대책에는 아주 멋진 조건이 포함되어 있었다.

——그리하여 현재.

마침내 출장지에 도착하려 하고 있다.

"곧 일 정도원에 도착합니다."

그러나 나는 벌써 이곳에 온 목적을 잊어 가고 있었다.

(좋다……!)

앞서 걷는 케이트 씨의 메이드 복장이 굉장히 매력적이기 때문이다.

여느 때처럼 지나치게 짧은 치마가 흔들리며 검정 스타킹에 감싸인 엉덩이가 훤히 보인다.

(속옷이 흰색이라 레이스 무늬까지 선명하게 보여……!)

한동안 그 광경을 관찰하는데 갑자기 시야가 탁 트인다.

"!"

눈 앞에 펼쳐진 손질이 잘된 서양식 정원.

정원을 가로지르는 보도 끝에는 직립한 이등변삼각형을 연상케 하는 목조 건물이 조용히 자리하고 있었다.

아름다우면서도 외부와 단절된 듯한 신성한 분위기가 감돈다.

(이곳이…… 일 정도원.)

그때, 아무 소리도 없이 건물의 문이 열렸다.

"납셨네. 아리스트, 좀 거만하게 있어 봐."

열린 문에서 나타난 건 십여 명의 여성들── 원생들이었다.

모두 일제히 베일 같은 천으로 얼굴을 가렸다.

입고 있는 의상도 모두 동일하며, 색은 흑백으로 통일했다.

(이런 부분은 현대의 수녀님들과 비슷하네.)

튀지 않는 차림새에 잠시 안도한 것도 잠시──.

(잠깐, 어어어어어?!)

수녀와 비슷한 건, 색 배합뿐이었다.

(다, 다들, 가슴을 다 드러내고 있잖아?!)

일단 상반신……, 특히 가슴 부분이 엄청나다.

놀랍게도 목에서 내려오는 하얀 띠 두 줄로 유두만 가린 입이 떡 벌어지는 구조다.

당연히 탱탱한 옆 가슴은 다 내놓아, 여성들 개개인의 가슴 모양을 알 수밖에 없다……!

(치마 옆트임이 너무 깊지 않나……?!)

하반신도 충격적이었다.

언뜻 길고 폭이 좁은 치마로 보이지만, 양옆으로 들어간 슬릿이 깊게 파였다.

(가터벨트도 다 보이고, 끈팬티 매듭도 마음껏 볼 수 있어……!)

아아……. 역시 여기는 정말로 멋진 이세계였어!

전생시켜 주신 여신님, 진심으로 감사합니다.

저는 이 세계의 수도원도 좋아질 것 같아요!

"객들, 방문에 감사하네."

신께 감사 인사를 올리던 그때, 줄지어 서 있던 여성 중 한 사람이 한 발짝 앞으로 나왔다.

늠름하게 말한 그 여인만은 눈을 드러내고 입가를 투명한 베일로 가렸다.

(엄청난 미인……!)

반짝반짝 빛나 보이기까지 하는 금발에, 잡티 하나 없는 새하얀 피부.

풍만하고 부드러워 보이는데 유두를 가린 띠 양옆으로 전혀 처지지 않은 가슴.

너무도 완벽하게 빚어진 외모는, 성스럽기까지 하다.

그런 절세 미녀는 잠시 뜸을 들이더니 입을 뗐다.

"일 정도원(正道院)의 원장, 아랴다. 위메에서 온 사절 여러분, 방문을 환영하지."

그러나 아랴의 눈길은 누가 봐도 알 수 있을 만큼 싸늘했다.

"그리고, 아리스트 공."

나에게도 표정 하나 바뀌지 않는다.

"노리개로 농락당할까, 비인도적인 대우를 받을까 두려워할 필요는 없다. 우리는 그런 야만스러운 자들이 아니니."

그렇게, 당당하게 선언한다.

"남성임에도 마법을 쓸 수 없는 체질이나, 위메에서의 '활약'도 익히 들어 안다. 하나, 이곳은 정도원. 머무는 동안은 다른 원생들과 차별하지 않고 똑같이 대우하겠다."

'얼음'이라는 말이 그녀를 잘 나타낸 표현임을 나는 인정하지 않을 수 없었다.

그리고 엄격한 성격 또한 들은 대로 틀림없어 보인다.

(설마 옷까지 원생들이랑 똑같이…… 입히는 건 아니겠지……?)

그러지는 않겠지만, 얼음 원장이라면 정말로 입힐 것 같아서 좀 무섭다…….

그런 생각을 하는데 이번에는 아담한 여성이 앞으로 나섰다.

"어…… 어서 오십시오, 아리스트 님. 그리고 여러분."

그녀는 눈을 가리는 베일을 쓰고 있다.

"저는 부원장 루에타라고 합니다."

(중성미……!)

중성적인 말투로 자신을 소개한 그녀는, 인사하며 우리에게 손을 내밀었다.

이 사람은 우리를 환영하는 듯하다.

나도 허리를 숙이며, 내민 손을 잡았다.

"아리스트입니다. 신세 좀 지겠습니다."

아담한 외양처럼 작은 손이지만, 생각보다 훨씬 보드랍고 매끈매끈하다.

내가 조금 세게 잡았는지 흠칫 어깨를 떤다.

그러나 이내 루에타 씨가 입가에 미소를 머금으며, 손을 꼭 쥐어 왔다.

"저희야말로, 잘 부탁드립니다."

안도하는데, 루에타 씨가 올리비아와 케이트 씨와도 악수한다.

"케이트 씨, 또 신세 지겠습니다."

"아뇨, 저야말로요. 또 폐 끼치게 됐네요."

"아닙니다! 방문해 주셔서 기뻐요! 저기, 이쪽 분이 길드장이신 올리비아 씨인가요?"

"응. 올리비아야. 받아 줘서 고마워."

"반갑습니다. 이번에도 잘 부탁드립니다."

꾸벅꾸벅 귀엽게 고개를 숙여 인사하는 루에타 부원장.

인사가 일단락되자, 아랴 원장이 입을 연다.

"그럼, 안으로 들지."

냉랭하게 등을 돌린 미녀는, 그대로 정도원 안으로 걸어 들어갔다.

곁에 있던 올리비아가 살포시 쓴웃음을 흘린다.

"……'얼음 원장'은 여름에도 꽁꽁 얼어 있구나. 남자라고 마중조차 안 나오다니. 정말 여간내기가 아니라니까."

거기에 소곤소곤 답한 건 케이트 씨.

"최근에는…… 더 차가워진 것 같기도요. 아리스트 님, 조심하시는 게 좋겠어요."

내 쪽으로 몸을 기울이며 충고한다.

이래서는 '올리비아의 목적'을 이루는 것도 꽤 어렵지 않을까 싶다.

(갑자기 암운이 드리운 느낌이네.)

쾌청한 하늘과 대비되는 상황에 쓴웃음이 나온다.

……그런데 바로 다음 순간, 내 뺨은 경직되고 말았다.

"윽?!?!!!"

왜냐하면.

(엉, 엉덩이??! 뚜, 뚫려 있어?!)

우리를 안내하려 등을 돌린 아랴 원장과 루에타 씨, 그리고 곁에서 한 걸음 물러나 서 있던 하얀 머리를 땋은 원생.

그들의 엉덩이 부분이, 도려낸 듯 큼직한 구멍이 뻥 뚫려 있었기 때문이다.

(다…… 엉덩이를 내놓고 다니잖아!!)

뒤쪽 창문으로 팬티도, 맨살 엉덩이도, 통일한 흰색 가터벨트도 죄다 보인다.

(엉덩이 전람회 같아…….)

감동과 욕정으로, 침을 꿀꺽 삼키게 된다.

하지만 그들에게는 이런 복장이 당연한가 보다.

"여기가 성당이고, 여기를 지나면 세 분의 방이 있습니다."

지극히 평범하게 엉덩이를 드러낸 채, 루에타 씨는 안내를 이

어 간다.

"아, 네……."

대답은 했지만, 나는 그들의 엉덩이에서 눈을 뗄 수 없었다.

(……루에타 씨, 안 그래 보여서는 대담해……!)

루에타 씨의 엉덩이에서 빛나는 것은, 전체가 레이스로 되어 곡선이 외설스러운 흰 팬티.

중성적인 자칭에 어울리는 순박함과 요염함이 공존한다.

(체구가 작은데도 엉덩이 볼륨은 꽤…….)

걸을 때마다 탱글탱글 출렁이는 엉덩이 살이 남자를 유혹해 댄다.

(아랴 원장은…… 헉! 엉덩이골이 보이잖아!)

절세 미녀가 입은 팬티는, 과할 정도로 골반 팬티였다.

천이 압도적으로 부족해서 골이 반쯤 드러나 있다.

분명 앞쪽은 선까지 삐져나왔을 게 틀림없다.

(아아……. 눈이 계속 가.)

루에타 씨의 것과는 다른, 탄탄한 조임이 느껴지면서도 부드러워 보이는 엉덩이.

순산형 체형을 떠올리게 하는 몸이라, 누구라도 음란한 상상을 하리라.

(멋져…….)

다른 원생들 또한, 아무 말 없이 맨 엉덩이와 팬티를 보이며 걷는다.

이 세상에 나타난 낙원을 눈앞에 둔 나는.

"여기가 여러분의 방입니다."

루에타 씨가 그렇게 말해줄 때까지, 그저 감동해서 벅차올라 있었다.

안내받은 방을 보고 나는 깜짝 놀랐다.

"우와……."

아름다운 목재로 짜인 높은 천장.

숙면을 취할 수 있을 듯한 킹사이즈의 커다란 침대.

그리고 근사한 정원이 내려다보이는 큰 창문.

별도의 개인실도 딸려 있고, 널찍한 원목 테이블과 소파를 갖춘 응접 공간까지 마련되어 있다.

(리조트 호텔의 스위트룸 같아.)

도무지 평범한 원생이 쓰는 방은 아니다.

눈이 휘둥그레진 나에게, 아랴 원장의 싸늘한 목소리가 날아들었다.

"그대들은 속인(俗人). 기숙사 출입은 삼가고 싶어서 말이야."

아랴 원장 딴에는, 격리 조치인 모양이다.

속인이란 건 정도원에서 생활하지 않는 서민을 가리키는 말이다.

(아마도…… 남성 귀족 전용 방이겠지.)

형식적으로라도 그런 걸 마련해야 하는 불합리한 규칙이 존재하는 게 이 세계다.

정도원도 예외는 아닌 듯하다.

“저, 저기……. 여러분은…….”

의연한 원장과 달리, 안내하던 루에타 씨는 어딘가 안절부절못하는 모습이다.

“세 분이 한방을 쓰시게 됩니다. 그렇지만 그…… 정말 괜찮으신가요?”

나는 걱정스러운 표정의 부원장에게 고개를 단호히 저어 보였다.

“문제없습니다. 좋은 방을 내주셔서 감사합니다.”

“그, 그러시군요……! 주제넘었습니다.”

루에타 씨는 죄송스러워하며 나에게 허리를 꾸벅 숙였다.

「새치기해서……, 아니지! 아리스트 님에게 나쁜 짓을 하는 원생이 없으리라고 장담할 수 없어요!」

우리 셋이 한방을 쓰는 데는 일제 씨의 강한 희망이 있었다.

(올리비아랑 케이트 씨랑 같이 자고 지낸다니……. 기쁘다, 기쁘기는 한데!)

건드려서는 안 될 미녀 두 사람을 두고 번뇌와 치열한 싸움을 피할 수는 없겠지…….

“아리스트 님은 제가 모시겠습니다.”

이번에는 정도원의 요구로, 케이트 씨 외의 메이드는 수용이 거절당했다.

그래서인지 다시금 자원한 케이트 씨에게, 아랴 원장이 고개를 끄덕였다.

"고맙군."

한편, 나는 '모신다'라는 말을 듣고는 에피 씨가 떠올랐다.

(그, 그러면 야한 시중도 들어주려나……. 정신 차려!)

벌써 시작된 번뇌와 작은 실랑이를 벌이며 억누르는데, 아랴 원장이 입을 열었다.

"그럼 모두, 일과로 돌아가도록."

그 말에 맞춰, 방 밖에서 대기 중이던 원생들이 조용히 자리를 뜬다.

원생들이 떠나기를 기다렸다가 미녀 원장이 말을 이었다.

"오자마자 미안하지만, 올리비아 공의 체류 일정에 대해 협의하고 싶은데."

그 말에 올리비아가 놀란다.

"지금 당장?"

부원장도 너무 이르다고 생각하는 듯하다.

"아랴, 그렇게 서두르지 않아도 되잖아. 우선은 저녁 식사 전까지 좀 쉬시게 하고……."

하지만 원장은 두 여성 모두에게 고개를 저었다.

"아니, 빨리 결정해야 해. 일정이 정해져 있어야 원생들도 안심하니까."

올리비아는 그런 원장을 보며 눈이 가늘어진다.

"서두르는 게 아니라 졸속으로 처리하는 느낌인데?"

차가운 미녀는 올리비아의 말에 대답하지 않고, 바로 케이트 씨 쪽으로 시선을 옮긴다.

"그럼, 케이트 공. 부탁해도 되겠나?"

다소 갑작스러웠으나, 초록 머리 메이드는 곧장 대답했다.

"알겠습니다."

케이트 씨는 원래 궁전과 정도원을 연결하는 연락 담당으로, 지금은 경리 업무도 돕고 있다고 한다.

아랴 원장의 이런 태도도 익숙한지도 모른다.

"그러면 원장실에서 기다리지. 최대한 빨리 와 주면 좋겠군."

짧게 말을 마친 원장은 그대로 방을 나가 버렸다.

"무, 무례를 용서해 주십시오! 저녁 식사 때 다시 찾아뵙겠습니다……!"

원장을 뒤따라 루에타 씨도 황급히 방에서 나갔다.

두 사람이 나가고.

올리비아가 케이트 씨에게 쓴웃음을 지었다.

"배치, 바꿔 달라고 해 보지 그래?"

"후후, 일제 님과 똑같은 말을 하네."

메이드가 부드럽게 미소 짓는다.

그러고는 짐을 정리한 뒤, 필기구를 챙겨 일어섰다.

"그럼, 다녀오겠습니다."

"응. 나중에 어땠는지 알려 줘."

올리비아의 대답에, 이번에는 케이트 씨의 얼굴에 쓴웃음이 떠올랐다.

"좋은 소식을 기대하지는 말아."

케이트 씨가 풍기는 분위기가 어딘가 고귀한 느낌이 들어서 그런가.

씁쓸한 웃음조차도 친구의 농담에 미소 짓는 청초한 아가씨처럼 보인다.

"그럼, 아리스트 님. 시중은 이따 다시 들겠습니다."

케이트 씨가 말한 '시중'이라는 단어가 유난히 강조하는 것처럼 들리는 건 내가 변태라서 그런 게 틀림없다.

"다녀와~."

"잘 부탁해요."

나는 올리비아와 함께 손을 흔들며, 멋진 메이드의 뒤태와 엉덩이를 배웅했다.

케이트 씨가 자리를 뜨자, 넓은 방에 나와 올리비아 단둘이 남았다.

그러자 올리비아가 맥 빠진 목소리로.

"아~."

털썩, 푹신한 침대로 몸을 던졌다.

"우리 집 침대보다 훨씬 좋다~."

요즘 올리비아는 내 앞에서 무방비하게 행동하는 게 늘었다.

거리가 가까워진 기분이 들어서, 무척 기쁘다.

그렇지만 늘씬한 다리를 툭툭 내팽개치는 일이 잦아진 건 매우 심각한 문제다.

(기쁘기는 한데 말이지……. 그렇게 자꾸 보여주면, 불끈불끈 해진다고!)

마이크로 미니스커트 아래로 엉덩이까지 보이는 일이 적지 않다.

"하아아~."

그런 내 고민 따위는 꿈에도 모르고.

올리비아는 널브러진 채로 데굴 굴러 소파에 앉은 나를 바라봤다.

"아리스트, 어땠어? 얼음 원장."

"아하하……. 적절한 표현이라 생각했어."

"나도 항상 그 생각 해. 길드에 얼굴을 비췄을 때는, 다들 벌벌 떨었다니까."

자, 이쯤에서 이번에 올리비아가 동행한 이유는 무엇인가.

바로, 일 정도원 안에서 소규모 장사를 시작하기 위해서다.

일의 발단은, 루에타 부원장이 눈물 어린 호소를 했다고 한다.

「이대로 가다가는 원이 망하고 말 거예요! 제발, 장사 지도를 해 주실 수 없을까요?!」

듣자니, 여기저기 흩어져 있는 다른 정도원들은 모두 소규모 상업 활동을 하고 있단다.

왜냐하면, 원생들의 생활과 정도원의 운영을 기부금만으로 감당하기가 어렵기 때문이다.

"하지만 얼음 원장은 장사를 극구 반대하지. 그래서 태도 저런 거야. 딱 봐도 티 나."

올리비아 말로는, 현 원장이 취임한 뒤로 원래 하던 장사도 전부 없앴다나.

"아까, 당장 일정을 정하자고 한 것도 빨리 가라는 뜻인 거야?"

"응. 요컨대, 언제 돌아갈지 후딱 정하라는 거지."

"장사할 마음이 전혀 없다…… 그거구나."

케이트 씨가 간 회의도 초장부터 견제하는 셈이다.

"그렇게 되면, 수입은 오직 기부금뿐인데 지출은, 정도원에 필요한 비용만 있는 게 게 아니야."

들어 보니, 수도에서는 여성의 종교 활동은 비생산적이며, 남성에 대한 반항으로 간주한다고 한다.

"'반항하는 게 아니라면 성의를 보여라'라는 식으로 나와서 정도원은 수도에 돈을 바쳐야 해. 거기다 어느 백작의 심술 탓에 일정도원만 그 금액이 특히 더 커."

"그 백작이라는 게…… 혹시."

올리비아는 지긋지긋하다는 표정을 짓는다.

"그 돼지야. 아랴가 옛날에 남자한테 덤볐다는 얘기, 들었지?"

"응. 그래서 일 정도원으로 좌천됐다며. 설마……."

"맞아, 디브. 진짜 기묘한 인연이지."

나도 올리비아와 함께 한숨을 겹친다.

"아무리 그래도, 림교의 가르침은 '자애와 관용'인데. 의식을 인질 삼아 협박하다니, 미쳤다니까."

중얼거리듯 말한 올리비아의 얼굴에 문득 걱정스러움이 묻어

난다.

"하지만…… 그만큼 여유가 없다고도 할 수 있어."

그 말에, 나는 수긍했다.

(그러니까…… 다들 예민해져 있다는 거구나.)

편의점 아르바이트를 하던 시절에도, 그런 사람들을 종종 만났다.

손님은 물론이고 본사에서 내려온 직원 중에도 있었다.

"내 생각에는…… 그런 것도 일종의 가난이라고 생각해. 마음이 빈곤하다고 할까."

그런 사람에게, 이세계의 상업 길드장은 아주 너그러웠다.

"그리고. 그 빈곤함을 구제할 힘이, 장사에 있다고 생각해."

구릿빛 미녀가 그렇게 말하며, 씩 웃는다.

"그러니까, 느긋하게 눌러앉아 주겠어. 좋은 방도 받았잖아?"

당당하게 선언하며 멋진 표정을 보여 주는 올리비아.

(올리비아는, 역시 멋있다니까…….)

그리고 길드장 올리비아에게 매료된 나.

그러는 사이, 올리비아는 어느새 다시 편안한 표정으로 돌아왔다.

"그래도, 역시 장거리라 피곤하다."

'으음' 기지개를 켜고는 베개에 얼굴을 파묻는다.

(오, 오오…….)

올리비아의 모양 예쁜 가슴이, 고급 침대에 붙은 몸 틈으로 넘쳐흐르는 광경이 참으로 훌륭하다…….

"아리스트, 넌 안 피곤해?"

"어?"

"위메에서 반나절이나 걸렸잖아. 오랜만에 장거리 이동이었지?"

얼굴만 내 쪽으로 돌리고 하는 올리비아의 말에, 나도 문득 그런 생각이 들었다.

"그러고 보니 그러네. 근데, 의외로 괜찮은데……."

그 이유 중 하나는, 전생하면서 받은 '건강한 몸' 덕분이리라.

정력도 과할 정도로 넘치는 이 몸은 피로함을 모르고, 병도 안 걸릴 것이다.

그리고 또 하나의 이유는,

"마차가 좋아서 그런가?"

이세계의 아버지── 페레 백작이 보내 준 마차 덕분이라고 생각한다.

「도시에서의 활약, 들었단다. 조그마한 응원차 마차를 보내마. 마음껏 쓰렴.」

그런 편지와 함께, 검소하면서도 대단히 품질 좋은 마차가 위메에 도착한 것이다.

(마차를 선물하다니. 내가 정말 귀족의 아들이 맞기는 하구나.)

은혜로운 가정환경에 다시금 감사한 마음이 드는 동시에 정말 기뻤다.

부자간의 불화로 좌천된 줄 알았는데 그렇지 않다는 걸 어렴풋이 느꼈기 때문이다.

참고로 올리비아도 마차를 대단히 마음에 들어 했다.

"역시 귀족이 만든 건 다르더라. 승차감이 최고였어. 인정하기는 싫지만."
이어서 말하는 올리비아.
"그래도 몸에 무리가 간 건 사실이야. 아리스트, 마사지 좀 해 줘."
"어?!"
"들었어. 너, 에피한테 지압 받고 있다며?"
올리비아와 에피 씨는 어느샌가 연락을 주고받고 있었던 모양이다.
여자의 네트워크란 실로 굉장하다.
"나한테도 해 봐. 몸이 조금은 풀릴 테니."
"아, 아니, 나는 그냥 받기만 하는데……."
실제로 등 지압 마사지는 받았다.
몸은 피로하지 않지만, 에피 씨의 마음이 고마워서 자꾸만 응석을 부리게 되는 것이다.
(……더 기분 좋은 마사지로 넘어가는 것도 기대됐고.)
설마 그것까지 말한 건 아니겠지?
걱정하는데, 길드장이 계속해서 요청한다.
"대충 흉내만 내도 되니까. 자, 얼른~."
엎드린 채 다리를 바동거리는 올리비아.
(귀여워……!)
평소보다 어린애처럼 구는 올리비아의 매력을 거스르지 못하고 나는 결국 킹사이즈 침대로 올라가게 되었다.

"영차……."

네 명도 족히 잘 수 있을 널찍한 침대.

무릎으로 걸어서 엎드려 있는 올리비아 쪽으로 다가가자, 올리비아가 즐거운 듯 웃는다.

"후후."

처음 만났을 때와는 전혀 다른 사람 같다.

"고객님, 등 지압 들어가겠습니다. 몸에 긴장 푸시고요."

내가 장난을 치자, 올리비아도 연기하며 대꾸한다.

"네~."

서로 키득키득 웃는 시간이 마음이 무척 편하다.

내가 조심스레 등으로 손을 뻗자.

"아, 잠깐만."

올리비아가 제동을 걸고는 길드장 상의를 벗는다.

가슴께까지 깊게 파인 이너가 모습을 드러낸다.

등 쪽의 천도 적어서 정말 섹시하다.

(이, 이건…….)

올리비아가 이렇게까지 자신의 구릿빛 피부를 보인 적은 지금까지 한 번도 없었다.

드러난 등과 평소보다도 잘 보이는 가슴골이 미치겠다…….

"그럼, 부탁할게."

아무렇지 않게 다시 침대에 엎드리는 올리비아.

"으, 응. 시작할게."

아프면 말해 달라고 하면서 나는 마음을 다잡았다.

(번뇌여 물렀거라, 번뇌여 물렀거라…….)

일단, 에피 씨가 해 준 것처럼 어깨부터…….

"히얏……!"

"아, 미안! 아파?"

"아니야. 후후, 간지러워서. 거기 좀 뭉쳤으니까 세게 해 줘."

길드장으로서 처리할 사무 업무도 많다 보니, 어떤 의미로는 납득이 간다.

묘한 감회에 젖으며 번뇌가 물러간…… 줄 알았는데.

"응……. 하아……."

지압할 때마다 올리비아가 흘리는 날숨.

그게 너무나도 야하다…….

"읏…… 으응……. 아아, 기분 좋아."

쾌활하고 시원시원한 올리비아가 내는 소리라고는 상상도 안 될 정도로 여성스러운 목소리.

"거기, 앗……. 자, 잘하네……."

그리고 의미심장하게만 들리는 말들……!

"오…… 흐읏…… 후우……."

요염하게 몸을 뒤트는 올리비아를 보니, 내 입안이 바싹 말라간다.

필사적으로 번뇌를 떨쳐 내며 허리 부근까지 지압을 이어 나가자, 이번에는 요청이 들어왔다.

"다리 쪽도……. 으응…… 해 줘. 요즘 많이 당기거든."

베개에 얼굴을 묻고 대수롭지 않게 말한다.

……하지만 내게는 대수로웠다.

"으, 응. 알겠어……."

등은 그나마 낫다.

하지만 올리비아의 늘씬한 다리, 그것도 맨다리를 만져야 한다.

요즘 나를 불끈거리게 한 다리를……!

"어, 그러면 일단…… 종아리부터 할게……."

엎드려 있는 올리비아의 발치로 이동한다.

자리만 옮겼는데 내 아들내미가 반응해 버렸다.

(이건 거의 치마 속을 들여다보는 거나 다름없잖아.)

상대가 누워 있느냐 서 있느냐의 차이일 뿐.

당연히, 마이크로 미니스커트에서 삐져나온 엉덩이 살도 실컷 감상할 수 있다.

(안 돼, 안 돼! 집중해, 집중!)

들끓는 발칙한 생각을 지워 내며 올리비아의 종아리를 자극한다.

구릿빛 피부는 매끈하고 탄력이 있어, 볼을 비벼 버리고 싶어질 정도다.

그리고 올리비아의 다음 요청이 이어졌다.

"읏…… 허벅지도. 하아…… 해, 줄래……?"

(그, 그래도 돼?)

침을 꿀꺽 삼키며 나는 손을 더 위로 가져갔다.

방 안이 묘하게 고요하게 느껴지고, 창밖의 새소리가 유난히 크게 들린다.

"하아……."

큰마음 먹고 손을 가져다 댄 올리비아의 허벅지가 주는 부드러움과 탄탄함이 절묘했다.

"응, 흐읏…… 으응……."

탄력적인 허벅지 살이 적당히 내 손가락을 되튀긴다.

구릿빛 부드러운 피부에 나는 이내 열중하여.

(이거…… 어쩌지…….)

동시에, 내 아들내미는 완전히 전투태세에 돌입하고 말았다.

귀족풍 바지의 앞섶이 빵빵하게 부풀어 올랐다.

하지만 이놈을 어찌할지 고민할 겨를을 날려 버리는 사태가 벌어졌다.

"아리스트, 안쪽도……."

그렇게 조용히 말하고는, 탐스러운 허벅지를.

"부탁할게……."

엎드린 채 천천히 양옆으로 벌리는 것이다.

그리고 묘하게 정적이 감도는 방 안에.

찌거억.

음란한 소리가 울려 퍼진다.

"!!"

나는 경악스러운 사실을 알게 되었다.

(안 입었어……!)

올리비아는 팬티를 입고 있지 않았다.

가리지 않은 소중한 꽃이 애액으로 젖은 모습을 고스란히 노출하고 있다.

내 시선이 쏠린 걸 느낀 걸까.

"……읏……."

올리비아가 움찔 몸을 떨었다.

"……."

그러나 그런데도 허벅지를 닫지 않았다.

쯔걱.

다시 음란한 소리가 울리고, 허벅지 안쪽이 애액으로 실을 자아내도.

"……부탁해……."

그러면서 올리비아가 뒷짐 진 손을 뻗어, 입고 있던 마이크로 미니스커트를 완전히 걷어 올린다.

구릿빛의 아름다운 엉덩이가 올리비아의 의지로 내 앞에 모습을 드러냈다.

(이, 이건…….)

친구 사이에 가깝다고 생각했던 올리비아.

그런 올리비아의 알기 쉬운 유혹이었다.

(아아……!)

감동과 흥분.

그리고 당연히, 매력적인 올리비아의 유혹을 거부할 수 있을 리 없었다.

"하아……. 하앗……!"

거친 콧김을 내쉬며 나는 두 손으로 올리비아의 엉덩이를 좌우로 헤쳤다.
"응♡"
그곳은, 말 그대로 홍수 상태였다.
(그 올리비아가, 이렇게까지 젖다니……!)
유혹하는 대로, 축축한 중심부에 손을 대자.
"……응하아……♡"
올리비아가 뜨거운 숨을 뱉으며, 침대에서 허리를 띄운다.
하지만 단순히 쾌감을 느끼고 튀어 오른 것만은 아니었다.
구릿빛 하반신이 능숙하게 허리를 비틀면서도 스스로 내 손가락에 흠뻑 젖은 암컷의 입술을 비벼 대다가.
(왁!)
그대로 꿀단지 속으로 삼킨다.
내가 손가락을 삽입한 게 아니라, 올리비아의 음란한 입이 잡아먹은 것이다.
"으후읏……♡ 우읏♡ 후–♡ 후–♡"
올리비아는 여전히 엎드려서 베개에 얼굴을 묻고 있는 상태다.
그러나 그녀의 하반신이 쾌락을 원하는 건 명백했다.
(더, 올리비아가 느끼는 모습을 더 보고 싶어…….)
나는 손가락을 조금씩 움직여, 질척질척해진 질벽의 감각을 손끝으로 음미한다.
"후–♡ 응아……♡ 읏…… 아……♡"
몸을 흠칫흠칫 떠는 올리비아.
내 손가락을 거절하기는커녕 오히려 꽉꽉 조여 댄다.

조이는 힘을 헤집어 움직이니, 올리비아가 얼굴을 파묻고 있던 베개를 와락 움켜쥐며,

"읏……♡ 으읏♡"

하반신을 격렬하게 떨면서 야한 꿀물을 퓻 뿜었다.

"후읏♡ 으읏♡ 아읏♡ ~~~읏♡♡♡"

질벽이 몇 번이고 수차례 수축하고 쭉 뻗은 늘씬한 다리가 부들부들 떨린다.

(내 손가락으로, 갔어……!)

조금 전까지만 해도 익살을 부리던 올리비아가, 내 앞에서 은밀한 곳을 보이며 절정을 맞는다.

그 격차와, 움찔움찔 떠는 아름다운 엉덩이에, 나는 더는 참을 수가 없었다.

"올리비아!"

정신없이 다리를 벌려 젖혀, 그 사이에 얼굴을 처넣었다.

"앗?!"

그리고 그대로, 음란한 향기를 풍기는 암컷의 구멍을 마음껏 탐했다.

"어?! 잠깐…… 앗♡ 응하아아앗♡"

올리비아가 당황스러워해도, 난 이미 놓아 줄 생각이 없다.

탱탱한 엉덩이 살을 거칠게 움켜쥐며, 올리비아의 은밀한 곳을 핥고, 빤다.

"응우우웃♡ 흐읏♡ 우으읏♡ ~~~~읏♡♡♡"

분수처럼 샘솟는 애액.

하반신의 떨림으로 또다시 절정에 이르렀음을 알 수 있다.
내 얼굴을 꽉꽉 조여 오는 올리비아의 허벅지. 하지만 나에게는 그것도 최고의 포상일 뿐이다.
(올리비아의 허벅지, 기분 엄청 좋아!)
점점 더 흥분에 휩싸이며, 이번에는 솟아오른 그녀의 음핵을 향해 달려들었다.
"아앗?!"
그곳을 공략하리라고는 예상하지 못했는지도 모른다.
올리비아의 등이 크게 젖혀지고 베개에 묻혀 있던 얼굴이 천장을 향한다.
그리고 바로 그다음.
"앗♡ 응♡ 으응응응응♡♡♡"
다시 침대에 얼굴을 누르며 하반신을 크게 떨었다.
"~~~~읏♡ ~~~~~흣♡"
또 한 번, 깊은 절정에 도달한 거겠지.
내 혀를 삼키려 들듯 질구가 꿈틀대고, 그와 동시에 애액을 퓻퓻 내뿜는다.
일단 입을 떼려 하자.
"우……♡ ……읏……♡"
마치 내 입에서 떨어지고 싶지 않다는 듯이 올리비아의 하반신이 함께 딸려 온다.
그 덕에 엎드린 상태로 무릎만 세운 자세가 되어 간다.
"오, 올리비아……."

완전히 입을 떼었을 때, 나는 그 음란한 광경에 아찔했다.
"하-읏……♡ 하-읏……♡"
베개에 얼굴을 묻은 채, 탐스러운 엉덩이와 은밀한 곳을 한껏 내밀고 있던 것이다.
"……하아 ……하아. ……응……♡"
그뿐만이 아니다.
올리비아는 그대로, 제 두 손으로 자기의 음부를 벌려 보였다.
쩌어억.
여자가 내서는 안 될 소리가 울려 퍼진다.
(우, 와…….)
음탕하기 그지없는 그 모습에, 나는 할 말을 잃었다.
그리고 구릿빛 미녀도, 한동안은 아무 말도 하지 않았다.
"……으읏……♡"
기묘한 정적이 방 안을 지배한다.
하지만 이제 내 귀에는 새들의 지저귐조차 들리지 않았다.
"……부탁이야…… 아리스트……."
희미하게 들린, 구릿빛 미녀의 목소리가 나를 사로잡았기에.
"올리비아! 넣을게!"
나는 극상의 과실에……, 올리비아에게 달려들었다.
그리고 있는 힘껏――.
"와 줘! 제바――아아아아앗♡♡♡"
구릿빛 미녀의 깊은 곳을 꿰뚫었다.

——팡, 팡, 팡!

서로가 깊게 이어진 그 순간부터, 아리스트의 맹렬한 허리 놀림이 시작되었다.

"읏♡ 하악♡ 아아아앗♡"

올리비아는 기쁨의 눈물을 흘리며 경험한 적 없는 쾌락에 숨을 헐떡였다.

눈물은 가랑이 사이에서도 대량으로 터져 나오고 있었다.

——팡, 팡, 팡!

"앗♡ 아앗♡"

"기분 좋아……. 올리비아!"

아리스트의 말과 육봉으로 단숨에 절정에 달한다.

"아아아아아앗♡♡♡"

이제는 몇 번째인지도 모를 절정이, 올리비아의 몸을 가로지른다.

그러나 동시에, 그녀의 꿀단지는 아리스트의 단단한 육봉에 진득하게 달라붙는다.

"올리비아의 안……! 엄청나게 조여서, 기분 좋아……!"

사랑하는 남자에게 자신의 음란한 하반신을 칭찬받는 것.

올리비아는 그것만으로도 더 깊은 절정에 달하고 말았다.

"아아♡ 아리스트으으♡"

오랫동안 간절히 바라 왔던, 아리스트의 굵고 단단한 육봉.

(아아, 드디어 해 줬어……♡)

구릿빛 미녀는, 행복을 온몸으로 음미했다.

"앗♡ 앙♡ 아앗♡"

아리스트는 아름다운 엉덩이를 양쪽에서 움켜잡고 짐승처럼 허리를 흔든다.

팡, 팡.

몸과 몸이 부딪히는 소리. 여자의 몸은 촥, 촥 상스러운 즙을 흩뿌렸다.

"올리비아……. 나, 줄곧 네 엉덩이를 만지고 싶었어……!"

"정말? 아♡ 아앗♡ 잔뜩, 좋을 대로 해 줘♡ 아리스트 마음대로 해♡"

갸륵한 말에, 아리스트의 허리 놀림은 더욱 커지고 깊어졌다.

막 처녀를 잃은 올리비아.

자궁구는 그 아픔을 벌써 최고의 쾌락으로 받아들이고 있다.

"아♡ 읏♡"

다시금 덮쳐 온 절정.

"올리비아도 기분 좋아? 하아, 하아……."

"기분 좋아앗♡ 아리스트 거, 대단해♡ 좋아아♡"

아리스트의 말에 절정이 더 깊어졌다.

(기뻐……. 아리스트♡ 더 나한테 흥분해 줘……♡)

무방비한 올리비아의 모습.

물론 이건, 전보다 아리스트에게 마음을 연 영향도 있다.

하지만 한편으로는, 비밀 조직 '손길 결사대(決射隊)'에서 지혜를 얻어 실천한 결과이기도 했다.

「주……. 아리스트 님은 진중하신 분이시지만, 여성의 몸을 좋아한다고 생각해요.」

「가슴과 엉덩이는 특히 더 기뻐하신답니다.」

「올리비아 님의 엉덩이도, 분명히 보고 계실 거예요.」

「더 적극적으로 보여 드리자고요. 그러면 분명, 손길을 주실 거랍니다.」

변태 메이드와 변태 영주가 아주 구체적인 조언을 해 준 것이다.

그리고 그동안 쌓아 온 노력의 성과를, 이번에야말로 받아 낼 셈이었다.

"마차에서부터 내내 젖어 있었다고♡"

쾌락과 기쁨으로, 올리비아는 속마음을, 애액과 함께 토해 낸다.

"엉?!"

"맨날 속옷 보려고 하면서♡ 근데 자×는 안 주고 말이야아♡"

"어엉?!"

아리스트가 허리 짓을 멈춘다.

제 시선을 전부 들켰었다는 사실을 깨달았기 때문이다.

(정말이지……. 어쩔 수 없는 녀석이라니까……♡)

올리비아는 그런 아리스트의 얼굴만 바라보며 요염하게 미소 지었다.

"……그렇게 다리나 엉덩이를, 막 보여 줄 리 없잖아……. 눈치껏 알아차렸어야지……♡"

아리스트는 올리비아의 표정과, 남자라면 기쁘지 않을 수가 없는 말에 숨을 삼켰다.
"아……♡"
그러고는 육봉을 더욱 부풀려, 단단한 자궁구를 쿡쿡 찌르기 시작했다.
"아아♡ 세♡ 아리스트♡ 너무 세♡"
평소에는 보이지 않는 짐승 같은 얼굴.
올리비아는 그것이 기뻐 몸 둘 바를 몰랐다.
"올리비아……. 유혹해 주고 있었구나……!"
물결치는 엉덩이 살에 흥분하여 더욱 빠르게 허리를 움직이는 아리스트.
올리비아는 아리스트가 농락하는 대로, 쾌락의 계단을 뛰어올랐다.
"앙♡ 아아앗♡ 안 돼애♡ 앗♡ 가아아♡♡♡"
하지만 절정에 미쳐 버린 꿀단지는 아리스트마저 끌어들인다.
"아하아아앗♡"
강렬한 조임은 질 안의 공기를 밀어내고.
아리스트의 페니스를 빨아들이듯 꿈틀거렸다.
"올리비아……. 크윽……!"
극상의 애원에, 아리스트는 더는 버틸 수 없었다.
——울컥울컥!!! 뷰르르르르릇!!
곧바로 뜨거운 정액을 해방한다.
(이게 사정♡ 아리스트의♡ 아앗♡ 또……♡)
아리스트가 사정을 해 주었다.

그 사실만으로도, 올리비아를 연이어 절정에 이르게 하기에는 충분했다.

"가아아웃♡♡♡"

밖에까지 들릴 법한 교성이 입에서 빠져나온다.

"앗……♡ 하……♡"

절정의 여운에 떠는 올리비아.

올리비아는 이 순간이기에 할 수 있는 말을 토했다.

"하앗……♡ 나도, 써 줘♡ 흥분하면, 언제든지 자× 꽂아도 돼……♡"

섹스 도중이었지만, 올리비아에게는 굉장한 용기가 필요한 발언이었다.

지금껏 그녀는 자신의 음란한 면을 그에게 숨겨 왔으므로.

가능한 한 평범하게, 어디까지나 함께 일하는 동료로서.

하지만 올리비아는, 이제 더는 그 관계를 유지하기 싫었다.

"나도, 엉망진창으로 안아 주면 좋겠어……. 일제처럼…… 제발……."

하반신을 맞부딪치고, 벌거벗은 채 서로를 끌어안는 관계를 강렬히 원했다.

만나기만 해도, 꿀이 새어 나올 정도였기에.

"올리비아……!!"

그러나 올리비아의 걱정은 하등 쓸데없는 것이었다.

"내, 내 거야! 이제 언제든지 음탕한 짓 해 버릴 거야!"

아리스트의 눈에 올리비아는, 오래전부터 매력 넘치는 여성으로 비치고 있었기 때문에.

"앗?! 아아아♡ 아리스트 거, 될게♡ 될 게에에에♡"

한 번 조용해졌던 방에, 살이 거칠게 부딪치는 소리가 다시 울려 퍼진다.

쏟아 낸 정액이 넘쳐, 다갈색 허벅지 안쪽을 음란하게 물들인다.

"하아…… 하아……. 올리비아, 또 싸고 싶어……! 괜찮아?"

"앗♡ 아아아앗♡ 좋을 대로 해 줘♡ 아리스트 거니까♡ 사양하지 마아♡"

"올리비아…… 올리비아아……!"

멋진 남자가 내 이름을 부르며, 자×로 난폭하게 쑤신다.

(틀렸어♡ 빠져 버릴 거야♡ 섹스 너무 좋아아♡)

쏟아부은 정액을 휘젓는 감각에, 올리비아의 몸이 환희에 찬다.

"아리스트♡ 앗♡ 안쪽♡ 앙대♡ 나, 금방 이상해져 버려어엇♡"

"괜찮아! 이상해져! 올리비아가 가는 모습을 보고 싶어!"

아리스트의 허락을 받아 다갈색 육체가 더욱 불타오른다.

"좋아해♡ 아리스트, 좋아해♡ ……아♡ 가♡ 간다♡ 가♡"

"나도! 올리비아, 좋아해!"

뜨거운 사랑의 외침에, 올리비아는 또 절정에 도달했다.

"아앗♡ 또…… 가 버려어어어읏♡♡♡"

뒤로 이어진 여자의 몸이 몇 번이고 튀어 오른다.

"올리비아……."

아리스트는 떨리는 올리비아를 껴안고 다소 강압적으로 입술을 빼앗았다.

"읍?!"

원하던 것을 받은 암컷은 크게 기뻐하며 혀를 쫓는다.

"응♡ 쪽♡ 아리스트…… 으응♡"

아양을 부리듯 탐스러운 엉덩이를 비비적거리며, 혼잣말처럼 반복한다.

"아리스트……♡ 조아……, 낼름♡ 춥♡ 좋아해……♡"

올리비아는 스스로 암컷을 드러내고, 수컷을 탐한다.

(좋아……! 좋아……!!)

그건 아래 입도 마찬가지였다.

"큿……! 하앗……."

격렬하게 조여드는 질.

육봉을 덮치는 쾌감을 버텨 내며, 아리스트는 방치되어 있던 또 하나의 과실을 덥석 움켜쥐었다.

"으으응♡♡♡"

입이 막힌 채로 가슴을 거칠게 주물리자, 올리비아는 곧바로 절정에 이르렀다.

그러나 아리스트는 절정을 허락하지 않고, 유두를 집요하게 괴롭혔다.

"아, 아리스트♡ 앗♡ 아앗♡"

감정이 북받쳤는지, 마치 클리토리스를 연상케 할 정도로 예민하게 느끼는 유두를 애무했다.

가랑이 사이에서는, 애액이 짧고 잦게 분수처럼 뿜어 졌다.

"올리비아, 기분 좋아?"

"응♡ 기, 기분 좋아아♡ 아, 가슴, 가……♡"

비교적 가벼운 쾌락의 파도에 휩쓸리며, 미녀는 생각했다.

(아리스트가 쓸 수 있는 건, 여자를 행복하게 만드는 마법이었구나……♡)

그런 그녀를 이번에는 큰 파도가 덮쳤다.

"으앗♡"

푸욱.

기습하듯 한 번 찔러 올린 것이다.

"응응♡ 으응응♡♡♡"

절정과 동시에 키스로 입을 막힌 올리비아의 머릿속이 점점 둔해진다.

(아리스트으……♡ 기분 좋아……♡)

녹아내린 올리비아의 표정.

그 모습이 아리스트를 진심으로 기쁘게 하고, 충족시킨다.

"올리비아, 정말 귀여워……!"

"거, 거짓말……. 읏……♡"

너무 행복한 나머지, 미녀는 그것을 부정한다.

그래서 아리스트는 직접 그녀의 몸에 쏟아 내기 시작했다.

"아♡ 앗♡ 하아♡ 아리스트♡"

올리비아의 몸이 그것을 놓치지 않으려, 모든 걸 받아 낸다.

"아아아♡ 사정♡ 해 줘♡ 부탁이야♡ 아리스트♡"

"응, 쌀게……! 또 간다……!"

"응♡ 으응♡ 줘♡ 줘어♡ 아리스트의 것이 되게 해 줘♡"

아리스트는 올리비아의 아름다운 가슴을 양손으로 움켜쥔 채, 다시 힘껏 허리를 세차게 흔들었다.

――팡, 팡, 팡!

실내에 울리는 살과 살이 부딪치는 소리가 점점 속도를 더한다.

"아, 가아아♡ 아아아♡ 또, 또♡ 가……♡♡♡"

올리비아를 덮친, 절정의 파도가 멎지 않는다.

(안 멈춰, 계속 가……♡ 아리스트♡)

틈만 나면 그를 원하게 되어 버리는, 음탕한 여자가 전락할지도 모른다.

그런 공포까지 안겨 줄 만큼, 올리비아에게는 야성적이고 감미로운 공략이었다.

"올리비아…… 간다……!!!"

(온다……♡)

아아, 사정해 준다.

올리비아는 온몸으로 그것을 환영했다.

"줘♡ 아리스트, 줘♡ 내 보×에 가득♡"

그리고 다음 순간, 그녀의 여체 가장 깊은 곳에 뜨겁고도 뜨거운 정액이 내리쳤다.

"간다……!"

――뷰르르르!!! 뷰릇!! 푸슛!!!

(아아아♡ 엄청 싸고 있어♡ 정자다♡)

그에게 지배당해 간다.

그 감각이, 올리비아에게 최고의 행복이자 지고의 열락이었다.

"~~~~~~~~~흣♡♡♡"

깊고 깊은, 그리고 오래, 이른 절정에 머무른다.

올리비아의 암컷 구멍이 표현한 기쁨은, 또 한 번의 사정을 불렀다.

"올리비아의 질 안, 기분 좋아……. 또 가……!"

――왈칵왈칵!! 뷰릇!! 뷰르르릇!!!

"가아아아아아아앗♡♡♡"

강렬한 절정이 덮친 올리비아는.

(아리스트의 것이, 됐어……♡)

인생을 살면서 가장 큰 행복과 열락 속에 천천히 의식을 놓았다.

원장실.

케이트는 정말이지, 머리를 싸쥐고 싶은 심경이었다.

"그래서, 올리비아 공은 언제쯤 돌아갑니까?"

원장 자리에 앉아서 다리를 홱 꼬는 여자, 아랴.

절세 미녀가 이번 기회를 살릴 생각이 없는 것에, 질려 버린 탓이었다.

(원장실로 오자마자 이런 식으로 나오다니……. 여전하시네.)

메이드는 터져 나올 뻔한 한숨을 삼켰다.

한편, 원장은 불만스러운 기색을 숨기려고도 하지 않는다.

"나로서는 가능한 한 빠르게 돌아가 주었으면 하는데."

어떻게 말해야 좋을까.

"아라 원장님. 올리비아 말입니다만——."

케이트가 말을 고르는데 한 여성이 가로채 갔다.

"잠깐만, 아라!"

체구가 아담한 여성, 루에타 부원장이었다.

"올리비아 씨는 정도원을 위해 일부러 발걸음 해 주신 거야. 그런데 태도가 왜 그래?"

"루에타, 그자는 네가 멋대로 부른 거잖나. 나는 부른 적 없어."

"그렇다고 해도, 오자마자 귀환 일정을 논하다니 이건 아니지. 실례도 그런 실례가 없어!"

분개한 루에타가 말을 잇는다.

"그리고 원장이라고 부원장의 손님에게 무례를 저질러도 된다는 규율은 없어. 아니야?"

하지만 아라는 냉담한 시선을 보낼 뿐.

"원장에게 보고 한마디 없이 손님을 불렀어. 규율을 어긴 건 오히려 너지."

"그건……. 어차피 보고했어도 허가 안 했을 테니까."

이번에 일제에게 고개 숙여 부탁한 것도, 올리비아를 초대한 것도 전부 루에타의 독단이었다.

다만, 그렇게까지 할 만큼 원장이 그녀의 이야기를 귓등으로 듣지 않은 것 또한 사실이었다.

"속인의 도움도, 장사도 필요 없어. 필요한 건, 타락한 위메 영민들을 재교육하는 것. 그뿐이야."

케이트는 몰래 탄식했다.

(이제는 귀에 못이 박힐 지경이야…….)

원장과 만날 때마다 꼭 한 번은 듣는 말이기 때문이다.

"아랴가 말하는 재교육은, 결국 기부를 강요하는 거잖아."

"돈에 집착하는 일부 영민들만 그렇게 느끼는 거야."

냉철한 태도로 말을 잇는 아랴.

"기부라는 행위야말로 그들에게 림 신에 대한 신앙을 되새기게 하고, 우리 정도원의 가치를 상기토록 할 수 있어."

이러한 논리를 입에 올린 건 이번이 처음이 아니었다.

(그런 생각 때문에 기부가 준 것 같은데요…….)

케이트는 몸에서 힘이 쑥 빠지는 듯했다.

영민들의 마음이 멀어지고 있는 건 림 신이 아니다.

뭐든지 기부와 엮으려 드는 일 정도원이라는 조직이지.

"지금 방식으로 기부가 줄고 있는 건 사실이에요. 뭔가 새로운 시도가 필요하지 않을까요?"

매번 이것저것 다른 방식으로 케이트 나름대로 의견을 전달해 보지만…….

"어떤 일이든 시련은 따르기 마련인 법. 지금은 괴롭더라도, 그것을 극복하는 의미가 있어."

아랴는 얼음처럼 꽝꽝 언 태도를 고수하며 녹으려 하지 않는다.

말을 들을 생각이 없다는 것을 증명이라도 하듯 아랴가 화제를 바꾸었다.

"……루에타. 아직도 장사 따위를 할 생각이야?"

"물론이지."

당연하다는 태도에, 아랴가 미간을 짚는다.

"예전에 하던 장사—— 상과업(商課業)도 적자였잖아. 또 해 봤자, 괜히 원생들 부담만 커질 뿐이라고."

아랴가 원생들 앞에서는 좀체 보이지 않는, 괴로운 표정을 지었다.

"너는 원생들이 싫은 건가? 그 애들은 지금도 잘 참고 있어 주고 있잖아?"

케이트가 아랴와 완전히 거리를 두지 못하는 이유가 바로 이것이었다.

(정도원을 걱정하는 마음은 진심이란 말이지……. 난감하게도.)

그가 원생들을 아끼는 마음, 원을 더 좋게 꾸리고 싶어 하는 마음은 진심임을 알기 때문이다.

그렇기에 케이트도 올리비아를 부르는 데 찬성이었다.

슬슬 관점을 바꿔야 할 때라고 생각했기에.

"우리는 이 지역을 너무 몰라. 그래서 지난번 장사도 잘 안된 거고."

부원장은 희망 어린 눈빛으로 계속 말한다.

"올리비아 씨는 상업 길드장이셔. 그리고 레테아라는 빵집을 아주 성공적으로 이끄셨고. 지도를 받기에는 제격인 분이야!"

기부를 청하기 위해 지역 유력자들만 상대하는 원장.

그런 원장과는 대조적으로, 루에타는 위메로 자주 시찰을 나와서 도시 전체를 보고 있다.

그래서 레테아가 얼마나 흥하고 있는지 그녀도 잘 알고 있다.

"대성공은 무슨, 과장이 심하군. 무능한 남자에게서 여자가 가게를 인수했으니, 이전보다 나아지는 게 당연하지."

한순간에 혐오와 경멸의 표정으로 바뀌는 아랴.

이것도 루에타 앞에서만 보이는 얼굴이다.

"당연하다니……. 아랴는 그 가게를 본 적도 없잖아."

루에타가 점차 열을 올렸다.

"아리스트 님이 도우셨다는 소문도 있어. 남자인데도 말이야."

"사실이 아니니까 소문이겠지. 그 남자에게도 조언을 구할 셈인가?"

"아니 땐 굴뚝에 연기 나겠어? 실제로 보니까 그…… 되게, 다정하신 것 같고……!"

커다란 손의 감촉을 떠올리며 눈에 띄게 안절부절못하는 루에타.

부원장으로서 분투하고 있기는 하나, 그녀는 속마음을 숨기는데 서툰 여자였다.

하지만 루에타가 주목한 점은 실로 정확했다.

"여자에게는 없는 관점을 가지고 계실 수도 있다고 생각해."

표면적으로는 상업 길드의 공적이 된 레테아의 성공.

그러나 궁정 관계자라면 진짜 공로자를 모를 리 없다.

(꽤 예리하신걸. 그렇지만 아리스트 님께 도움을 너무 많이 받는 것도…….)

케이트로서는 고민되는 부분이다.

솔직히 기대는 되지만, 아리스트는 지금 불우한 처지.

아리스트에게 부담을 지우고 싶지 않다는 게, 그를 아는 여성들의 공통 의견이었다.

"남자에게 의지하다니……. 어떤 폐해가 따를지 몰라!"

"아랴도 봤지? 아리스트 님이 나랑 악수도 하고, 감사 인사까지 해 주셨어!"

루에타의 말 속에, 그런 사람이라면 대화를 나눠 주지 않을까 하는 기대가 엿보인다.

"지금만 그런 척할 가능성도 있어. 꿍꿍이속이 있다면 더더욱."

그 말에는 케이트가 즉각 반응했다.

"꿍꿍이속 같은 거 없습니다. 아리스트 님에 대한 실례되는 발언은 삼가시길 바랍니다."

케이트는 연락 담당으로서 정도원에 체재하는 경우도 많지만, 당연히 궁에서도 일한다.

그렇기에 그녀도 아리스트의 쾌활한 미소로, 살아가는 희망을 얻는 메이드 중 하나이다.

그리고 동시에, '궁전 손길 결사대'의 열성 회원이기도 하다.

"……문제가 될 발언입니다."

그런 케이트의 말에서 느껴지는 기세가 엄청나서, 아랴라는 얼음조차 떨게 했다.

"……알, 알겠네. 방금 한 말은 정정하지……."

"저, 저도 조심, 하겠습니다……!"

덩달아 루에타까지 오들오들 떨었다. 완전히 휘말린 꼴이었다.

잠시 정적이 흐른 뒤. 아랴가 다시 본래 화제로 돌렸다.

"루에타. 우리는 기도하는 자이지, 파는 자가 아니다. 장사는 원생들을 괴롭게 할 뿐이야."

"장사를 중단한 지금이 더 괴로워. 원생들에게 필요한 것조차 못 사고 있단 말이야. 림 님은 원생들을 억압하라고 말씀하시지 않아."

"그래, 네 말대로 지금은 원생들을 고생시키고 있어. 나도 안타깝게 생각해."

"그러면 왜 장사해 볼 생각은 않는 건데?"

아랴가 루에타의 의문에 한숨을 내쉰다.

"정도원이 본디 걸어야 할 길을, 걸을 시기가 왔으니까."

그리고 말을 이었다.

"수도의 본원은 기부만으로도 운영이 되고 있어. 루에타, 너야말로 잘 알잖아."

"그거야 그렇지만……."

본원이란, 수도에 있는 큰 정도원을 일컫는다.

루에타는 예전에 본원의 원생이었다.

그래서 본원이 장사를 하지 않는 것도 안다.

"하지만 수도에 내야 하는 금액도 다르고, 주변 여성들 수도 달라. 우리 정도원이 하기에는 힘들어."

루에타는 어디까지나 현실적인 관점에서 의견을 피력한다.

하지만 원장은 그를 용납지 않았다.

"루에타, 너 아직도 그런 소리를……!"

아랴가 고개를 숙였다가, 언성을 높였다.

"여기도, 우리도 같은 정도원이야! 본원과 같아지지 못할 이유 따위 없어!"

——쾅!

그러면서 손바닥으로 책상을 크게 내리쳤다.

그건 루에타에게 하는 위협이 아니라, 자기 안에 있는 무언가를 토해 내는 듯한 움직임이었다.

"수도에 상납하는 돈 따위……! 장사 따위! 그런 것에 얽매일 필요 없단 말이다! 본원이 그러하니까!! 그러지 않으면 안 돼……!"

그때, 마련되어 있던 서기석도 흔들리면서 서류 몇 장이 떨어졌다.

"……."

바닥에 떨어진 서류를 주워든 땋은 머리의 원생은, 회의를 시작할 때부터 계속 아무 말도 없었다.

"아랴. 진정해."

부원장의 말과 묵묵히 서기석으로 돌아가 앉는 원생의 모습에, 아랴가 겸연쩍어하며 시선을 피한다.

"미, 미안. 보기 흉한 모습을 보여서……."

액수가 커진, 수도에 바쳐야 하는 상납금.

그리고, 점점 벌어지는 영민들과 일 정도원의 거리.

(그러지 않으면 안 된다라…….)

케이트는 언성을 높인 아랴를 보며 생각했다.

(……무엇이 원장을, 이렇게까지 완고하게 만든 걸까.)

원장은, 원생들에게 만장일치로 동의를 얻어, 맡게 되는 직책이다.

실제로 예전의 아랴는, 많은 이에게 신망이 있었다고 케이트는 전해 들었다.

지금 있는 원생들은 어떤 식으로 생각할까.

그걸 묻는 것이, 케이트는 어쩐지 좀 두려웠다.

“2주 내로 방안을 짜 오도록. 이후 한 달 안에 뚜렷한 성과가 없으면 돌려보낸다.”

결국 아랴는 그 조건으로 올리비아의 체류를 허락했다.

덧붙여 장사를 재개함에 있어, 원생들의 참여는 허가하지 않았다.

“의견을 제기한 루에타 혼자만 하는 거로 하지. 원생들에게 이 이상 부담 주고 싶지 않아.”

그래도 뒷말은, 역시 아랴의 진심이었다.

그 후, 케이트는 루에타와 간단히 회의를 마쳤다.

(시간이 없어. 가능하면 아리스트 님께도 의견을 여쭙고 싶어……!)

실례인 줄 알면서도, 한 번은 아리스트에게 의논을 드리자고 결심했다.

방침이 정해진 이상, 미적거릴 수 없다.

그래서 빠른 걸음으로 귀빈실── 아리스트 일행에게 배정된 방으로 향했다.

(오늘부터는 같은 방. 메이드로서, 정신 바짝 차려야 해.)
그러나, 그 발걸음은 점점 느려졌다.
(정말로, 아리스트 님과 같은 방이라니……♡)
케이트 역시, 젊은 여성이었다.
그리고 아리스트의 호의적이라고 할까…… 흥분한 시선에도 민감했다.
(도착하자마자, 내 엉덩이를 뚫어지게 봐 주셨지……♡)
아리스트가 보내는 그 시선의 의미를, 당연히 수다스러운 비밀결사에서 이미 공유한 사항이었다.
거기다 케이트는 일제에게 엄청난 포상을 받은 상태였다.
「정도원에 머무는 동안, 아리스트 님의 시중을 들어 줘요.」
물론, 일제가 단순히 자질구레한 시중을 부탁한 것은 아니다.
(드디어, 나도 시중을 들 수 있어♡)
메이드들이 너도나도 기뻐해 마지않는 '시중'을 부탁받은 것이었다.
(입이랑 될 수 있으면 아래쪽으로도……♡)
자율 훈련의 성과를, 드디어 발휘할 날이 다가오고 있음에 그녀는 몸을 떨었다.
"이, 이러면 안 되지. 이건 일, 일이야, 케이트. 정신 차려……."
케이트는 자신이 설레 들뜬 걸 자각하고 부러 목소리를 내어 저를 훈계했다.
(……!)
그러나 문 앞에 선 순간, 케이트는 결국 달싹달싹할 수밖에 없었다.

“아♡ 아하아♡ 가♡ 가아아앗♡♡♡”

오래 알고 지낸 여자가, 암컷이 된 목소리가 어렴풋이 들렸기 때문이다.

(오, 올리비아도 참……. 오자마자!)

아침부터 야릇한 얼굴을 하고 있던 친구가 뭘 기대하고 있었는지는 케이트도 명백히 알고 있었다.

그런데 이렇게나 빨리 손길을 받다니.

(정말이지……. 어쩔 수 없지.)

케이트가 쓴웃음을 지으며 완벽하게 암기한 ‘손길 결사대의 아리스트 님 접대 교재’를 머릿속에서 펼쳤다.

(224쪽, 225쪽의 접대로 가야겠어.)

아리스트가 나 이외의 여성과 충분히 정사를 나눈 후, 어떻게 대응해야 하는가.

그 대응이라는 것이 100가지가 넘는 실전 유형으로 공유된 줄은, 그는 모르리라.

(먼저 환기와 청소. 아리스트 님께는 스리슬쩍 목욕을 권유하기…….)

케이트는 안에서 큰 목소리가 들리지 않을 때까지 족히 기다리다가.

천국의 문을 노크한다.

“아리스트 님. 괜찮으실까요?”

그러자, 우당탕하는 소리가 들리고.

"아, 네, 네! 자, 잠깐만 기다려 줘요……!"

아리스트의 당황한 목소리가 들려왔다.

(후후, 귀여우셔라……♡)

케이트는 그 목소리에 청초하게 미소 지었다.

(내일은 나도 대담하게 나가 보자. 그러려면 300쪽부터 복습해 둬야지!)

두 손을 살짝 쥐고, 콧김을 흥 거칠게 내쉬는 케이트였다.

다음 날, 정도원의 아침은 매우 이르다.

"그럼 아리스트 님, 올리비아 씨. 오늘은 제가 안내해 드리겠습니다."

몽땅 토끼를 돌보러 간 케이트를 제외하고 나와 올리비아는 루에타 씨의 인솔하에 이른 아침부터 원내를 견학하기로 한다.

일반인도 방문한다고는 하던데, 아직은 원생 외의 다른 사람은 보이지 않았다.

(아직 어스름하니까. 일반인이 오기에는 시간이 좀 이르려나.)

그렇게 이른 시간에, 원생들은 이미 과업이라 불리는 일을 시작하고 있었다.

"아침 기도를 마치면 각자 맡은 과업을 합니다. 우선은 청소부터 하죠."

"저기, 저도 하나요?"

첫날에 원생과 똑같이 취급하겠다고 했기에, 확인한다.

"어, 어어! 조만간 부탁드릴 것 같기는 한데, 지금은 괜찮아요!"

그러자 루에타 씨가 베일을 쓴 얼굴을 좌우로 힘차게 저었다.

아직 손님 단계인가 보다.

루에타 씨는 그대로 내 앞에 서서, 복도를 앞장서 걸었다.

"이쪽으로 오세요."

복도를 걷는데, 때때로 지나치거나 청소 중인 원생들이 고개를 숙여 인사한다.

"좋은 아침입니다."

일반인은 없었기에, 나도 인사하며 고개를 숙였다.

하지만 누구 하나 말이 없다.

"규, 규칙상 인사는 묵례로 한답니다……!"

루에타 씨가 설명해 주었고, 나는 살짝 안도했다.

참고로, 나는 준비해 준 눈가리개를 착용 중이지만, 시야가 완전히 가려지지는 않았다.

(다시 봐도 엄청나네…….)

그래서 원생들의 드러난 옆 가슴도 잘 보이고.

원복에 뚫린 매혹적인 엉덩이 창도 눈에 들어왔다.

"아리스트, 어디 보는 거야?"

올리비아는 눈치가 빨랐다.

"이크……!"

놀라는 내게, 몰래 웃는 올리비아.

"흥분하면 바로 말해야 해♡"

어제 일이 꿈이 아니었음을 알고, 실실 웃게 된다.

"후훗♡"

그런데 올리비아의 미소가 전보다 더욱 요염해서 불가항력으로 욕정이 일 듯하여 난감하다.

"여기가 성당입니다."

복도를 한참 걸은 끝에, 정도원의 현관이기도 한 삼각형 모양의 구조물 안으로 들어간다.

짙은 갈색 목재로 된 높은 천장이 아름답다.

"성당은 정도원의 현관도 겸하고 있습니다. 일반인들도 여기까지는 자유롭게 들어올 수 있지요."

루에타의 소개에 올리비아는 쓴웃음을 지었다.

"상업 길드에도 열심히 일하는 사람이 있어. 신에게 의지하는 게 나는 좀 그런데."

올리비아는 장사와 신을 구분하고 싶은 모양이다.

그 말을 듣고 돌아본 루에타 씨의 입가에 미소가 떠오른다.

"림 님이 상업의 신은 아니지만…… 뭐랄까, 마음이 편해진다는 게 중요하지 않을까 싶어서요. 저는 그렇게 생각해요."

조금은 편안해진 말투에서 루에타 씨의 진심이 전해진다.

그런 루에타 씨의 대답에 올리비아도 표정이 부드러워졌다.

"멋진 생각이네."

동감한다.

나도 끄덕끄덕하자, 루에타 씨의 얼굴에 홍조가 뜬다.

"에헤헤……. 감사합니다."

(귀, 귀여워!)

키가 작은 것도 한몫해서 보호 본능이 자극되는 느낌이다.

눈이 가려져 있지 않았다면 파괴력이 더 컸을 것이다.

(이런 동생이 있었으면 했는데~.)

주의해야 할 점은 어디까지나 분위기만 그렇다는 것이다.

(가슴과 엉덩이는 동생이라기보다는 색기 넘치는 여자다……!)

보드라워 보이는 옆 가슴은 흘러넘치고 있고, 노출한 엉덩이도 매력적인 곡선을 그리고 있다.

만약 내가 그녀의 오빠였다면 나쁜 벌레가 붙지나 않을까 노심초사했으리라.

"다음은 이쪽입니다."

그런 부원장 루에타 씨가 우리를 성당의 벽 쪽으로 안내한다.

벽에는 작은 문 두 개가 나란히 열려 있었다.

"여기는 참회실이에요. 후회하는 일이나 고민하는 것을 원생이 들어 주는 방이죠."

원생에게는 자애를 이해하는 수행이며 속인의 마음을 후련해지도록 돕는 일이기도 하다고.

방 두 개가 나란히 있고, 그 사이는 커튼으로 구분되어 있다.

다음으로 루에타 씨는 성당 가장 안쪽, 약간 단이 높은 곳을 가리켰다.

"예전에는 전 원생을 앞에 두고 저기서 죄를 고백하는 '본참회'라는 것도 했답니다."

"그런걸……."

상당한 용기가 필요한 의식이다.

"지금은 하지 않아요. 잘못을 저지른 원생에게 시키는 관습도 완화되었고요."

자기는 운이 좋은 세대일지도 모른다고 루에타 씨가 덧붙이며 미소 짓는다.

"그럼, 참회실을 이용할 때는 기부금을 받아?"

"마음의 표시 정도로 받고 있어요."

참회실을 이용하고 싶다는 사람은 어느 정도원이든 많다고 한다.

그렇게 말하다 부원장 루에타 씨가 풀이 확 죽었다.

"하지만 지금은…… 꽤 줄었어요. 원에 와 주시는 분들이 적거든요."

"그렇구나."

올리비아가 고개를 끄덕이자, 이야기는 자연스럽게 원의 경영 상태로 넘어갔다.

"상과업을 그만둔 지금은, 중요한 수입원이었는데……."

"상과업요?"

익숙지 않은 단어에 고개를 갸웃하니, 루에타 씨가 정중하게 설명해 주었다.

"정도원에서 하는 장사를 말해요. 과업 중에서도 장사와 관련한 건 그렇게 부르죠."

참고로 예전에 한 상과업도 상황이 매우 어려웠다고 한다.

"그래서 저는 장사에 밝은 분을 모셔 와서 언젠가 지도를 받아야겠다고 생각했어요."

그리고 최종적으로는 일제 씨에게 진심 어린 청을 넣게 됐나 보다.

"……하지만 아라는 동조해 주지 않았어요."

"하하. 그래서 그쪽 혼자서 위메로 부탁하러 왔구나."

폐를 끼쳐 죄송하다며 고개를 숙이는 루에타 씨.

어제 저녁 식사 전에도 여러 번 사과를 받았기에 나도 올리비아도 고개를 저었다.

"이제 사과하지 마세요. 저도 화 안 났으니까요."

첨언하자면, 나도 장사와 관련해 자문 역할을 맡게 되었다.

일제 씨도 곤란해하고 있고, 나도 아무 목적도 없이 여기 있기는 싫다.

무엇보다 올리비아의 길드장으로서의 마음가짐을 느끼고 나도 뭔가 돕고 싶어졌다.

(뭐, 나는 세상 물정을 잘 모르니까 뭘 할 수 있을지는 잘 모르겠지만…….)

그래도 올리비아는 나에게 '기대할게'라며 고마운 말을 건네 주었다.

미녀에게 그런 말을 들으면 의욕만큼은 솟는 게 바로 나란 남자다.

"후후, 아리스트는 원래 이런 사람이야. 루에타도 빨리 익숙해지도록 해."

"네, 네……. 감사합니다……!"

눈이 보이지 않는데 목소리만으로 루에타 씨가 울먹거린다는 걸 알았다.

"으이구, 알았으니까 울지 마. 다른 원생들이 놀라잖아."

귀여운 여동생이 울기라도 했을 때처럼 반응하는 올리비아에게 나는 절로 미소가 지어졌다.

이러니저러니 해도, 역시 올리비아는 언니 같은 구석이 있다.

"아리스트, 어떻게 생각해?"

올리비아의 물음에 나는 신음한다.

"으으음……. 원래 하던 걸 다시 하기는 어려우려나?"

안이하다는 건 알지만, 제일 먼저 고려해 봐야 할 문제이기도 하다.

"불가능하지는 않지만……."

모호한 표정을 짓는 올리비아.

어려운 이유는 일 정도원에서 예전에 한 장사가 원인이었다.

마타석(魔打石)을 연마하는 일이었다는데 이게 아주 경쟁이 치열한 업종이란다.

"다시 하더라도 헐값에 팔릴 테고, 그렇게 되면 그냥 바쁘기만 할 수도 있어."

"그렇겠네……."

올리비아 말대로다.

이전에 했던 장사를 그대로 재개하는 건, 역시 어려울 듯하다.

뭐, 그게 가능했다면 이런 상황까지는 오지 않았을 테고…….

"그러면 그 외의 방법을 생각해야겠네. 으음……."

우선은 정도원에 대해서 좀 더 알고 싶다.

그렇게 생각하던 찰나, 우리가 아닌 다른 발소리 두 가지가, 가까워졌다.

"실례."

케이트 씨와 같이 온 아랴 원장이었다.

그녀의 아름다운 눈동자가 내게 향했다가 약간 커다래진다.

"오, 오호라……. 확실히 지금의 아리스트 공은 여자로 보이는군."

작업복 차림에 눈가리개까지 쓴 나는 원장 눈에도 그래 보이나 보다.

그러나 이내 원장의 눈이 가느다래졌다.

"설마, 실은 여자……."

얼음 원장이라는 수식어에 걸맞게, 시선이 예리하다.

그런 그녀의 말에 먼저 반응한 건 나보다도 케이트 씨였다.

정확히 말하면 거의 겹쳐서.

"아랴 원장님?"

다소 톤이 낮은 목소리에 원장은 흠칫 놀라 등이 꼿꼿이 펴진다.

"……농담이다."

청초한 선배처럼 보였던 케이트 씨는, 아무래도 청초하기만 한 여성은 아닌 모양이다.

(케이트 씨는 혹시 화나면 무서운 사람……?)

(궁전 녀석들은 대부분 그래. 다들 좋은 애들이지만, 웃으면서 화낼 때도 있으니 조심해.)

올리비아와 은밀히 속닥대는 사이, 케이트 씨가 내게 미소 지었다.

지켜 줘서 고맙기는 한데 지금은 저 미소가 살짝 무섭다.

"앞으로의 구체적인 방안에 대해 올리비아 공과 의논하고 싶군. 루에타, 동석하지."

반면, 아랴 원장은 변함없다.

그냥 용건만 말하러 온 듯한 태도다.

"아랴, 지금은 원내를 안내해 드리는 중이야."

"케이트 공이 인계하기로 했다. 그도 이곳을 잘 알고 있으니."

퉁명스러운 말투에 루에타 씨가 어깨를 축 내뜨린다.

올리비아는 여동생 같은 그녀의 모습이 안쓰러웠나 보다.

"그래, 그래, 알았어."

못 산다는 듯 어깨를 으쓱하며 내 곁에서 멀어진다.

만족스러워하며 고개를 끄덕인 아랴 원장은,

"그럼, 케이트 공. 뒷일을 부탁하겠네."

그러고는 몸을 홱 돌려 자리를 뜬다.

(뒤태가 역시, 엄청나네…….)

골반 팬티에서 떨어지는 훌륭한 모양의 엉덩이를 드러낸 채 걸어가는 그 모습은, 군침을 삼키게 한다.

걸음걸이도 모델 같다. 저거 하나만으로도 돈을 벌 수 있으리라.

현대였다면 이 정도원은 손님이 끊이지 않고 어마어마한 매출을 올렸을 거다.

"그럼 아리스트 님, 실례하겠습니다. 곤란한 일이 생기시면 제게 말씀해 주세요!"

뒤이어 루에타 씨도 꾸벅 인사하고는 총총걸음으로 쫓아간다.
루에타 씨의 엉덩이도 탱탱 튀어 올라 최고였다.
마지막은 올리비아.
"아리스트, 이따 봐."
그렇게 나는 케이트 씨와 남았다.
원생들도 청소를 마치고 다른 장소로 이동한 모양이다.
그때, 성당 안에 난 창으로 햇살이 들이치기 시작했다.
"오오……."
어느새 해가 떴나 보다.
넓은 공간을 가로지르며 빛줄기가 스며드는 그 풍경은, 실로 성스럽다.
그 신성한 공간에, 케이트 씨의 목소리가 울려 퍼졌다.
"아리스트 님. 조금 피곤하신가요?"
걱정스레 건네는 다정하고 온화한 목소리.
장소가 장소인 탓일까.
그 미소조차도 순수한 자애로 가득 담긴 것처럼 보였다.
"감사합니다. 괜찮……. 헉?!"
하지만 그렇게 대답하는 순간이었다.
케이트 씨가 순식간에 내게 팔짱을 끼더니,
"정말로…… 안 피곤하신가요?"
목소리가 야릇해진 것이다.
그리고 이 새로 배정된 시중 메이드는 거기서 그치지 않았다.
"여기는, 좀 피곤해 보이시는데……."

"윽!"

놀랍게도 보드라운 손으로 내 중요 부위를 쓰다듬는 게 아닌가……!

(워어후…….)

사실 그곳은, 루에타 씨와 아랴 원장의 아름다운 엉덩이를 보고 약간 커져 있었다.

어제 저녁 먹기 전에 올리비아에게 실컷 발산했건만, 내 몸은 정말이지 절조라는 게 없다.

"잠깐…… 어……?!"

돌발 사태에, 나는 놀라 어찌할 바를 몰랐다.

게다가 마치 여러 번 연습이라도 한 듯이 유혹이 너무나도 능란하다.

이게 정말, 현실이 맞나……?

"어젯밤과 오늘 아침에 시중을 못 들었잖아요. 쌓이셨을 것 같아서요."

당황하는 나에게 케이트 씨가 귓가에 대고 속삭인다.

"이런 시중은…… 에피가 아니면 안 되는 건가요?"

청초해 보였던 여성이, 또 하나의 새로운 얼굴을 보여 준다.

내 손을 스르르 자기 엉덩이 쪽으로 끌어간 것이다.

"원복의 엉덩이를 보고 흥분하셨다면, 제 엉덩이로 대신하지 않으실래요……?"

팔로 밀어붙이는 말랑한 감촉.

손바닥에 전해지는 검은 스타킹과 팬티의 감촉.

나는 케이트 씨의 멋진 제안에, 기대와 아들놈을 부풀리고.

"으, 응……!"

존댓말도 잊고 고개를 주억거리고 말았다.

"그럼 이쪽으로 오셔요……♡"

그렇게 말한 케이트 씨가 나를 이끌고 간 곳은, 놀랄 노 자였다.

"자, 아리스트 님."

"어?!"

바로, 참회실 문 앞이었다.

"저, 저기, 케이트 씨……."

"지금은 아무도 없어요. 어서, 빨리요……."

주저하는 나를 아랑곳하지 않고 케이트 씨는 능숙한 몸놀림으로 나를 일반 방문객용 칸에 밀어 넣는다.

그리고 그녀 자신도 같은 칸으로 들어와,

"실례합니다……♡"

탁, 하고 문을 닫아 버렸다.

케이트 씨의 달콤한 체취가 좁은 방 안에 단숨에 가득 찬다.

(케이트 씨 얼굴이 가까워!)

칸막이라곤 해도 참회를 위한 방이다.

1평도 안 되는 크기라 매우 협소하다.

당연히 케이트 씨와는 거의 껴안다시피 하는 거리다.

(응……?)

그때, 그녀의 태도가 뭔가 이상함을 깨달았다.

방금까지의 들뜬 분위기가 싹 사라진 것이다.

"케이트 씨?"

내가 부르자, 그녀가 불안한지 눈동자를 이리저리 굴린다.

"죄송합니다, 아리스트 님. 제가 시중을 들고 싶은 마음에 그만, 이런 짓을……."

조금 전까지의 적극적인 모습은 온데간데없고 아름다운 눈동자도 내리깔았다.

"만약 제가 마음에 들지 않으신다면, 다른 사람과 교대하겠습니다……."

그녀의 느닷없는 태도 변화에 나는 놀랐다.

하지만 그 이유는 곧 알 수 있었다.

(아…….)

케이트 씨가 내 아랫도리를 힐끔힐끔 보고 있었기 때문이다.

그리고 그 아들놈은 참회실에 갑자기 끌려 들어오는 바람에 놀라서 기운이 살짝 빠진 것이다.

그러나 지금은 이런 미인과 밀착한 데다 노브라 가슴이 가슴팍에 콕콕 닿는 상황이다.

"윽!"

내 주니어가 순식간에 솟아올라, 케이트 씨의 배를 압박하는 데는 그리 시간이 걸리지 않았다.

"저, 저기……. 제가 시중을 들어도 될까요?"

머뭇머뭇하며, 섹시한 장갑에 감싸인 케이트 씨의 손이 그곳에 얹혔다.

바지가 얇아서 그 손길만으로도 내 귀두는 달콤한 전율로 뻐근

했다.

"……케이트 씨가 해 줬으면 좋겠어요."

내가 조용히 말하자, 눈앞에서 활짝 꽃이 피었다.

"네!"

케이트 씨의 새로운 얼굴을 또 봤다.

넋을 잃은 내게 몸을 비비면서 메이드는, 스르륵 아래로 내려간다.

내려가는 사이, 바지를 꾹꾹 밀어 올리는 육봉이 케이트 씨의 가슴을 스쳐 지나간다.

(케이트 씨 가슴, 부드러워…….)

노브라인 그녀의 가슴은, 옷 너머로도 느껴질 만큼 부드럽다.

더 뜨거워진 내 육봉이 머지않아 케이트 씨의 손으로 바깥 공기를 맞는다.

"아아……. 굉장해……."

초록빛 눈동자를 반짝이며, 휘어 젖힌 육봉을 잠깐 관찰하고.

"실례하겠습니다…… 하아아아아읍♡"

고운 입술로 내 분신을 삼켜 주었다.

하지만 그 입술이 점잖은 건 거기까지였다.

"추우읍♡ 츠어어어업♡"

(왁, 잠깐…… 아앗!)

시작된 펠라티오는, 평소 케이트 씨의 분위기로는 도저히 상상도 못 할 정도로 저속했다.

케이트 입이 순식간에 정액을 짜내는 음란한 구멍으로 변모해 버린 것이다.

"츄으으읍♡ 츄읍츠읍♡"

외설적인 소리를 가감 없이 내며, 쿠퍼액도 전부 마실 기세로 빨아들이는 펠라.

"쭈읍♡ 쯥♡ 쯔으읍♡"

"아! 크읏……!"

리듬감 있게 머리를 앞뒤로 흔들며, 입술을 오므려 빨아들이나 싶더니.

"으춥♡ 츄흡♡ 쯔으으으읍♡"

(케이트 씨의 혀, 미치도록 좋아!)

귀두 주위를 혀로 빙글빙글 돌며, 흘러나온 쿠퍼액을 마셔 준다.

그러다 이번에는 격렬한 쾌감에 빠진 육봉을 달래듯, 부드러운 키스를 줄기에 쏟아 낸다.

"쪽♡ 춥♡ 낼름♡ 추우읍♡"

처음이라고는 믿을 수가 없는, 정열적인 펠라티오.

"윽! 아…… 하아……!"

나는 시중을 받는다기보다는 케이트 씨의 테크닉에 속수무책으로 휘둘리는 느낌만 든다.

그때, 케이트 씨가 나를 올려다본다.

"푸하♡ 아리스트 님. 저, 잘하고 있나요……? 츗♡"

촉촉한 초록 눈동자로 쳐다보면서 타액과 쿠퍼액으로 미끈미끈해진 육봉을 위아래로 훑는 아름다운 메이드.

"엄청 기분 좋아……!"

끄덕끄덕 고개를 흔들자, 볼을 허물어 웃는 케이트 씨.

그리고 나를 올려다보며 귀두 구멍에 입술을 흡착하여 쿠퍼액을 쭉 빨아들이고는.

"올리비아와 비교하면 누가 더 기분 좋으세요……? 츄♡ 츄우읍♡"

폭탄 발언을 했다.

"어?!"

올리비아와 관계를 한 것을 알고 있었나 보다……!

완전히 허를 찔려 할 말을 잃고 얼어붙은 나.

케이트 씨가 순간 눈이 커졌다가 매우 기쁜 표정을 지었다.

"후후, 입 시중은 제가 먼저인 모양이네요♡ 기뻐요♡ 쭙♡ 쭈우우우웁♡"

"?!?!!"

이세계에 온 뒤로, 감정이 얼굴에 쓰여 있다는 말을 자주 듣는다.

그래도 이렇게까지 다 읽힐 줄이야……!

"츠읍♡ 추읍♡ 츠으으으읍♡ 즈푸♡"

"앗!! 크윽!!!"

놀라 멍해진 찰나를, 유능한 메이드는 놓치지 않았다.

머리를 비틀어 가며 움직여 마침내 내 육봉을 끝까지 몰아세운다.

"츄븝♡ 즈픕♡ 즈으읍♡ 즈으으으으읍♡"

고개 움직임에 맞춰 더 집요해지는 흡인.

휘감기는 혀가 확실하게 내 귀두 띠를 조여 온다.

내 육봉이 바르르 꿈틀거리고, 도저히 돌이킬 수 없을 만큼 욕구가 부풀어 오른다.

"더는 안 돼……. 크앗, 가……. 흣……!"

좁은 칸에 울려 퍼지는 외설스러운 소리.

그리고 상상 이상으로 음탕한 케이트 씨의 펠라티오.

가끔 스치는 케이트 씨의 부드러운 가슴.

모든 감각이 내 고환을 끓어오르게 만든다.

"응♡ 으응♡ 사정♡ 하데여♡ 즈푸우우우웁♡ 추르르르릅♡"

케이트 씨가 내 허리를 단단히 끌어안았다.

"응읏♡"

그리고 자의로 육봉 끝을, 끈적이는 목구멍 깊숙이 밀어넣었다.

"아아, 케이트 씨!!"

질 안쪽 깊숙한 곳을 찌른 듯한 감각이 느껴지고.

튀어 오르는 그녀의 몸과 함께, 내 육봉은 끝내 한계를 맞았다.

——푸슈우우우우웃!!!

"응븝♡ 응으읍♡ 으으응♡♡♡"

내 하반신에 달라붙은 케이트 씨가 신음을 웅얼거리며 정액을 삼키기 시작했다.

목구멍에 직접 쏟아 내고 있는데도 그녀는 절대 떨어지려 하지 않는다.

——뷰르릇!!! 왈칵!!!

그뿐만인가. 내 정액이 목젖에 닿을 때마다.

"응응응♡♡♡ 흐으으읏♡♡♡"

──푸슛, 푸슛!

격렬하게 경련하면서 음란하게 벌린 다리 사이로 애액을 분출하는 게 아닌가……!

(케이트 씨가 가고 있어……!!)

그렇게 가면서도 초록 머리의 메이드는 입 봉사를 멈추려 하지 않았다.

혀가 내 육봉의 구멍을 끈덕지게 후비며 더, 더 달라고 정액을 조른다.

"아, 그러면 또…… 또 가……!"

케이트 씨의 외모로는 가히 상상도 할 수 없는 음탕한 모습인데, 버틸 수 있을 리가 없다.

눈 깜짝할 새 또다시 고조된 나는, 곧바로 다음 정액을 발사했다.

──퓨우우우우우웃!!!

"응흐우우우웁♡♡♡ 츠웁♡ 쭈우우웁♡"

다시 케이트 씨가 몸을 물결치면서 쏟아진 정액을 꿀꺽꿀꺽 삼킨다.

좁은 칸에 숨이 콱 막힐 듯한 성욕의 냄새가 넘쳐흐른다.

"츠어어어어업♡ 츄으읍……♡"

(케이트 씨, 너무 야해……!)

볼을 움푹 오므라뜨려 마지막 한 방울까지 쪽쪽 빨아내고서야 육봉을 풀어주었다.

"츠포옹♡ ……하앗 ……하아…… 하앗……."

케이트 씨가 가쁜 숨을 고르며 입가를 닦는다.

그 우아한 동작만 봐서는 방금까지 정열적인 펠라티오를 한 사람이라고는 꿈에도 모르리라.

"아리스트 님. 듬뿍 사정해 주셔서, 감사합니다."

나는 그저 아랴 원장과 루에타 씨의 엉덩이를 보고 흥분했고.

그런 나를 본 아름다운 메이드에게 기분 좋은 애무를 받았을 뿐이다.

고마워해야 하는 건 오히려 나다.

"케이트 씨 입, 정말 기분 좋았어요."

기분이 너무 좋았던 나머지 감사 인사보다 감상이 먼저 튀어나와 버렸다.

꼴사나운 남자라 미안해요…….

그러나 그런 한심한 나에게도 케이트 씨는 진심으로 기뻐하며 미소를 지어 주었다.

"이렇게 많이 받을 수 있어서, 정말 기뻐요……♡"

우아하고 청순가련해서 남자라면 누구든 한눈에 잊지 못할 표정이다.

하지만 케이트 씨의 매력은 표정뿐만이 아니었다.

(……굉장해…….)

유륜까지 비치는 검은 블라우스에는, 그녀가 미처 삼키지 못해 흘러 떨어진 백탁의 액체가.

게 다리처럼 벌린 가랑이에는, 쪼딱 젖은 레이스 팬티.

그리고 팬티에서부터 실을 자아낸 애액과 축축하게 젖은 검은 스타킹.

아직 절정의 쾌락이 가시지 않아 파르르 떨리는 부드러워 보이는 안쪽 허벅지.

(미치겠다……!)

케이트 씨가 보는 앞에서 내 육봉은 눈에 띄게 강직함을 되찾아 갔다.

그런 수음을 한 후인데도 육봉의 변화를 알아차린 케이트 씨는 마치 순진한 아가씨처럼 두 뺨을 붉게 물들였다.

"아……."

옴찔, 몸을 살짝 움직인 케이트 씨에게서 애액 한 방울이 떨어지는 소리가 울린다.

——똑.

그 소리가, 나에게 신호였다.

"저, 저기……. 아리스트 님……?"

"하아……! 하아……!"

거친 숨을 몰아쉬며 그녀를 일으켜 세워, 등을 벽으로 민다.

그리고 쭉 뻗은 한쪽 다리를 들어 올렸다.

케이트 씨의 치마는 원래부터 아주 짧다.

그래서 다리 한쪽이 들리니 흠뻑 젖은 음부가 훤히 보였다.

"부, 부끄럽습니다……. 읏……."

그곳을 보인 케이트 씨가 귀까지 새빨개져서는 고개를 젓는다.

"하아……! 하아……!"

나는 더더욱 흥분해서 육봉이 한층 더 꼿꼿해진다.

말 그대로 전투태세에 돌입한 그것 앞에서 케이트 씨가 앞으로 유린당할 포로처럼 보인다.

그러나 그녀의 두 손은 나를 밀어내는 게 아니라, 오히려 자기 다리 사이로 향했다.

그리고——.

“써, 주시겠어요……?”

——북, 북…….

천천히, 검정 스타킹의 중심을 찢었다.

흰 살결에 피어난 아름다운 분홍색 꽃이, 꿀을 듬뿍 머금은 채 활짝 열렸다.

“사용해 주신다면, 대단히……, 그…….”

귀까지 빨개진 케이트 씨의 목소리는 지금까지와 조금 달랐다. 그 초록 눈동자는 뜨겁고 촉촉하게 젖어, 나라는 남자를 향한 음란하고도 사적인 기대를 담고 있었다.

(귀여워……!)

‘시중’을 넘어선 그녀의 모습에, 나는 더 참을 수 없었다.

“아……♡ 아리스트 님…….”

푹, 꿀을 밀어 헤쳐 가르듯 파고들자, 그녀의 처음의 증표를 뚫은 감촉이 전해진다.

“하앗……♡”

충격에 몸을 약간 젖히는 케이트 씨.

터져 나온 것이 단 목소리임을 확인한 나는 그녀의 매끈한 다리를 붙잡고 가장 깊은 곳까지 귀두를 밀어붙였다.

“아앗♡♡♡”

교성을 내지른다.
동시에 질 속이 꽉 조이며 자궁구에 귀두가 착 달라붙는다.
"크윽……!"
조금만 방심했다가는 당장이라도 사정해 버릴 것 같은 쾌감.
그러나 나는 케이트 씨가 더, 더 흐트러지는 모습을 보고 싶었다.
"앗♡ 아앗♡"
찌걱, 쿨척, 질컥.
격렬하게 움직이기 힘든 곳이라 허리는 천천히 움직인다.
그래서 쾌감과의 치열한 싸움이 되었다.
"하아♡ 아앗♡ 아리스트, 님……♡"
귓가에서는 케이트 씨의 달콤하고 뜨거운 교성이 들리고.
가슴에는 그녀의 부드러운 유방이 꾹 밀어 대는 게 느껴진다.
(천천히 해서 그러나, 엄청나게 감겨 와……. 윽!)
귀두가 딱 들어맞게 감싼 질벽은, 마치 절대로 놓지 않겠다는 듯 육봉에 들러붙는다.
주의를 딴 데로 돌리려고 그녀의 엉덩이를 들어 올리면, 그 엉덩이 살도 부드러워 기분이 좋다.
(아아……. 케이트 씨의 몸, 최고……!)
엉덩이 살의 감촉을 즐기고 있자니, 점차 그것만으로는 부족해진다.
깨닫고 보니 나는 위에서 손을 찔러 넣어 그녀의 맨 엉덩이를 생으로 즐기고 있었다.
"앙♡ 하아♡ 아아앗♡ 더, 마음껏 해 주세요……♡ 아앙♡"

꽉, 하고 엉덩이를 움켜쥐자, 케이트 씨의 질벽이 내 육봉을 쥐어짠다.

그리고 안쪽에서 음란한 액체를 주르륵 흘려 처바른다.

그 반응이 너무 귀여워서 나도 자꾸 허리를 움직인다.

"하아…… 하아……!"

"아아♡ 단단해♡ 아리스트 님, 너무 세요♡"

이윽고 '철썩철썩!' 리듬감 있는 소리가 울리기 시작했다.

"응♡ 으응♡ 아아♡ 굉장해요♡ 그렇게 깊이힛♡ 아아아앗♡"

정신을 차리니, 케이트 씨가 나를 두 팔과 두 다리로 단단히 감고 있다.

아름다운 메이드는 이제 내가 안고 든 상태였다.

"아앗♡ 아리스트 님, 기분…… 으흣♡ 하아♡ 좋으세요?♡"

"응! 엄청나게! 들러붙고 있어……!"

질벽이 내 육봉을 완전히 붙들고 늘어져서……. 아니, 꽉 달라붙어서는 놓지 않는다.

"쓸 만, 하신……가요♡ 응♡ 제 보×♡ 합격인가요?♡"

철퍽철퍽 그녀를 찔러 올리면서 나는 몇 번이고 고개를 끄덕인다.

"응, 응……!"

몸을 허락해 준 아름다운 여성에게 이런 갸륵한 말을 듣다니 최고일 수밖에.

나는 더더욱 흥분해서 그녀의 엉덩이를 더 세게 움켜쥐었다.

"아아♡ 아리스트 님, 엉덩이는♡ 아아아앗♡♡♡"

그 순간, 케이트 씨가 두 팔을 꼭 조인다.

내게 안긴 채로 절정에 달한 것이다.

안쪽이 또다시 격하게 꿈틀꿈틀한다.

"윽……. 하아……!"

꿀단지는 정확하게 귀두를 세게 죄더니 자궁구가 귀두에 달라붙었다.

착 달라붙은 질벽이 꿀렁거리면서 정액을 조르는 움직임은 펠라티오에 비할 바가 아니다.

"아리스트 님……♡ 아아♡ 기분, 좋아요……♡"

그리고 이번에는 케이트 씨 쪽에서 허리를 들썩여 온다.

나를 껴안고 있는 두 다리를 능숙하게 써서 불안정한 체위임에도 불구하고 육봉에 질벽을 문질러 댄다.

"정자, 주세요♡ 아♡ 앗♡ 제게 주세요♡ 보×, 열심히 조일게요♡"

"으앗, 아아!"

팡, 팡, 새된 소리를 내며 케이트 씨가 열심히 허리를 흔든다.

그것만으로도 기분이 좋은데.

"흐응♡♡♡ 으흐읏♡♡♡"

허리를 흔들면서도 여러 차례 절정을 맞는다.

그때마다 강렬하게, 질벽에 감싸인 육봉이 조여든다.

"아리스트♡♡♡ 님♡♡♡ 케이트로♡♡♡ 가 주세요♡♡♡"

저도 가고 있으면서 갸륵함을 잃지 않는 케이트 씨.

열심이고 음란한 미인 메이드의 시중.

나는 더할 나위 없는 충족감과 참을 수 없는 쾌락에 휩쓸려.

"가……. 케이트 씨, 간다……. 윽……!!"

"네♡ 네헤♡ 가요♡ 가♡ 아, 가♡ 간다앗♡♡♡"

줄기차게 가는 케이트 씨의 깊은 곳에, 나는 있는 힘껏 정액을 토해 냈다.

——퓨북퓨븃퓩!!! 울컥울컥!!!!

"가……♡♡♡ 앗, 앙 대♡♡♡ 보×, 정자에, 가…… 버려♡♡♡"

정액을 삼킬 때마다 꿀단지가 크게 꿀렁거리면서 육봉을 짜낸다.

케이트 씨가 탐낸 건, 위쪽 입뿐만이 아니었던 모양이다.

"하…… 크읏!"

"읏♡♡♡ 흐응♡♡♡"

케이트 씨는 내 육봉을 위해서 몇 번 더 다시 허리를 들썩여 박는다.

"아리스트♡ 니임♡ 또♡ 가요♡♡♡"

바로 앞에서 황홀한 표정을 가까이서 보이며 애액과 정액이 뒤섞인 액체를 사방으로 흩뿌리는 케이트 씨.

"흐읏……♡ 아……♡"

그리고…… 질 속의 정액이 완전히 새것으로 가득 찰 때 쯤.

"또, 써 주세요……. 앗♡ ……우읏…… 하아♡ 하앗♡ 아리스트 님……♡"

케이트 씨는 사랑스러운 목소리로 그렇게 말하면서 다시 한번 나에게 매달려 안겼다.

SASENSAKI HA
JOSEITOSHI
RESILIENCE
KONDO HA SEIJOTACHI TO
ICHARABU HAREM

(제2장) 숨은 쾌락과 숨겨진 마음

하늘이 꼭두서니 빛으로 물들 무렵, 나는 정도원을 혼자서 계속 견학하고 있었다.

견학에 동행해 주었던 케이트 씨는 조금 전에 경리 업무를 보러 갔기 때문이다.

다른 사람들한테 방해가 되지 않게 원내를 탐색하다가,

"오, 여기도 넓다."

마지막으로 내가 발을 들인 곳은 '과업동'이라 불리는 곳이었다.

"아무도 없네……."

원생들이 숙식하는 '숙소동'과 성당을 끼고 정반대에 있는 건물로, 목조 복도 양옆으로 방들이 주르르 늘어서 있다.

그러나 원생들의 모습은 보이지 않았고 조용하기만 했다.

"창고, 연마실……."

문 위에는 각각 표찰 같은 것이 달려 있다.

옛날에 했다던 마타석을 연마하는 작업실도 이쪽에 있는 모양이다.

(뭔가, 향수가 느껴지네.)

줄지은 창문으로 해 질 녘의 석양이 들이치는 풍경이 마치 하교 시간의 초등학교 같다.
건물 구조도 비슷해서 더 그렇다.
(뭐, 제복은 현대에서는 말도 안 될 정도로 야하지만!)
이전 생과의 차이를 떠올리며 복도 끝에 있는 교실에 다가갔을 때였다.
"!"
덜그럭덜그럭하는 소리가 들렸다.
(누가 있나?)
문에는 '의상실'이라는 나무 표찰이 붙어 있었다.
호기심이 생겨 나는 그 문에 난 창으로 살짝 안을 들여다보기로 한다.
그랬더니 그 안에는 원생 한 명이 있는 게 보였다.
(저 사람은…….)
나는 그 원생을 본 적이 있었다.
땋은 하얀 머리, 그리고 무표정한 삼백안.
어젯밤, 방으로 저녁 식사를 가져다준 사람이었기 때문이다.
"……."
그녀는 내가 들여다보는 것을 전혀 눈치채지 못하고 바느질을 하고 있다.
보아하니, 원복을 수선하는 듯한데…….
(와, 빠르다!)
작업 속도가 한눈에 봐도 보통이 아니었다.
쌓여 있던 원복들이 하나둘 그녀의 손을 거치니 순식간에 정갈

하게 개였다.

(재봉틀보다 빠르지 않나……?)

도저히 인간의 솜씨라고는 믿기 힘든 기술이었다.

감상하는 동안, 원복들이 줄지어 가지런히 정리된다.

(원생 개개인이 몇 벌씩 가지고 있나 보구나.)

혼자 고개를 끄덕이며 이해하는 사이, 그녀는 다음 작업으로 넘어갔다.

(이번에는 작은 흰 천……. 저건 설마……!!)

한순간 손수건인 줄 알았는데 훨씬 매혹적인 천이었다.

(패, 팬티!!)

그렇다. 흰 천은 원생들이 입는 흰 팬티들인 것이었다……!

"……."

땋은 머리 원생은 여전히 내 존재를 모르는 눈치다.

팬티를 하나 집어 들고는 앞뒤를 확인한 후, 담담히 수선해 나간다.

그녀가 내 존재를 알아차리지 못한 틈을 타, 수선 작업을 눈으로 좇아가며 유심히 지켜봤다.

(으으. 남자란, 참 슬픈 생물이구나.)

담담하게 움직이는 그녀의 손놀림은 원복을 수선할 때보다 훨씬 느리다.

아마 팬티가 더 섬세한 작업을 요하기 때문일 것이다.

정교한 레이스 장식도 들어가 있는 데다 천 크기도 작고.

(그 원장도 엄청난 팬티를 입고 있었지. 이쪽 세계 여자들 취향

은 진짜 최고야…….)

다시 한번, 나를 이 세계로 전생시켜 주신 신께는 감사할 따름이다.

그런 쓸데없는 생각을 하는 사이에 어느덧 팬티는 어느덧 마지막 한 장만 남았다.

(오, 오오……. 저건 거의 끈이잖아……!)

그녀가 들어 올린 팬티는 지금까지 본 것 중에서도 가장 과감한 흰색 T팬티였다.

그것도 당연하다는 듯, 담담하게 수선하고――.

(으에에에엑?!!)

――갑자기 벌떡 일어서더니, 원복을 벗었다.

"……."

(뭐, 뭐야?! 왜 벗지?)

상상 이상으로 출렁이는 크기와 탄력을 겸비한 가슴도.

외설스러운 흰 팬티, 마찬가지로 흰색 가터벨트로 장식한 맨 엉덩이도.

일말의 주저함 없이 드러냈다.

아니, 그뿐인가.

"……응."

작게 소리를 내며 팬티마저 벗어 버렸다.

(어?! 어?!)

너무나도 갑작스러운 전개에 나는 혼란에 빠졌다.

하지만 남자란 역시 슬픈 생물.

이런 때, 시신경은 한계까지 활발해지는 법.

(함몰 유두다……!)

조금 큰 분홍빛 유륜과 그 안에 묻힌 유두의 존재를 눈 깜짝할 사이에 인식했다.

그러나 내가 볼 수 있는 건 거기까지였다.

그녀가 금방 등을 돌린 탓이다.

물론, 탱글탱글 부드러워 보이는 엉덩이는 아주 잘 보이지만 말이다……!

"……."

땋은 머리 원생은 과실을 여실히 드러낸 채, 근처에 있던 천을 걷었다.

걷어 낸 곳에는 꽤 큰 전신 거울이 있었다.

"……응."

스르륵 팬티를 입는 그녀.

조금 전에 수선한, 그 과감한 T팬티였다.

(아까 그 팬티, 이 사람 거였구나. 수선이 잘됐는지 직접 입어서 확인하고 싶었나……?)

엉덩이를 거의 가리지 않는 팬티에, 일제 씨와 견줄 만한 폭유.

대담하게 벗는 것까지 포함해, 어느 것 하나 조용해 보이는 그녀의 인상과는 동떨어져 있다.

그래서 더, 나는 눈을 뗄 수 없었다.

(오, 오오…….)

매혹적인 엉덩이를 거울에 비추어 팬티 상태를 확인하는 그녀에게 넋을 잃고 있던 그때.

"아! 아리스트 님!"

갑자기 등 뒤에서 루에타 씨의 목소리가 들렸다.

"죄, 죄송합니다!!"

훔쳐보기 현행범이 되는 순간이었다.

내가 식은땀을 흘리며 반사적으로 사과하니.

"시, 실례했습니다!"

오히려 루에타 씨가 허리를 깊게 숙이며 사과하는 게 아닌가.

"보이시길래 그만……! 아리스트 님을 놀라게 하다니, 큰 결례를 범했습니다……!"

몰래 훔쳐본 것도 모자라서 아무 잘못도 없는 사람에게 사과하게 하다니…….

이 상황을 도저히 견딜 수 없어, 루에타 씨의 말을 끊고 솔직히 죄를 고백했다.

"제가 잘못했습니다! 그러니까, 엿봐서……."

"아뇨, 아뇨! 괜찮습니다!"

"에?"

반응으로 보아, 루에타 씨는 내가 여자 알몸을 몰래 본 줄은 모르는 모양이었다.

장사를 위한 조사 차원에서 지켜봤던 거라고 해석한 듯했다.

"오히려 아리스트 님께서 봐 주셨다니, 영광스러운 일입니다."

(저야말로, 근사한 몸을 볼 수 있어서 영광이었습니다……!)

혼나지 않아 다행스러운 안도감과 미안함이 교차한다.

적절한 대답을 찾지 못하고 있는데,
"아, 그렇지!"
루에타 씨가 귀엽게 손뼉을 쳤다.

여기저기 이끄는 대로 안내를 받다가.
깨닫고 보니 어느새 의상실에 맹랑하게 앉아 있었다.
"이쪽은 원생인 오비라고 해요. 원복 수선과 원장 서기를 담당하고 있답니다."
"……응."
대담한 피팅 모습을 보여 주었던 여성은 오비 씨라고 했다.
특징적인 삼백안을 살짝 내리깔고 공손하게 인사한다.
"……오비. 잘, 부탁드립니다."
말을 잘하는 타입은 아닌 것 같다.
독특한 템포와 감정이 잘 느껴지지 않는 목소리다.
하지만 신기하게도 성실함은 느껴졌다.
"아리스트입니다. 잘 부탁드립니다."
나도 고개를 숙여 인사한다.
인사하고 나서 고개를 드니, 의상실 풍경이 눈에 들어왔다.
(가정 실습실 같다. 여기도 참, 왠지 정겹네.)
나무로 된 커다란 테이블과 의자.
내가 다녔던 초등학교의 가정 실습실과 흡사했다.
딱 하나, 아주 큰 차이가 있다.

"이것 참……. 서랍 개수가 엄청나네요."

내부 한쪽 벽면이 온통 크고 작은 크기의 서랍으로 매워져 있던 것이다.

천장에 닿을 정도로 빼곡한 그 양은 존재감이 압도적이다.

"이곳에는 천과 실, 재봉 도구를 보관하고 있어요."

루에타 씨가 설명하자, 오비 씨가 몇몇 서랍을 꺼내 보여 주었다.

"……실과 천. 원복 수선용."

설명대로 안에 든 건 원복과 동일한 색상의 재료들이었다.

원복 곳곳에 달린 단추 같은 것도 잔뜩 들어 있었다.

"……이건 후크."

"아하."

나는 고개를 끄덕였다.

그런데 이렇게 보니까, 한 가지 의문이 생겼다.

"여기에는 이런 것만 있나요?"

서랍이 벽 하나를 가득 메울 만큼 많다.

원복 수선용 재료라고 하기에는 양이 너무 많지 않나.

"지나치게 많죠, 아무리 봐도."

씁쓸한 미소를 지은 건 루에타 씨였다.

"옛날에, 일 정도원에서 옷을 만들어 장사하려 했었대요."

아랴 원장의 2대 전의 원장이 재임하던 시절의 이야기라고 한다.

"그때는 원도 잘나가고, 원생도 많았다더군요. 그래서 자금이 있을 때 미리 구비했다고 해요."

하지만 안타깝게도 새로운 사업 도전은 잘되지 않은 모양이다.

"보시다시피 옷 장사에 손을 댔지만, 금세 접을 수밖에 없었다고 합니다."

"……여기 있는 천은, 그 시절 재고."

오비 씨가 담담하게 말했다.

나는 다시 서랍 벽을 바라본다.

(그 당시 원장은 승부사 기질이 있었나 보네…….)

팔 만큼 있다는 말이 딱 적절할 정도다.

"그럼, 이걸 팔면 어때요? 지금이라도 옷 장사를 해 보거나요."

내 말에 루에타 씨가 조심스럽게 고개를 저었다.

"위메에는 고가부터 염가까지 수많은 의상점이 몰려 있어요."

요컨대 경쟁이 너무 치열하다는 뜻인가 보다.

"……재고로 남은 천도 대부분은 상해서 못 써. 괜찮은 천도 유행이 지났거나, 양이 적어."

오비 씨는 더 나아가, 진입이 어려운 이유를 덧붙였다.

"……역사가 오래된 가게는 저마다 재봉 방식이 있어. 무늬도 그렇고, 고유 방식은 비밀에 부치고."

"그게 바로 경쟁력이 되죠. 하지만 저희 정도원엔 그런 게 없어요. 지금부터 만든다 한들……. 그렇죠?"

루에타 씨가 오비 씨를 바라보자, 그녀는 고개를 끄덕였다.

"……아톨은 백년가게. 톡은 저렴하고 튼튼. 인기 있는 가게와 경쟁하기는 어려워."

'아톨'과 '톡'은 의상점 이름인 모양이다.

그러나…… 그런 가게들과 맞붙을 무기가 정도원에는 없다.

(그래서 재고가 고스란히 남아 있는 거구나.)

나는 납득했다.

"……아톨 무늬도 멋지고, 톡 재봉도 만듦새가 좋아."

오비 씨는 계속해서 업계 이야기를 이어 ……가는데, 뭔가 좀 이상해졌다.

"최근에 루크스가 들인 젊은 장인도 무시 못 해. 톡에서 독립하더니 거기서 옷을 지어 진열했고. 루나족풍이라는 건──."

담담한 말투는 여전한데 말이 점점 빨라지는 게 아닌가……!

"루크스 뒷골목에 생긴 새 가게도 괜찮았어. 들여온 제품도 있고, 가게 자체에서 만든 것도 있고. 다른 맞춤복 가게의 재봉 방식을 더 개량하고, 가격도 나쁘지 않고──."

(이, 이건…….)

"그리고 아톨에서 독립했다는 장인이 만든 가을, 겨울옷도 목 부분이 예뻐. 아직은 루크스에는 깔리지 않을 테지만, 내 예상으로는 몇 년 안으로──."

(오타쿠 특유의 속사포다!!)

나의 확신과 거의 동시에 루에타 씨가 오비 씨를 만류했다.

"자, 잠깐! 오비! 아리스트 님 앞이야!"

"……죄, 죄송합니다. 그만……."

원래대로 돌아온 오비 씨.

"아아, 아뇨, 아닙니다! 괜찮습니다."

내가 고개를 저었더니, 오비 씨는 살짝 풀이 죽었다.

그 모습이 왠지 귀엽다.

"아무튼, 지금부터 의복 장사를 시작하려면 어지간히 참신하지 않으면 어려워요. 오비도 그 얘기를 하고 싶었던 거고요. 맞지?"

루에타 씨가 대변하자, 고개를 끄덕하는 오비 씨.

(올리비아에게 발상의 힌트가 됐으면 했는데…….)

그럴 가능성은 없을까 싶어 포기하려던 찰나.

(정말 가능성이 없다고 할 수 있을까……?)

그런 생각이 스쳤다.

왜냐하면, 조금 전 오비 씨의 모습이 자꾸 마음에 걸렸기 때문이다.

(말이 속사포처럼 나올 정도로 좋아한다는 거……. 뭔가 멋진걸.)

현대에 살던 시절, 나는 그렇게까지 좋아한다고 할 수 있는 게 없었다.

그래서 그렇게 열정적으로 말할 수 있는 뭔가를 가진 오비 씨가 눈부시게 느껴진다.

거기다.

"오비, 수선해 주고 있었어? 오늘 과업은 아니지?"

"……응. 이미 끝냈어."

"뭐?! 벌써 끝냈다고?"

"……속옷도 했어."

"정말?! 역시 오비……. 수선을 하루 만에 끝내는 사람, 위메에도 없지 않아?"

"……아니야. 나야 바느질 좋아하니까."

"그렇구나. 다들 기뻐할 거야, 고마워."

내 귀에, 둘이 소곤소곤 나누는 대화 소리가 들렸다.

(시간도 별로 없는 마당에 오비 씨의 실력과 솜씨를 살리는 쪽으로 고려해 볼 수 없으려나.)

어떻게든 이 열의와 기술을 활용할 수는 없을까.

그렇다고 당장 아이디어가 떠오르는 건 아니었다.

"으음. 뭔가 참신한 것이라……."

몇 번인가 끙끙댔을 때, 문득 올리비아가 한 말이 떠올랐다.

「신선함이나 일종의 운을 시험해 보려고 온 손님도 있어.」

빵을 담는 봉투에 표시를 해 두고, 표시가 있는 봉투를 가져오면 반값으로 준다는 얘기.

그걸 레테아에서 했을 때, 손님 반응에 대해 한 말이다.

('당첨 상술'은 현대에서는 흔해.)

저쪽 세계에는 있고, 이쪽 세계에는 없는 것.

그러면서 이쪽에서도 바로 유용하거나 잘 활용할 수 있는 것.

그런 게 바로 이 세계에서는 '참신한 것'이다.

(현대에서는 일반적인데 이세계에는 없는 것. 게다가 오비 씨의 열의를 살릴 수 있는 것…….)

역시, 옷 쪽?

하지만 여기는 노출도 큰 옷이 인기라 현대 디자인으로는 아쉬운 소리를 들을 듯하다.

(그렇다면 차라리 현대에도 있었던, 자극적인 복장을 참고하는 건 어떨까?)

게임이나 애니메이션 캐릭터처럼 속옷 같은 코스튬이나.

코스튬은 꽤 좋아할지도 모르지만, 비현실적인 것도 많단 말이지.

"아."

거기까지 생각한 순간, 뭔가 번뜩였다.

현대에는 있고 이세계에는 없는 것 한 가지가 떠오른 것이다.

(팬티는 봤는데 브래지어는 한 번도 못 봤어……!)

그렇다.

이세계에서 만난 여성들은 전원 노브라다.

원생들조차 옆 가슴이 내놓고 다니고, 브래지어 쪼가리도 보이지 않는다.

(근데 잠깐만. 애초에 필요가 없으니까 없는 걸까?)

이 세계에서 노출도가 큰 층은 젊은 여성에서 중년 여성까지다.

그 이상 연령대로 보이는 사람들은 현대식으로 말하자면 품위 있게 차려입었다.

어떤 습관이나 가치관이 있는 것이리라.

(가슴이 처진 사람은 한 번도 못 보긴 했지…….)

이 부분은 확인이 필요하겠다.

(처음 본 여성한테 브래지어 얘기를 하려니…….)

역시 좀 주저주저하는 그때, 루에타 씨가 말을 걸었다.

"아, 아리스트 님?"

굉장히 불안한 표정이다.

'아' 한마디만 하고 그대로 입을 다물고 있으니, 이상하기 그지

없었겠지.

(나중에 올리비아나 케이트 씨한테 물어봐도 되지만…….)

불안해하는 루에타 씨를 보고도 그냥 넘기기가 마음에 걸린다.

그래서 나는 큰마음 먹고 물어보기로 했다.

"저기, 혹시 브래지어라는 거, 아세요……?"

두 사람의 반응은 매우 알기 쉬웠다.

"브래지어요?"

「……?」

나란히 고개를 갸우뚱한 것이다.

적어도 브래지어라는 단어는 존재하지 않는다는 건 알았다.

"그, 그러면 여성의 가슴을 덮는 식의 속옷 같은 게 있나요? 천이나 레이스 재질의."

좀 더 구체적으로 설명해 봤으나, 두 사람은 감이 잘 안 오는 눈치였다.

위메에서 본 비키니 아머 얘기를 꺼내 봤더니.

"'위키니'야 있기는 있지만……."

"……그건 가슴을 고정하는 거. 육체노동 하는 사람만 입어."

"굳이 가슴을 가리는 속옷은, 저는 들은 적이 없습니다."

피부를 노출하여 마법 소질을 얻는다.

그게 이곳의 기본 패션 문화라는 건, 역시 대단하다…….

(새삼 이세계에 있다는 게 실감이 나네…….)

몇 번째인지도 모를 문화 충격을 받고 있는데, 놀라운 얘기가 하나 더 있었다.

"아리스트 님이 말씀하신, 유방이 처진다거나, 망가진다거나…… 하는 그런 얘기도 별로 듣지 못했습니다."

"……응. 받치거나, 모양을 잡거나 하는 얘기는 못 들어봤어."

이 세계 여성들은, 정말로 훌륭한 가슴을 지닌 모양이다…….

설마 여자들이 가슴이 처지는 것을 고민하지 않는 세계였을 줄은.

(역시 이세계……. 현대와는 완전히 다르구나.)

하지만 좋아하는 것에 반응하는 사람의 성질은 비슷한가 보다.

"……아리스트 님. 그 '브래지어'라는 건, 어디서 들었어?"

앞으로 몸을 내민 건 오비 씨였다.

담담한 목소리는 여전하지만, 누가 봐도 흥미로워하는 모습이다.

"어, 그게……. 수도에서 그런 얘기를 들은 적이 있어서요."

출처는 적당히 얼버무렸다.

"……관심이 있어. 어떤 건지, 알려 줬으면 해."

그러고 싶어도 나도 구조를 잘 아는 건 아니다.

어떻게든 기억을 더듬으며 마치 내게 가슴이 있는 몸인 양 손가락을 움직여 보였다.

"어, 그러니까 아까도 말했다시피 여기 이렇게, 천이 있고 말이지."

반말로 나간 것도 개의치 않고 열심히 설명해 보지만.

"……잘 모르겠어."

오비 씨에겐 좀처럼 전달이 안 된다.

어쩌면 당연한 일이다.

(저쪽에서는 착용한 적도, 벗긴 적도 없었으니까……. 동정이라…….)

서글퍼하는데 가까운 곳에서 옷이 스치고 단추를 푸는 듯한 소리가 들렸다.

"자, 잠깐 오비! 뭐 해?!"

루에타 씨가 당황한 목소리로 외친다.

무슨 일인가 싶어 눈을 뜨자, 도원향이 펼쳐져 있었다.

(억?! 어?!)

놀랍게도 오비 씨가 원복의 가슴 부분을 풀어헤치고 풍만한 맨 가슴을 뽐내고 있던 것이다.

난데없는 포상에 내 사고는 정지하고 말았다.

"……직접 배우는 편이 나아. 아리스트 님은 가슴이 없으니까."

"뭐, 뭐라는 거야?!?! 얼른 가려! 실례야!"

"……아리스트 님, 상냥해. 지금도 태연하게 얘기해 줘."

"상냥하시지! 상냥하시지만, 그런 건 보이면 안 되지! 죄송합니다, 아리스트 님. 오비가 옷 얘기만 나오면 정말……."

꾸벅꾸벅 고개를 숙여 내게 사과하는 루에타 씨.

"자, 빨리 다시 입어. 말씀 나눠 주시는 것만으로도 충분하니까!"

"……알았어."

아쉬워하는 오비 씨가 그대로 매력적인 가슴을 덮으려 했다.

(……헉!)

그제야 충격에 멈췄던 사고가 다시 가동하기 시작했다.

하지만 이성은 아직 작동하지 않았던 모양이다.

“아, 안 입어도 돼요! 오히려 기쁩니다!”

정신을 차리니, 나는 욕망에 지나치게 충실한 말을 뱉고 말았다.

“네?”

“어?”

우뚝 멈춘 두 사람이 내 쪽을 본다.

“…….”

“…….”

“…….”

한동안 침묵이 지배한 의상실에서 가장 먼저 입을 뗀 건 루에타 씨였다.

“아, 아리스트 님? 방금 말씀은…… 기쁘시다고요……?”

놀란 건지.

아니면 변태 같은 내가 믿기지 않은 건지.

루에타 씨의 목소리가 약간 떨린다.

(일 쳤다!!)

루에타 씨와 오비 씨는 내게 우호적으로 보이기는 하지만, 서로의 입장은 미묘하다.

가슴을 보고 기뻤다고 했다가는 이상한 놈이라며 진짜 격리될지도 모른다.

맹렬한 후회와 동시에 내 변태 엔진은 최고 속도로 두뇌를 회전시켜 주었다.

그래서 덕분에 어떻게든 다음 말이 나오기는 했으나.

“어……. 그렇지! 설명하기가 쉬우니까요! 브래지어의!”

완성도는 처참했다…….

“설, 설명해 주시겠다는 말씀이세요……?”

그 말이 효과가 있었던 걸까.

멍하니 있던 루에타 씨는 제쳐 두고, 오비 씨의 행동은 재빨랐다.

“……다행이다.”

오비 씨가 잽싸게 내 가까이에 있는 의자에 앉는다.

그러고는 일말의 망설임도 없이.

“……부탁드릴게요.”

출렁.

다시 한번 맨가슴을 앞으로 쑥 내밀어 주었다.

(미, 미쳤다!)

눈앞으로 다가오는 풍만한 가슴.

조금도 무너지지 않은 형태로 아름다우면서도 관능적인 곡선을 그리고 있었다.

그리고 무엇보다 눈길을 끄는 건, 그 과실의 정점.

(……유두가 묻혀 있어.)

분홍색 유륜의 중앙이 부끄러운 듯 움푹 들어가 있다.

그 모습만은 땋은 머리에 얌전해 보이는 오비 씨의 이미지와 딱 들어맞았다.

(예쁘고, 유두는 야하고……. 계속 보고 있을 수 있을 것 같아.)

참, 지금은 그럴 때가 아니다.

“어, 그, 그럼……”

아들내미는 이미 기운이 넘치지만, 그건 그거고.

(에라, 모르겠다!)

나는 여러 의문과 감정을 뿌리치고 오비 씨의 어깨에 손을 얹었다.

"와……."

루에타 씨가 작게 탄성을 내었다.

갑자기 여성의 몸에 손을 대었으니, 대담한 남자라고 생각했겠지.

……나도 그렇게 생각합니다.

"……."

(조용하네…….)

놀랍게도 당사자인 오비 씨는 꼼짝조차 하지 않았다.

남자가 살을 만지는 정도는 별일 아니라는 느낌이다.

(이러면 설명하기 쉬울지도.)

무던한 반응 덕에 음흉한 기분이 조금 가라앉는다.

오비 씨를 본받아 나도 의식해서 담담하게 설명하고자 노력하기로 했다.

"먼저, 이렇게 천으로 된 어깨띠가 어깨에서 뻗어 내려와."

"……어디까지?"

"딱 이 정도 되려나."

가능한 한 가슴에 닿지 않도록 조심하면서 브래지어 끈이 오는 위치를 가리킨다.

"그리고 여기서부터 가슴 주변을 감싸는 띠가 있어."

"……띠? 어떻게?"
목소리는 감정이 옅지만, 오비 씨의 관심은 진짜다.
"가슴 주변을 둥글게 한 바퀴 두르는 띠인데……."
"……어디쯤을 한 바퀴 둘러?"
내 설명을 더 정확히 들으려 양팔을 들었다.
겨드랑이를 드러내고 가슴이 흔들리는 데도 전혀 주저함이 없다.
"이쯤인 것 같아."
그 마음에 부응하고자, 띠가 위치하는 부위를 정확히 가르쳐 준다.
"……알겠어. 그럼 가슴을 덮는 천은?"
오비 씨의 열의에 가슴 컵 부분 설명에까지 이르게 되었다.
(번뇌여 물렀거라, 번뇌여 물렀거라……!)
당연하게도, 그녀의 풍성한 가슴이 시야에 가득 찬다.
여성 특유의 달콤한 향기는 번뇌를 끊임없이 자극해 견딜 수가 없다.
"여, 옆은 이쯤부터. 그 띠에 붙어 있어."
"……정면은 어디부터? 다른 천?"
그리고 오비 씨 역시 요구에 망설임이 없다.
"……잘 모르겠어. 감싸는 천의 위치를 손으로 알려 줘."
(소, 손으로?!)
저 매력 넘치는 가슴을 만져서 어디를 가리는 건지 알려 달라는 뜻이다.

“……싫지 않으면. 실례라면, 미안.”

머뭇거리는 내게, 오비 씨가 그렇게 말한다.

하지만 그녀가 사과할 일은 아니다.

싫기는커녕 만지게 해 줘서 기쁘니까…….

“그, 그러면 실례할게…….”

나는 결심을 다지고 오비 씨의 양쪽 가슴을 손으로 떠받치듯 들어 올렸다.

(부드러워…… 윽……!)

탄력적이면서 듬뿍 담기는 부드러운 가슴살의 감촉이 손안에서 튄다.

“…….”

놀라운 건, 나의 접촉에도 오비 씨는 일절 반응을 보이지 않았다.

“가리는 천은 여기까지. 가슴골까지는 안 가리는 게 많은 것 같아.”

“……많아?”

가슴살보다 더 촉촉한 유륜.

그게 내 손바닥에 닿아도 오비 씨의 기색에는 변화가 없다.

“……그건, 디자인에 따라 다르다는 뜻?”

그래서 나도 사무적인 분위기를 깨지 않으려 애쓰며 버텼다.

“응. 예를 들어서──.”

유륜의 감촉이 또렷하게 전해지지만, 생각해서는 아니 된다.

굉장히 매력적인 감촉이어도 생각하면 안 돼!

“……밑은 무조건 가려?”

"응. 가린다기보다는 띠 같은 걸로 받쳐서 올린다는 느낌이려나."

그러나 생각하지 않으려던 게 되레 독이 되었다.

설명하다가 무심결에 가슴을 꾹 들어 올려 버린 것이다.

"……읏."

이때, 처음으로 오비 씨에게 변화가 찾아왔다.

살짝 몸을 떤 것이다.

"아, 미, 미안! 아파?"

놀라서 떼려던 내 손은 그녀의 손으로 가슴에 꽉 눌렸다.

"……괜찮아. 놀라서 그랬어."

(우와앗?!)

그 순간, 유연한 살덩이 폭탄이 손안에서 튕긴다.

(가, 감촉 미친!)

놀란 나머지 반사적으로 손에 힘이 들어가, 의도치 않게 그녀의 가슴을 주무르고 말았다.

그러자 다시 한번, 오비 씨의 몸이 파르르 튀었다.

"……읏……."

이번에도 무언의 반응이었다.

하지만 왠지 그녀의 체온이 살짝 오른 느낌이 드는 건 기분 탓일까.

(아, 안 돼……. 억누르던 흥분이…….)

안달하는 내게, 오비 씨가 질문을 이어 간다.

"……이어서 가르쳐 줘. 앞쪽은 어떤 모양?"

"위에서 끈으로 매는 스타일이 많을, 걸."

손바닥의 위치를 바꾸어, 내가 아는 형태를 재현해 본다.

그러다 보니 자연스럽게 가슴을 살짝 주무르는 꼴이 되어 버리기도 한다.

"……읍…… 계속해 줘……."

간혹 반응을 보이는 오비 씨.

하지만 목소리는 여전하다.

그래서 나도 이성을 풀가동하여 끝까지 브래지어에 관해 설명했다.

"대체로 이런 느낌?"

"……알겠어."

그렇게 생각했는데.

오비 씨가 아직 내 손을 놓으려 하지 않았다.

"……유두를 안 가리는 건 없어? 다 천이 큰 것 같아."

이세계의 문화를 고려하면, 당연한 질문일지도 모른다.

수도에서 봤다고 말하기도 했고.

"유, 유두를 안 가리는 브래지어라……."

가슴 감촉에서 필사적으로 사고를 딴 데로 돌리며 나는 기억을 되짚는다.

"……있다면 알려 줘. 위메 사람들은 그런 걸 더 좋아할지도 몰라."

오비 씨는 어떻게든 브래지어를 상품화할 가능성이 있다고 생각해 주는 모양이다.

"오비……."

묵묵히 지켜보던 루에타 씨가 작은 목소리로 말한다.

"……지금 원은 어려워. 뭐든 좋으니까, 지혜가 필요해."

적극적인 그녀가 기쁘다.

그래서 나도 조금 더 야한 브래지어도 소개하기로 했다.

이렇게나 이만큼 의욕을 보이니, 나도 용기를 내야겠다고 생각한 것이다.

"일부러 안 가리고 이런 식으로 유두를……?!"

……그러나 내 손은 이내 멈출 수밖에 없었다.

"……."

원인은 오픈 브라를 재현하면서 오랜만에 보인 그녀의 한쪽 유두에 있었다.

(서, 섰어……!)

함몰되어 있어야 할 유두가 지금은 또렷하게 존재감을 주장하고 있던 것이다.

"……."

오비 씨는 내가 무엇을 봤는지, 눈치채고 있겠지.

하지만 아무 말도 없고 태도에도 변화가 없다.

"……."

"……."

루에타 씨 역시 입을 다물고 있는 상황.

실내를 묘한 침묵이 지배한다.

그리고 나는 마침내 알아차렸다.

(오비 씨가 살짝 땀을 흘리고 있어……!)

그녀가 성적 쾌감을 느끼고 있음을 알고 나는 걷잡을 수 없는 욕망에 휩쓸렸다.

"이, 이런 식으로 유두를……."

설명을 반복하면서 발기한 그녀의 유두에 살며시 손가락을 갖다 대어 본다.

그러자.

"……읏……. 읍……!"

덜컹덜컹!

"!!"

"!!"

실내에 큰 소리가 울려 퍼졌다.

오비 씨가 상체를 세로로 세차게 흔들며 앉아 있던 의자가 크게 튀어 오른 것이다.

"괘, 괜찮아……?"

"……놀랐을 뿐이야."

그럼에도 오비 씨는 짧게 대답했다.

역시나 담담한 태도였다.

그렇지만 내가 만진 그녀의 유두는, 조금 전보다 더 꼿꼿하게 발기한 듯 보이기만 한다.

(……하, 한 번 더…….)

나는 음흉한 흑심을 거스르지 못하고 솟아난 유두를 이번에는 손가락으로 주물렀다.

"유두를 이렇게……."

그 순간.

"읏…… 앗……."

덜커덩덜커덩!!

또다시 요란한 소리를 내며 오비 씨의 몸이 두 번 크게 튀었다.

"……."

"……."

"……."

실내는 다시 정적이 흐른다.

"……놀랐을 뿐이야."

오비 씨는 같은 말을 되풀이하고, 특유의 삼백안에도 별다른 변화는 없다.

하지만 그녀의 몸은 분명히 떨고 있었다.

간헐적으로 움찔, 움찔.

마치 여자가 절정에 이른 직후처럼…….

(…….)

나는 이미 멈출 수 없었다.

콧김도 거칠 터.

"……."

오비 씨는 분명 눈치채고 있다.

그런데도 아무 말 하지 않는다.

그를 기회 삼아, 이번에는 그녀의 다른 쪽 유륜을 노렸다.

"천은 비치고 유두는 무늬로 가린 것도 있고……."

큼직한 분홍색 유륜, 그 중앙의 오목한 곳으로 손가락을 뻗는다.
그리고 손톱이 닿지 않도록 조심하며…… 오목한 곳을 천천히 후볐다.
"……읏!"
덜컹!! 덜커덩덜커덩!!!
오비 씨는 의자에서 튀어 오르듯 엉거주춤한 자세가 되어.
"흡…… 으……!"
부들부들 음란하게 허리를 앞뒤로 떨었다.
(아아……. 틀렸어……! 더는 못 참아!)
무언의 상태로, 그러나 온몸으로 절정에 달했음을 알려 주는 음탕한 육체.
나는 더 이상 인내할 수가 없어서.
"미안!"
"……앗!"
정신 차리고 보니, 그녀의 커다란 가슴을 한껏 빨아들이고 있었다.

오비는 지금, 인생에서 가장 혼란스러웠다.
"추우웁!"
남자에게 유두를 빨리는 날이 오다니, 상상도 한 적이 없기 때문이었다.
당연히 빨려서 때려 박히는 쾌락 또한, 상상 이상이었다.

"흐…… 읍……♡"

하지만 오비는 이를 악물고 목소리를 참았다.

설사 거친 손길로 가슴이 주물리고.

콤플렉스였던 유두를 혀로 부드럽게 후벼도.

"앗……. 흣……."

그 탓에 허리가 튕겨, 의자가 요란한 소리를 낼지언정.

"츕! 츄우우웃!"

"~~♡"

어떻게든 교성을 억눌렀다.

(이건…… 읏! 이건 일이야……. 아랴와 원의 모두를 위한 거야……. 흡……!)

오비는 어디까지나 일하는 중인 것으로 하고 싶었다.

왜냐하면 그녀가 소중히 여기는 말이 있었기에.

그 말은, 아직 학생이었던 시절에 옆자리에 앉게 된 아름다운 여학생에게 들은 것이었다.

"나는 재봉이 정말 서툴러. 미안한데 나한테 재봉을 좀 가르쳐 줄 수 있을까?"

그 여학생은 수줍어하며 다음 말을 이었다.

"아아, 갑작스러웠지. 미안해. 나는 아랴라고 해. 나도 내가 덜렁대는 편인 걸 알지만, 성격을 쉽게 바뀌지는 않더라고. 부디 용서해 주면 좋겠어."

그때 오비는 바로 대답할 수 없었다.

두 가지 이유로 놀라움을 금치 못했으므로.

첫 번째는 자기에게 쾌활하게 말을 건네는 사람이 존재한다는 사실에.

(나, 나한테 말을 걸고 있어……?!)

오비는 상대에게 무슨 말을 들으면 이것저것 생각이 많아져서 답하는 데 시간이 걸리는 성격이었다.

그래서 간결하게 말하는 습관을 들여서 되도록 상대방이 기다리게 하지 않으려 했다.

하지만 그 습관이 그녀의 목소리와 합쳐지면 차갑게 들리는 것이다.

그 결과, 주변에서 무서워하게 되어 친구라 부를 만한 이도 없었다.

(그 아랴가 내게 말을 걸다니! 뭐, 뭐라고 대답하지……?!)

두 번째는 말을 건넨 이가 바로 아랴라는 사실에.

교내에서 모르는 사람이 없는 비현실인 미인.

게다가 친구도 많고 수재라, 간혹가다 선생님들도 의지하는 그런 사람.

그런 아랴와 오비는 그야말로 정반대, 빛과 그림자 같은 위치였다.

당시의 오비에게 아랴가 눈부시기 그지없었던 것은 어찌 보면 당연했다.

"……상관없어. 뭘 가르쳐 주면 돼?"

그렇기에 오비는 간결하고 쌀쌀맞은 말을 쥐어 짜내는 것이 고작이었다.

그리고 그 사실에, 속으로는 곧장 절망했다.

(아아, 끝났어……, 내 학교생활.)

이런 태도를 보이면 아랴도 필시 기분이 상했을 테다.

그녀를 흠모하는 여학생들에게 퍼져서 괴롭힘을 당할지도 모른다.

사람들이 접근하지 않는 걸 핑계로 교실에서 야한 책을 읽는 것도 들통나겠지.

……그렇게 생각했는데.

"고마워! 정말 부끄러운 일이지만, 실은 바늘에 실을 꿰는 것도 제대로 못 해……."

"……?!"

정작 아랴는 기분이 상하기는커녕 눈을 반짝이며, 바로 오비에게 배우기를 희망한 것이다.

그날 이후, 아랴는 오비를 스승으로 여기면서 재봉 수업이나 과제가 있을 때마다 그녀를 의지했다.

그리고 시간이 조금 흐른 뒤, 그들은 누가 봐도 사이가 좋은 동기가 되어 있었다.

"수재? 내가?"

"……다들 그렇게 말해. 그래서 놀랐어, 갑자기 가르쳐 달라는 부탁을 받아서."

아랴가 오비의 말에 웃는다.

(……정말 예쁘다.)

아랴를 좋아하게 되는 여자들의 마음도 이해가 간다고, 그 당시의 오비는 생각했다.
한편, 아랴는 다른 의미로 민망해서 볼을 붉혔다.
“바늘귀에 실 꿰는 데 한 시간. 손수건 하나 만드는 데 하루. 오비가 잘 알잖아?”
“……그것도 놀라웠지.”
“요리하면 냄새만 맡아도 낙제점을 받을 지경이고. 가만히 뒀으면, 난 지금쯤 오비의 후배였을걸.”
아랴의 요리 실력은 실로 파괴적이었다.
“손수 만든 요리를 끝까지 먹어 준 사람도 오비가 처음이었지. 나도 놀랐어.”
“……그러면 이제 적당히 아무 재료나 막 넣는 건 하지 말아 줘. 그리고 이상한 냄새 나면 불을 꺼.”
“요즘은 그렇게 하고 있어. 선생님도 지금은 한 입 정도는 드셔 주신다니까.”
신의 사도가 아닐까 할 만큼 아름다운 손이, 식재료로 악마를 만들어 낸다.
오비는 그게 신기하면서도, 웃겼다.
“그래도 바느질이 이렇게나 는 건…….”
자조하면서도 개운한 미소를 지은 아랴는, 손을 멈추고 수예품 하나를 오비에게 건넸다.
“오비 덕분이야.”
그건 아랴가 만든, 루나족을 본뜬 작은 수예품이었다.
인형은 아니고 자른 천을 두 장 겹쳐 안에 솜을 넣기만 한 것.

"오비가 만든 것보다 못생겼지만, 고마움의 표시라고 생각해 주면 좋겠어."

"……주는 거야?"

"오히려 받아 줘. 내 기준에 가장 잘 만든 거니까."

그것은 바로 오비의 보물이 되었다.

그리고 아랴가 준 것은 그뿐만이 아니었다.

"내 바느질 실력에 이 정도로 끈기 있게 함께해 준다는 건, 존경할 만한 일이라고 생각하지 않아?"

"그러게, 선생님도 골치 아파하셨잖아. 오비는 대단해."

"장래에는 옷 가게 여는 거 아냐? 있지, 만약 그러면 할인해 줘. 알았지?"

아랴는 자기 친구들에게 오비를 소개했다.

그리고 아랴가 온화하고 대화하기 쉬운 학생들을 골라 연결해 주고 있다는 걸, 오비도 금방 알 수 있었다.

덕분에 오비와 친하게 지내려는 여학생이 한 사람, 또 한 사람 늘어 갔다.

"……고마워. 아랴, 다들."

"오비. 고맙다는 말은 우리가 해야지. 아랴랑 같이 과제 하는 거, 정말 힘들었거든."

"맞아. 기숙사에서 밤늦게까지 붙잡혀 있고. 바느질 과제만큼은 내지 말아 달라고 진심으로 빌었어."

"뭐……. 그랬어? 진작 말해 주지."

"말했거든! 둔하기는!"

"그랬나……?"

함께 웃을 수 있다는 게 기뻤다.

이때부터 오비는 실력을 갈고닦아 언젠가 아랴와 친구들의 힘이 되고 싶다고 생각했다.

졸업하고 얼마 지나지 않아 아랴가 원장이 되었다는 소식을 듣고 일하던 재봉소를 바로 그만두고 일 정도원의 문을 두드린 것도.

오비에게는 지극히 당연한 일이었다.

그래서——.

"앗……♡ 읏……♡"

——원의 상황이 안 좋아진 지금이야말로 무언가 할 수 있는 게 없을까.

웃음을 잃은 아랴에게 어떻게든 예전의 고운 미소를 되찾게 해줄 수 없을까.

오비는 그 방법을 찾고 있었다.

특히 자기가 잘하는 재봉으로 뭔가 할 게 없을까 싶어 수선 작업을 도맡으며 가능성을 찾는 중이었다.

(그러니까 느끼면 안 되는데……! 그럴 셈은 아니었는데……!)

하지만 그런 오비에게 있어 아리스트는 오산도 이런 오산이 없었다.

느닷없이 나타난 여자를 경계하지 않고 다가오는 남성.

얼굴도, 목소리도, 은은하게 풍기는 남성의 향도.

가냘픈데도 어딘가 야성미――실상은 아리스트의 음흉함――가 느껴지는 시선이.

(그건, 잘못 본 게 아니었어……. 흣……!)

그녀가 억누르고 있던 성욕을 다시 들끓게 했다.

끓어오른 성욕은 브래지어 얘기를 구실로, 가슴을 만져 주지 않을까 하는 기대를 하게 될 정도다.

"츄우웁."

원래는 살짝 기분 좋은 정도로만 느낀 다음 곧바로 속옷 이야기로 돌아가려 했다.

원을 구하기 위해 솜씨를 살려 새로운 상품을 만들어 보고 싶다……, 그런 생각을 계속 해 왔으니까.

그리고 타산도 따졌다.

루에타와는 야한 책을 서로 빌려주는 사이다.

그러니 분명 루에타도 기대하고 있을 테고, 무슨 일이 있어도 입을 다물어 주리라는 것을.

(그렇게, 빨지, 말아 줘어……♡)

하지만 오비의 기대는, 상상을 초월하는 형태로 이루어졌다.

"응……. 하……♡"

학창 시절부터 성적 호기심이 왕성했던 오비.

수집한 야한 책이 방에 다 숨기기 어려워, 취향이 같은 동지 루에타와 비밀 서고를 공유할 정도였다.

물론 모으기만 하지 않고 그것들의 '도움'을 받은 밤도 적지 않다.

그리고 최근 가장 마음에 들어 하던 책이, 아리스트를 테마로 한 것이었다.

"할짝……. 츄우우웃! 후우……, 후우……!"

그 아리스트가, 지금 자신의 양쪽 가슴을 움켜쥐고 있다.

(아리스트 님의 혀가……♡)

콧김을 거칠게 불며 고민거리였던 유두를 혀로 핥고 빨아 주고 있다……!

"읏♡ ……흣. ……하♡♡♡"

그를 자각한 오비는, 다시 두 다리를 덜덜덜 떨고 말았다.

교성이 터져 나가려는 건 억눌렀지만, 절정을 감추지는 못했다.

(아랴를 위해, 원을 위해서라고 마음먹었는데……♡ 이러면 안 되는데……♡)

여기서 쾌락에 빠져 버리면 불성실 그 자체가 되고 만다.

일이나 동료보다 성욕을 우선한, 나쁜 여자가 된다.

(안 돼♡ 안 돼♡ 그만두시게 해야 해……. 흡……♡)

그래서 오비는, 가슴을 주무르는 아리스트의 팔에 손을 얹었다.

"핥짝……, 츠팟! 추우우우우웁!"

"읏♡ 앗……♡ 하아……♡"

여자 몸도 싫어하지 않고 곤란해하는 루에타게도 진지하게 대한다.

그리고 무뚝뚝한 나에게도, 싫은 내색을 전혀 안 한다.

아리스트가 소문 이상으로 멋진 남성이라는 것은 잘 알았다.

(이제, 충분히 알았으니까……. 아♡ 이제 사양해야 하는데♡)

그러나 손에 힘이 들어가지 않았다.

생식기에 대고 울려 퍼지는 듯한 아리스트의 달콤한 음성이 들렸기 때문이다.

"오비 씨……. 가슴, 정말…… 읏…… 부드러워."

(으?! ?! 그런 말을, 들으면……♡)

오비는 그 한마디에 그대로 주저앉을 뻔한 엉거주춤한 자세로 애액을 흩뿌렸다.

"흐읏……♡♡♡"

이제 그녀의 손에는 힘이 들어갈 수가 없었다.

(아아, 얘들아, 미안해……. 이걸 거절하라니……. 읏…… 나는……♡)

쾌락의 갈등에 휘둘리는 오비.

"푸하……."

오비의 갈등을 눈치도 못 챈 채, 아리스트는 가슴에서 입을 떼고 떨어진다.

(아, 안 돼……♡)

그 자극마저도 오비를 가볍게 절정을 달하게 하기에 충분했다.

"앗♡ ~~~~흡♡"

경련을 멈출 수 없다.

강렬한 쾌락에 빠져드는 그녀에게 또다시 목소리가 들려왔다.

"오비 씨, 기분 좋아……?"

그것은 아리스트의, 상냥하게 배려하는 말이었다.

소중하게, 그러면서도 끈적하게 가슴을 주물러 올리며 나를 바라보는 그의 눈동자.

(나 이제, 몹쓸 여자가 되어도 좋아……♡)

오비의 입술은 평소대로 뇌의 허락을 기다리지 않았다.

"좋아요……."

마음 가는 대로 답하자, 상이라도 된 양 잘생긴 남자의 눈이 반짝인다.

보석처럼 빛나는 눈동자라고, 오비는 생각했다.

하지만 넋 놓고 감탄할 겨를 따위는 거의 없었다.

――추루루루루룹!!

"으앗……♡"

다음 순간, 혀가 더욱 가차 없이 제 유두를 후벼 팠기 때문이다.

(미안해……, 아랴, 루에타, 다들……♡ 나, 안 돼……. 틀렸어어♡♡♡)

온몸을 질주하는 성감과 부끄러웠던 유두를 받아들여 준 행복감.

그 두 가지가 마침내 오비를 무너뜨렸다.

"……억♡ 안 돼♡ 못…… 참아아……♡"

오비가 이러지도 저러지도 못하는 자세로 가랑이를 활짝 벌린 다리를 재차 격하게 떤다.

'성창(聖窓)'이라 불리는 엉덩이를 노출한 구멍으로 애액을 푸슛, 푸슛 뿜어 댔다.

"아♡ 앗♡ ……흡♡ 아아아아아앗♡♡♡"

기분 좋아……. 아아……. 이상해져……!

미안……. 나, 진짜 이상해질 것 같아……!!
"더 느끼도록 해, 오비 씨……. 쭈우웁! 날름날름!!"
"앗♡ 후비지 말아 줘……♡ 아♡ ……으핫♡ ……앗♡♡♡"
집요한 유두 공략은 오비를 더욱 천국으로 데려갔다.
그리고 그 관능의 유혹은 원생인 자신을 암컷으로 바꾸어 버린다.
(아랴, 모두들, 미안해……♡ 기분이 너무 좋아♡♡♡)
"으읍!"
오비의 두 팔은 무의식중에 아리스트의 머리를 꼭 끌어안았다.
가슴과 가슴 중앙을 더 빨아 줬으면 좋겠어.
명백한 의사 표시에, 아리스트도 더 맹렬하게 유두에 달라붙어 혀로 후빈다.
"으읏♡ 앗♡ 안…… 돼앳♡"
말로만 부정하는 오비.
그러나 허리를 흔들어 가슴을 밀어붙이는데 아리스트로서는 젖을 빠는 걸 멈출 리가 없다.
"추우우우우우우웃!!!"
혀를 빙빙 굴리며 유두를 뭉개고 동시에 유륜까지 통째로 빨아올린다.
그의 욕망이 만들어 낸 혀 놀림 기술은 원생 한 명을 완전히 암컷으로 되돌려 놓았다.
"아히이♡ 유두♡ 가♡ 가아아아아아아앗♡♡♡"
끝내, 고개를 위로 젖혀 짐승처럼 교성을 토하는 오비.

그럼에도 아리스트는 멈추지 않는다.

더더욱 유두를 되록되록 후벼 판다.

"이, 이상해져♡ 이, 이번에는 진짜 이상……♡ 아♡ 아♡ 앗♡"

출렁대는 가슴살까지 떨릴 만큼, 오비의 몸이 쾌락의 경련에 휩싸였다.

(안 돼……. 무리♡ 아리스트 님♡ 그거 진짜 못 참아핫♡♡♡)

오비를 더 깊이, 더 오래 절정으로 빠트렸다.

"오♡ 으호오옷♡ 젖꼭지♡ 젖꼭지, 또 가♡♡ 가…… 가하아아아앗♡♡♡"

원복에서 안쪽 허벅지가 완전히 드러날 정도로 그녀의 다리는 음란하게 벌어져 경련한다.

오비의 몸이 뒤로 격하게 젖혀졌다가 끊어진 실처럼 툭 쓰러진다.

"푸하……! 오, 오비 씨?!"

아리스트가 껴안지 않았다면 그녀는 그대로 바닥으로 쓰러졌을 것이다.

그러나 아리스트에게 안겼는데도.

"응……. 오……♡ 앗……♡"

오비의 의식은 행복과 쾌락으로 덧칠되며 그날 밤까지 허공을 헤매었다.

꼭두서니 빛이 원에서 물러가고, 광석이 어렴풋이 빤짝빤짝 깜박일 즈음.

나는 홀로, 침실에 돌아와 있었다.

(……사고 쳤다.)

넓은 침대에 앉아서 한숨을 크게 내쉰다.

(하아…….)

오늘, 오비 씨의 가슴을 마구 주무르고 유두까지 빨아 버렸다.

브래지어에 관한 이야기를 나눴을 뿐, 오비 씨는 나를 유혹한 게 아니었다.

하지만 나는 흥분을 억누르지 못했고 그녀가 기절할 때까지 정신없이 매달렸다.

(정말이지, 엄청난 가슴이었어. 오비 씨도 굉장히 야했고…….)

아니, 아니, 그게 아니지!

(……루에타 씨와의 사이는 완전히 어색해졌다.)

루에타 씨에게 안내를 받아서 기절한 오비 씨를 업고 원생들의 침실까지 옮기기는 했다.

「……이쪽, 입니다.」

그러나 안내하는 동안 한 번도 나를 봐 주지 않았고, 목소리도 무척 작았다.

참고로 내 육봉은 여전히 계속 발기한 상태.

그런데도 루에타 씨는 침묵을 지켜 주었다.

(남자니까 배려해 준 거겠지. 괜한 다툼을 일으키지 않으려, 소리치지 않은 거야.)

남성에게 동경을 품는 여성이 많은 세계라고 해도 원생들은 성직자다.

성적인 것을 멀리하고 있음이 틀림없다.

드디어 본색을 드러내셨군. 역시 위험한 자야.

여자 가슴을 저 좋을 대로 하는 짐승, 아니, 악마야!

이런 정보가──애석하게도 매우 정확한 정보가── 아마도 지금쯤이면 퍼져 있으리라.

"자업자득이겠지……."

나 자신을 자제하지 못한 벌이다.

"나 왔어~."

그때 여성 두 명이 방으로 들어왔다.

올리비아와 케이트 씨다.

"다녀왔습니다, 아리스트 님."

원생들과 교류도 할 겸, 저녁을 식당에서 먹고 있다.

참고로 나는 방에서 먹는다.

원장이 혼란을 초래할 수 있다며 식당에서 식사하는 것을 허가하지 않았기 때문이다.

"후. 아리스트도 밥 먹었어?"

"응, 조금 전에. 그릇은 치워 달라고 했어."

"흐응."

그러면서 올리비아가 내 옆에 풀썩 앉았다.

(가, 가까워!)

거의 밀착한 상태라고 해도 좋을, 연인 사이에나 가능한 거리다.

그것만으로 우울했던 기분이 조금 나아졌다.

단순하기도 하지…….

하지만 연인의 거리로 다가온 건 올리비아뿐만이 아니었다.

“입으신 옷은 바구니에 넣어 주세요. 내일 아침 일찍 세탁해 드릴게요.”

케이트 씨도 그랬다.

올리비아와는 반대쪽에 우아하게 앉아 있는 그녀.

씻고 나왔는지 찰랑찰랑한 녹색 머리카락에서 꽃향기가 흩날린다.

“케이트, 메이드가 있어야 할 자리치고 너무 가깝지 않니?”

“시중드는 사람은 가까이 자리하는 게 원칙이야. 이 정도 거리가 적절하다고. 올리비아야말로 길드장 지위치고는 너무 가까운 거 아닌가 싶은데?”

“이번에는 동료로 온 거니까. 서로 거리를 좁히는 건 중요해.”

양옆에서 두 사람이 의미심장하게 키득키득 웃는다.

그러고는 미녀들의 시선이 내게로 향한다.

(이건…….)

내가 올리비아와 한 것을 케이트 씨는 당연하다는 듯이 알고 있었다.

그렇다면, 케이트 씨와 해 버린 것을 올리비아는…….

“고마워해, 아리스트. 참회실에서 그런 짓을 할 수 있던 것도 전부 내 덕이라고.”

아는 정도가 아니었다.

오히려 남몰래 도와주고 있었나 보다.

“올리비아. 그런 소리는 하지 않는 편이 아름다운 거야.”

"나는, 아름답지 않은 소리를 엄청 들었는데?"

나는 케이트 씨와 나란히 얼굴을 붉혔다.

"오, 올리비아도 참!"

"올리비아, 그…… 고마워."

"후훗, 알면 됐어."

올리비아는 일부러 과장하여 고개를 끄덕여 보인 뒤, 원내 저녁 식사 이야기로 화제를 돌렸다.

"위메의 밥이 그립더라. 아리스트도 우리랑 같은 거 먹지?"

"아마도. 오늘은 콩이랑 국이었나."

"같을 거예요. 아리스트 님, 양이 부족하지는 않으셨나요?"

케이트 씨의 말에 나는 쓴웃음을 지을 수밖에 없었다.

궁에서는 메이드들의 식사와 같은 걸 먹지만, 그와 비교하면 원은 확실히 궁핍했다.

메뉴도, 양도 압도적으로 적다.

"응, 괜찮아. 두 사람은?"

그래도 배가 고픈 나머지 고통스러울 정도는 아니다.

"저는 괜찮아요."

"나는 좀 익숙해지는 데 시간이 걸릴 듯해. 음식보다 그 분위기에 말이지."

올리비아는 한숨을 후 쉬었다.

"아무도 말 한마디를 안 해. 묵묵히 먹기만 하더라고. 그런 분위기라 무슨 맛이 나는지도 모르겠어."

식사 중에는 잡담 금지, 게다가 동석한 아랴 원장이 눈을 부릅

뜨고 감시했다고 한다.

"케이트, 정도원은 원래 다 이래?"

올리비아가 묻자, 케이트 씨가 고개를 절레절레 저었다.

"침묵 식사는 규율 중 하나라고 해. 하지만 그건 달에 한 번 정도 하는 게 일반적이라고 들었어."

"그럼 마침 오늘이 그날이었나?"

"아니요, 아리스트 님. 여기는 매일 그런답니다."

"허?"

불만스러운 반응을 보이는 길드장에게, 메이드가 쓴웃음을 지었다.

"'본원보다 더 엄격한 원'으로 나아가야 한다면서 아랴 원장이 정한 것 같아."

"엄격이라. 신께서는 그런 우울한 식탁을 기뻐하실지 모르겠네. 적어도 나는 즐겁지 않았어."

기가 막힌다는 듯 고개를 저으며 어깨를 으쓱이는 올리비아. 케이트 씨도 똑같이 따라 한다.

"원래는 좀 더 개방적인 원이었는데……."

그 대화에 나는 의문을 품었다.

어째서, 왜 그렇게까지 엄격하려고 하는 걸까 하고.

"아랴 원장님이, 특히 신심이 깊다든가……?"

내 말에, 올리비아가 끼어들었다.

"글쎄다. 나는 오히려 신심이 깊다는 표현과 가장 먼 사람인 것 같아. 협박에 가까운 짓도 한다니까?"

뒤따라서 케이트 씨가 입을 열었다.

"신심이 깊은지는 모르겠지만, 아랴 원장은 일 정도원을 수도의 본원과 같은 수준, 혹은 그 이상으로 격식 있는 원으로 만들고 싶은 모양이에요."

올리비아의 귀환 일정을 논의하는 자리에서 어떤 일이 있었는지 얘기해 주면서 케이트 씨가 이야기를 이어 나갔다.

"원장은 규율을 어긴 원생에게 충고를 하기도 합니다. 하지만 원생에게 언성을 높인 적은 단 한 번도 없고, 조용히 설교하죠."

"음……. 뭔가 그건 상상이 가네."

올리비아가 수긍한다.

아랴 원장의 인상은 이지적 미인 계열이다.

조용히 설교하는 장면이 쉽게 그려졌다.

"설교 내용도 일리가 있어서 감명을 받을 정도예요. 원장이라는 게 정말 이해가 가요."

그런데 이상하게도 본원 이야기가 나오면, 아랴 원장은 왠지 열을 올리는 듯 같다고 했다.

"본원에 품은 마음이나 생각 같은 게 있나?"

내가 그렇게 말하자, 케이트 씨가 생각에 잠긴다.

"본원에 지고 싶지 않다는 마음이 느껴질 때가 자주 있어요. 루에타 부원장이 원래 본원에 있었다고 하니, 그게 영향을 주는 걸지도 모르죠."

하지만 그 루에타 부원장은 스스로 원해서 본원에서 이곳으로 왔다고 한다.

"아랴 원장의 인품을 존경해서라고 들었어요."

그렇다면, 왜 그렇게까지 본원과 경쟁하려 드는 걸까.

"으으음."

고민하는 나와는 반대로 올리비아는 지금까지 중에서 가장 큰 한숨을 내쉬었다.

"하아~. 싫다, 싫어."

그러고는 어쩐지 납득한 듯한 표정을 짓는다.

"……나, 그 원장이 남 같지가 않게 느껴져. 진짜 못마땅하지만."

"어?"

"어?"

나와 케이트 씨가 동시에 놀란다.

그게 우스웠는지 올리비아는 키득거리며 말을 이었다.

"상업 길드장이 된 지 얼마 안 됐을 때였어. 그래……. 아리스트를 만나기 조금 전쯤? 나도 그런 느낌이었겠지 싶더라. 어제오늘 실감했지 뭐야."

"올리비아가 아랴 원장과 느낌이 비슷하다고……?"

놀란 건 나뿐만이 아니었다.

케이트 씨도 눈을 동그래졌다.

"남자들을 돼지라 부르는 네가? 아무리 그래도 원생이 될 것 같지는 않은데……?"

"시끄러워."

친하니까 나올 수 있는 말에, 올리비아가 한 번 흘겨보고는 다시 먼 곳을 본다.

"서류 업무에 영 익지를 않더라고. 그런데 서툰 나를 주변에 들키기 싫었어. 상업 길드에서는, 정말 풋내기 중의 풋내기였으니까."

애송이 취급당하며 얕보이기 싫었다고 그녀가 말한다.

"체면이라도 지키고 싶었어. 그래서 할 수 있다고, 괜찮다고, 그러면서 계속 일을 떠안았지. 근데 감당이 안 되는 거야. 밖에서는 유능한 젊은 길드장인 양 폼을 잡으면서, 실상은 마감을 어기기 일쑤인 형편없는 여자였지. 무능했어, 완전 무능."

올리비아가 저 자신을 깎아내리는 건 드문 일이었다.

"그러다 어느 순간 한계가 왔어. 나보다 나이 많은 부하 직원에게 이제 그만 좀 하라는 말을 들었거든. 부하 말이 전부 옳아서, 뭘 어떻게 해야 할지 정말 모르겠더라."

모두 앞에서 엉엉 울어 버렸다니까.

올리비아가 웃으며 덧붙였다.

"갑자기 울어 대니까 오히려 다들 더 허둥지둥해서는. 그런데도 눈물이 멈추질 않았어. 길드장의 체면 따위 다 날아가 버렸지."

"올리비아……."

케이트 씨가 난처하면서도 따뜻한 미소를 지었다.

그녀는 아마 예전부터 올리비아의 이런 면을 알고 있었는지도 모른다.

"그 뒤로 한동안은 삐걱거리면서도 어떻게든 일을 했어."

이제 그만 좀 하라고 말했던 부하도 그 후로는 아무 말도 하지 않았단다.

"그러던 중, 웬 이상한 남자가 위메에 나타난 거야. 자기 돈으로 빵집을 사서 경영하겠다면서."

두말할 것도 없이, 나와 레테아의 일이다.

"왠지, 미안. 올리비아에게 그런 사정이 있는 줄은 전혀 몰랐어……."

내가 그렇게 말하자, 그렇지 않다며 올리비아는 고개를 저었다.

"사정을 헤아린 뉴트가 요령 좋게 구슬리는 것에 넘어간 거니까. 게다가 실제로 도와 보니까, 레테아는 점점 좋아지고, 미미도 리오나도 기운을 차리고 말이야."

올리비아가 나를 힐끔 보고는 방 천장을 올려다보았다.

"아아, 이게 내가 정말 하고 싶었던 일이었다는 걸 확실히 느꼈어. 열심히 장사하는 누군가와 얼굴을 마주하고 그 사람을 웃게 해 주고 싶다고."

돌이켜보면 올리비아는 미미와 리오나 씨가 되찾은 웃는 얼굴을 그 무엇보다 기뻐했다.

언니처럼 두 사람을 지켜보던 눈길이 무척 인상 깊었다.

"참 이상하지. 그 사람이 무리하고 있는지는 주변은 다 알아보는데 정작 본인만 잘 몰라."

눈썹을 팔 자로 내뜨리고 가볍게 후, 한숨을 내쉰다.

"레테아가 잘되고 나서 서류 업무를 봤거든. 그런데 그 부하가 서류를 전부 들고 가 버리는 거야."

올리비아는 그때 정이 털려서 해고당하는 줄 알았단다.

그런데 아니었다.

"'어서 곤경에 처한 점주를 찾으러 가세요. 책상 앞에 앉아 있으면, 당신은 금방 시들어 버릴 테니까요'래."

구릿빛 피부의 미녀가 부드럽게 미소 짓는다.

"아리스트, 네가 계기를 준 거야. 너와 가게를 하지 않았다면 난 아마 납작 쭈그러졌을걸."

나는 말도 안 된다고 고개를 저었다.

"난 그냥 올리비아한테 기대기만 했어. 돈 계산 같은 것도 거의 다 해 줬잖아."

"방침을 제시한 건 너였잖아. 그리고 그걸 보여 줄 수 있는 능력이 있다는 건 정말로 귀중한 일이야, 알지?"

그래서 나에게 또 의지하고 싶다고 생각했다고 올리비아가 듣기 좋은 말을 해 주었다.

잠시 따뜻한 침묵이 흐른 뒤, 케이트 씨가 조용히 한마디 흘린다.

"……가장 구원받아야 하는 사람은, 아라 원장일지도 모르겠군요."

벽처럼 차갑고, 움직이기 힘들어 보이는 원장님.

하지만 그 내면은 그렇지 않을지도 모른다.

마음씨 고운 메이드가 덧붙인다.

"이대로 가다가는 그 사람은 점점 더 고독해질 거예요. 고독하다고 비명을 지르지도 못하고, 그저 고통스러운 길을 걸을 수밖에 없는……. 그렇게밖에 안 보여요."

숙연한 공기가 감돈다.

분위기를 바꾼 건 올리비아였다.

“뭐, 지금 그런 거 생각해 봤자 소용없어. 그보다 더 중요한 일이 있어.”

“더 중요한 일?”

그게 뭘까 해서 되물은 내가 순진했다.

“있지, 아리스트. 오늘, 의상실에서 뭘 했을까~?”

“이크?!”

단도직입적, 아니, 전광석화라고 해야 할까.

구릿빛 전사의 눈이 가늘어진다.

그러나 전사는 한 명이 아니었다.

“아리스트 님. 매우 열심히 ‘무언가’를 하셨죠?”

초록 머리 메이드도, 엘프 전사를 떠올리게 하는 날카로운 눈빛을 하고 있다……!

“아리스트?”

“아리스트 님?”

연인의 거리는 더욱 좁혀지고, 두 여자의 가슴이 내 팔을 자극한다.

다만 지금만큼은, 그 자극에 식은땀이 흘렀다.

(원생의 가슴을 실컷 빨았다고 말하면…….)

하지만 앞으로 원생과 앞으로 도모할 일도 있다.

가만히 침묵할 수는 없겠지.

그래서 어떻게든 잘 말할 방법이 없을까 갈등하는 나는.

“무엇을?”

“하셨나요?”

미녀들의 압박을 이길 수 있을 리가 없었다.

“소, 속옷 모양을 알려 준다면서 오비 씨의 가슴을 저 좋을 대로 빨아 댔습니다!”

결국, 있는 그대로의 사실을 보고라기보다는 참회할 수밖에 없었다.

“그런 이야기라면, 나한테도 알려 주지 않으면 곤란해.”

“네. 저에게도 정보를 공유해 주셔야죠.”

두 사람은 그렇게 말하더니, 민첩하게 보드라운 손을 움직이기 시작했다.

“아!”

손이 향한 곳은 내 바지의 허리춤.

눈 깜짝할 사이에 두 사람의 손이 바지 속으로 들어와…….

“윽!”

전희액이 샌 육봉을 양옆에서 감쌌다.

“오비라는 아가씨를 기절시켰다면서? 나빠라♡”

“여기도 참으신 건가요? 시중 메이드에게 한마디만 해 주셨더라면, 즉각 사용하실 수 있게 해 드렸을 텐데♡”

전사들의 목소리가 순식간에 달콤한 여성의 목소리로 바뀌었다.

바지 속에서는 이미 두 사람의 손이 날뛰고 있다.

“아……. 크읏……!”

“후훗♡”

"후훗♡"

케이트 씨의 손이 귀두를 공략하고, 올리비아의 손이 불알을 주무른다.

절묘한 콤비네이션에, 귀두 구멍에서는 끈적한 즙이 더욱 흘러나온다.

"아리스트, 딱딱해……♡"

"정말 멋져요♡ 아리스트 님……♡"

그 즙을 육봉에 문질러 바르는 두 여자.

그들의 뜨거운 날숨 섞인 목소리가 스테레오로 울려 퍼진다.

진지한 대화는 어디로 갔는지.

방 안이 음란한 공기로 가득 차고, 바스락바스락 여자 옷이 떨어지는 소리가 들리기 시작했다.

"아리스트. 오비라는 여자에게 해 준 것처럼, 나한테도 새로운 장사를 가르쳐 줘♡"

올리비아가 자연 그대로의 몸으로 나를 밀어붙인다.

어느새 내 자세는 침대 머리 판에 등을 기대어 있었다.

"맞아요. 제게도 확실히 가르쳐 주세요♡"

검은 스타킹만 남기고 알몸이 된 케이트 씨가 나의 옷을 부드럽고 재빠르게 벗겨 낸다.

유능한 메이드의 손길로 해방된, 퉁 하고 배에 탁 달라붙는 내 육봉.

"아아……♡"

"아아……♡"

그것을 본 미녀 둘이 뜨거운 탄성을 흘린다.

그리고 그중 한 사람, 구릿빛 피부의 전사가 움직였다.

"영차……. 하아……♡"

구릿빛 전사가 앉아 있는 내 위로 올라와 등진 채, 다리를 활짝 벌린다.

다리 사이의 그곳은 이미 흠뻑 젖어서 쩍, 하고 음란한 소리를 냈다.

"아리스트. 여기도 쓰면서, 제대로 지도해 줘♡"

그녀가 달콤하게 속삭이며 아름다운 등과 엉덩이를 보이며 천천히 몸을 내려 앉힌다.

축축한 그녀의 꽃잎과 준비 만전인 내 분신이 맞닿는 것은 금방이었다.

"하앗♡"

닿은 것만으로도 몸을 부르르 떠는 올리비아.

탄력 있게 올라갔으면서도 말랑한 엉덩이 살이 탱글탱글하게 나를 유혹한다.

(올리비아의 엉덩이, 미치겠어……!)

오비 씨의 유방으로 풀리지 않은 욕망이, 활활 타오른다.

"……♡"

삽입의 권리는 네 것이야.

그리 표명하듯 올리비아는 더 이상 엉덩이를 내리지 않고, 내게 눈길만 보낸다.

물론 나는, 그 권리를 행사하는 데 주저하지 않았다.

"올리비아……!"

——파앙!

내 허리와 올리비아의 엉덩이 살이, 세게 부딪쳤다.

그 순간, 내 귀두 구멍이 올리비아의 안쪽 입과 키스한다.

"아앙♡♡♡"

한 번의 찌름으로, 구릿빛 육체가 홱 젖혀졌다.

"아읏♡ 아아아……♡"

그대로 몸을 크게 떨며 등을 기댄 채로 나에게 쓰러지는 올리비아를 받아 안는다.

"하아, 하아……♡ 나, 난폭하게……. 앗…… 후읏……♡"

고개를 내 쪽으로 돌리니, 전사의 투지는 온데간데없는 미녀의 표정.

"하아…… 하아……♡ 안 돼, 갑자기 이러지 마. 금방 가 버리잖아……♡"

"올리비아 엉덩이를 참을 수가 없었어……."

솔직한 마음을 털어놓으니, 올리비아의 질 속이 꽉 조인다.

그리고 그녀는 미소를 지으며, 내 목을 끌어당겼다.

"그럼, 용서해 줄게♡ ……츕, ……할짝……♡"

올리비아의 등에 몸을 맞대고 문지르며, 입술을 포갠다.

애정이 듬뿍 담긴 키스는, 내 마음을 충만하게 해 준다.

"왁?!"

갑자기 아랫배 쪽에서 짜릿짜릿한 느낌이 솟구쳤다.

고개를 돌려 보니, 네발로 기는 미녀가.

"츠팟♡ 춉♡ 추우우우우웁……♡"

놀랍게도 케이트 씨가 올리비아와의 결합부에 얼굴을 묻고 내 불알을 핥고 있었다.

"케이트 씨?! 그런 데는, 으학……!"

쾌감에 육봉이 꿈틀거린다.

그 움직임을 질로 느낀 올리비아가 웃었다.

"앙♡ 아리스트의 거기가 꿈틀거려♡"

"케이트 씨의 혀가 너무 기분 좋아서……."

내가 그렇게 말하자, 케이트 씨의 표정이 터지듯 환해졌다.

"정말요? 응츗♡ 기뻐요♡ 더 기분 좋게 느끼세요♡"

미녀와 연결된 채로 페니스에 애무를 받는다.

검은 스타킹에 감싸인 아름다운 엉덩이를 내민 자세도 최고다.

눈에도, 육봉에도 기쁜 체험은, 손까지도 기쁜 상태가 되었다.

"으응♡ 동료끼리는 정보 공유도 중요한 일이야. 자, 속옷이란 게 어떤 거야?"

올리비아가 내 두 손을 잡아서 그대로 그녀의 예쁜 가슴으로 유도했다.

부드러운 손길로 가슴살을 내 손바닥에 문지른다.

(정말 최고의 일이야……!)

한껏 축축해진 질로 육봉의 보살핌을 받으며 올리비아의 가슴에 직접 설명한다.

"크……. 가슴을 천으로 감싸는 속옷으로, 브래지어라고 해."

"어떻게 감싸는데?"

"모양은 다양한데, 이렇게 천이 있어서……."

가슴이 천에 가려지는 부분을 손으로 덮어 그대로 꽉 하고 주무른다.

그러자 올리비아가 기쁘다는 듯 몸을 비튼다.

"하앙♡ 그, 그런…… 거구나……♡"

이건 설명이 아니라, 가슴 애무다.

물론 올리비아도 모를 리가 없다.

그런데도 업무인 양 행동하는 올리비아에게, 나는 점점 흥분하면서 그녀의 연기에 맞춰 준다.

"그래서 밑에서 가슴을 받쳐서 모아 올리는 거야……."

양쪽 가슴을 사정없이 들어 올리자, 미녀가 민감하게 반응한다.

"앗♡ 야, 야한♡ 속옷이네♡ 앙♡"

교성을 내면서 아름다운 허리를 휘는 미녀.

그와 동시에 육봉이 질벽에 의해 세차게 짜인다.

(이, 이거 위험해……!)

사정을 참는 나에게, 올리비아가 말한다.

"하아……♡ 그래서? 유두는 가려? 재료를 얼마나 써야 하는지 궁금해♡"

일리 있는 말이기는 하지만, 그 안에는 기대가 담겨 있었다.

"수도에서 본 건, 가렸던 것 같아. 이런 식으로……!"

출처를 얼버무리면서 나는 그녀의 양쪽 유두를 비벼 뭉갠다.

이미 확실하게 발기해 있던 그곳을 공략하자,

"앗♡ 아아아앗♡ 아리스트으으♡"

올리비아는 다시 허리를 비벼 문질러 왔다.

질 속이 내 육봉을 더욱 강하게 짠다.

"윽……, 하아……."

방심하면 금방이라도 사정 당할 듯하다.

하지만 올리비아를 절정에 이르게 하기 전에 나 혼자 기분 좋아질 수는 없다.

조금만 더 참자……. 그렇게 생각했건만 갑자기 그러기가 어려워졌다.

"추우우우우웁♡"

케이트 씨가 재빠르게 내 고환을 공략해 왔기 때문이다.

음낭째 입에 넣어 혀로 격렬하게 굴려 댄다.

"아아아앗! 케이트 씨, 그거……!"

음경과 귀두는 뜨거운 질 속에서 쪼이고, 고환은 열심히 애무받는다.

(크으읏! 허리가 멋대로 움직여…….)

욕망이 몸의 주도권을 쥐어 버려, 음란한 놀이는 거기까지였다.

"꺄?! 앗♡ 팡팡, 안 돼♡ 안 된다니까♡"

시작된 건, 동물의 교미였다.

올리비아가 나를 제지하려 하지만, 이제 그런 건 통하지 않는다.

"아♡ 아앗♡ 안 돼♡ 이러면, 말할 수 없잖아♡"

"하지만 올리비아의 안이 너무 좋아서 못 참겠어……!"

머릿속은 올리비아의 몸과 케이트 씨의 혀로 가득 찼다.

팡, 팡. 격렬한 소리가 방에 울려 퍼지고, 음탕한 향기가 차오른다.

"앙♡ 안쪽♡ 닿아♡ 아리스트의 단단한 게♡ 닿고 있어♡"

춤추는 엉덩이 살에 자극받아서 나는 욕망하는 대로 올리비아의 가슴을 움켜잡는다.

그대로 유두를 비벼 당기자, 구릿빛 몸이 절정을 맞이한다.

"아리스트으으♡♡♡ 가슴은 안 돼애애♡♡♡"

절정을 맞은 질이 육봉에 공급하는, 강렬한 쾌감.

쾌락에 신음한 내가 몸을 뒤로 젖히자, 육봉이 질 안에서 튀어나와 버렸다.

"아아앙♡"

올리비아가 허덕이고, 음경이 바깥의 찬 기운을 인식한다.

그러나 그것은 정말 찰나였다.

"쭈우우우우웁♡"

육봉은 곧장 케이트 씨의 뜨거운 입속으로 빨려 들어갔다.

쉴 틈도 없이, 추잡한 소리를 내며 펠라티오가 시작된다.

"쯔업♡ 쯔업♡ 쯔어어업♡"

"으아! 아앗!"

질 안과는 또 다른 쾌감.

마음의 준비가 안 돼 있던 탓에 귀두도 줄기도 속수무책이었다.

"쥬우우우웃♡ ♡ 즈읍♡ 츠팟♡ 춥♡ 춥♡"

올리비아의 보× 바로 아래에서 벌어지는 수음.

자세히 보이지는 않고 야하게 허리를 비트는 케이트 씨의 엉덩이만 보인다.
하지만 음경도 귀두도 귀두 구멍도 전부 기분 좋아……!
"케이트 씨잇……. 그거……!"
사정을 참지 못할 것 같을 즈음, 육봉이 다시 해방되어――.
"여기도……♡ 내버려 두지 마……♡"
이번에는 올리비아의 보×로.
올리비아가 엉덩이를 힘차게 내려앉자, 자궁구와 귀두가 쩍 하고 부딪친다.
"다, 닿았다……♡♡♡"
절정에 달하며 구멍을 빨아들이는 듯 움직이는, 올리비아의 질 속.
(미치도록 좋아……!)
이를 악물어 보지만, 불알로는 다시 케이트 씨의 열정적인 봉사가 덮친다.
"낼름낼름♡ 츠팟♡ 츄팟♡"
"아아……!!"
내게 더는, 올리비아를 배려할 여유 따위는 없었다.
"앙♡ 또 가♡ 간다니까아♡♡♡"
쯔걱쯔걱 하고 질 깊숙한 곳을 찔러 올리며, 한창 절정 중인 미녀를 헐떡이게 한다.
육봉은 사정을 향해서 멈추지 않는다.
"아♡ 아앗♡ 자×♡ 자× 굉장해♡"
"하아……. 하앗……!"

"아앗♡ 자× 부풀었다♡ 나와? 나오는구나♡ 정자 주는 거지?♡"

쾌감에 미쳐, 배운 지 얼마 안 된 외설스러운 말을 내뱉는 올리비아.

허리를 비틀어 가며 몇 번이고 절정을 탐하는 여체는 세상에서 가장 아름답고 음란했다.

"올리비아, 쌀게……!"

"가……♡♡♡ 아♡ 하♡ 줘♡ 또 많이 줘엇♡"

"응, 응! 잔뜩 싸 줄게……!"

"아리스트♡ 아리스트♡ 좋아♡ 좋아해♡♡♡"

가랑이를 벌리고 애액을 뿜으며 사랑을 속삭여 준다.

처음 만났을 때는 상상도 할 수 없었던 음탕한 자태와.

"츄릅♡ 내보내 주세요♡ 아리스트 님♡"

케이트 씨의 열정적인 봉사로 나의 둑은 세차게 터져 무너졌다.

"간다!!"

――뷰르르르르르릇!!! 왈칵왈칵!!!

"아하아아♡♡♡ 왔어어♡ 아리스트의 정자, 왔어어♡♡♡"

지금까지 중 가장 크게 튀어 오르는 구릿빛 나체.

그 반동에 남근이 질에서 빠질 뻔했으나 내 몸은 그를 빠지도록 두지 않았다.

(더 싸고 싶어!)

올리비아를 끌어안고 그녀의 몸을 있는 힘껏 끌어당긴다.

팡, 모양 예쁜 엉덩이 살이 떨리고, 동시에 자궁구에 귀두가 충돌한다.
"안 돼애애애애♡♡♡ 그렇게 하면, 가 버려어♡♡♡"
횡포는 허락하지 않겠다는 듯이 질벽이 내 육봉을 죄며 고환에서 정액을 쥐어 짜낸다.
――푸슉!!!! 뷰르르르르!!!
잠시의 여유도 없이, 또 사정을 시작했다.
"~~~~~♡♡♡"
올리비아의 몸이 침대가 삐걱거릴 정도로 격하게 튀어 오른다.
그 움직임이 너무나도 격렬하여 이번에는 정말로 육봉이 빠져 버렸다.
질에 미처 끝내지 못한 나머지 사정은 상스러운 펠라티오가 빨아 주었다.
"추우우우우우웁♡ 츄릅♡ 추루루루릅♡"
케이트 씨가 내 페니스를 목구멍 깊숙이 삼켜 준 것이다.
"앗! 아아앗!"
고환을 주물러 가며 요도에 남은 정액까지 남김없이 빨아들이는 수음.
나는 견디지 못하고 허리를 찔러 케이트 씨의 목구멍 깊은 곳에 한 번 더 정액을 쏟고 말았다.
――뷰룩!!! 퓩퓩!!!
"응응♡ 쭈웁♡ 응큽♡ 응큽♡"
귀두에서 튀어나온 곳부터 전부 마시며 내려간다.
(아아, 이렇게 마셔 주는 거 최고다…….)

마치 내 모든 것을 받아들여 준 듯한, 행복으로 가득한 감각.

하지만, 인간이란 늘 탐욕스럽다.

"즈읍♡ 츠으으으읍♡"

음란한 표정으로 내 육봉을 빠는 케이트 씨가 시야에 들어온다.

엉덩이를 내밀고 네 발로 엎드려, 남녀의 결합부 부근에 얼굴을 파묻은 모습은 정말 음탕했다…….

"쥬팟……, 핥짝……♡"

케이트 씨가 눈을 커다랗게 뜨고, 혀 놀림을 멈췄다.

"응……?!"

남근이 다시 단단해지기 시작한 걸 눈치챈 것이다.

"푸하……. 츗……♡"

케이트 씨는 아무 말 없이 육봉에 입을 맞추고 천천히 침대에 천장을 올려다보며 누웠다.

검정 스타킹과 흰 팬티.

그것만 걸친 아름다운 여체는, 널찍하게 두 다리를 펼쳤다.

"……아리스트 님♡♡"

지익…… 지익.

작은 소리가 울린다.

케이트 씨가 스타킹의 밑 부분을 스스로 찢은 소리였다.

그리고 뒤따라 올리비아의 목소리가 들려 왔다.

"하앗……♡ 하아아……♡ 아리스트. 시중을 들게 해 주는 것도, 주인의 의무야♡"

절정에서 돌아온 그녀가, 그렇게 말하며 내 몸에서 떨어진다.

"응……!"

시야가 완전히 탁 트인 그 순간, 나는 초록 머리를 지닌 아름다운 메이드를 덮쳤다.

"아리스트 님♡ 아직도 이렇게♡ 앗♡"

"케이트 씨, 엄청 젖었어! 기대한 거야……?"

"네♡ 네에에♡ 방에 들어왔을 때부터 쭈욱♡ 젖어 있었어요♡"

"아아……. 너무 음란하잖아!"

"아앗♡ 자×, 너무 세요♡ 가, 가요♡ 금방 가 버려요♡ 앗♡ 가아아아아아앗♡♡♡"

밤이 깊도록.

나는 두 미녀와, 아주 많은 정보를 공유해야 했다.

며칠 뒤 심야, 나는 정도원의 정원에 있었다.

"……아름답다."

잘 손질된 정원은 별하늘과 초승달에 비쳐, 어딘가 신비로웠다.

그곳에 있는 건 나 혼자.

원생은 물론, 올리비아도 케이트 씨도 침실에 잠들어 있다.

요 며칠간, 두 사람과는 새로운 사업 구상에 대해 많은 이야기를 나눴다.

그 결과, 가장 기대할 만한 안건은 브래지어 개발이었다.

(오늘도 종일 회의했으니 곯아떨어질 줄 알았는데.)

기분 좋은 피로와 함께 잠자리에 들었지만, 오늘따라 문득 눈이 떠졌다.

그 뒤로 좀처럼 잠이 오지를 않아서 과감하게 밤 산책을 나서기로 한 것이다.

그렇지만 원은 조기 취침, 조기 기상을 철저히 하는 곳.

현대적으로 보자면, 밤은 이제 막 시작되었다고 해도 좋을 시간이기는 했다.

(오, 바람이 좋은걸.)

솔솔 나무들이 흔들린다.

위메보다 고지대에 있어서 그런지 바람이 시원하고 몹시 쾌적하다.

나는 근처에 놓인 나무 벤치를 발견하고, 잠시 앉아 그 바람을 느껴 볼까 하는 그때.

(저 사람은……?)

정원에서 보이는 통로 창문에 사람 그림자가 보였다.

늦은 밤중이다. 원생들이 깨어 있을 시간일 리는 없다.

의아하게 생각한 나는, 가만히 응시한다.

(아랴 원장?)

창 너머로 보인 것은 특징적인 금발 머리칼이었다.

달빛에 비친 그녀의 미모는 눈이 부실 정도여서 별빛조차 흐릿해질 것 같다.

(뭘 보는 걸까? 달?)

원장의 시선이 향해 있는 건 가느다란 초승달이다.

그런데 그 황금빛 눈동자는 멀고 먼 어딘가, 별도 달도 아닌 곳을 바라보는 듯했다.

"……."

창가에 살며시 손을 얹고 밤하늘을 올려다보는 아랴 원장.

어딘가 울적한 표정을 띤 원장을 보는데 그다음 순간, 기겁할 일이 벌어졌다.

(아!!)

그녀의 온몸에서 힘이 빠지고 휘청하며 그대로 쓰러진 것이다.

쿵 하는 둔탁한 소리가 들려, 나는 황급히 정원을 가로질러 그녀에게 달려갔다.

"아랴 원장님! 괜찮으세요?!"

서둘러 창문을 열고 복도로 뛰어내리자.

"……누, 누구냐……!"

복도에는 웅크린 상태에서 몸을 일으키려 하는 아랴 원장이 있었다.

그 목소리에는 힘이 없고, 눈동자도 아직 나를 제대로 담지 못한다.

"하, 하지 마……!"

내가 다가가자, 원장의 눈빛이 매서워진다.

그럴 만하다. 그녀는 남자를 싫어한다고 한 데다 애초에 나 역시 불청객이나 다름없으니까.

그렇다고 이 상황을 그냥 두는 건 말도 안 된다.

"실례하겠습니다……!"

나는 곧바로 원장을 안아 들었는데…….

(가벼워!)

놀란 나머지 그만 그녀를 떨어뜨릴 뻔했다.

키도 작지 않고 살집 있는 몸도 아름답게 보이는 여체.

그런데 막상 안아 보니, 마치 속이 빈 것 같다.

"너, 너……?! 무, 무슨 짓을……! 하지 마, 내려놔! 신경 쓰지 마라……!"

내 품에서 버둥거리는 아랴 원장.

나를 노려보는 눈빛이 날카롭다.

하지만 팔 힘은 약하디약하다.

"!"

그때, 나는 또 한 가지 사실을 알아차렸다.

(아랴 원장, 화장했어……!)

이 세계에서 화장은, 꾸미기 위한 것이 아니다.

얼굴로 드러난 피로를 감추기 위해서, 남에게 들키지 않기 위해서 하는 것이다.

"무슨 속셈이냐……! 나를 어딘가로 데려가려는 건가……? 윽……!!"

여전히 눈빛이 매섭다.

하지만 힘은, 안쓰러울 정도로 없었다.

"어, 어디를 만지는 거야! 이, 이……!"

열이 있는지 확인하고자 원장의 이마에 손을 대는데도 저항도 못 한다.

(열은 없어. 다친 데도…… 없고. 빈혈 같은데…….)

편의점에서 아르바이트하던 시절, 무리하다 쓰러진 동료가 이런 식으로 쓰러졌던 기억이 난다.

물론, 나는 의사가 아니니 확실하지는 않다.

(일단 대화는 되니까, 우선 침대에 눕혀야겠어……. 그런 다음 루에타 씨를 부르자.)

거기까지 생각한 나는 원장실로 발걸음을 옮겼다.

원장실을 아랴 원장의 개인실도 겸해서 쓴다는 이야기를 루에타 씨에게 들은 적이 있었다.

"방으로 모셔다드릴게요. 조금만 참으세요."

들어가 본 적은 없지만, 위치는 안다.

"뭐……?"

원장이 놀라 눈이 휘둥그레진 덕에, 잠시간은 순조롭게 복도를 걸을 수 있었다.

그랬는데 중간쯤 가서, 다시 팔다리를 버둥버둥하기 시작한다.

"머, 멈춰! 무슨 속셈이냐……. 읏……. 나한테, 뭘 요구할 셈이야……!"

"어이쿠, 버둥대지 말고 가만히 계세요!"

나는 균형을 잡으려 안간힘을 쓰면서 그녀를 안심시킬 말을 찾았다.

"요구 같은 거 안 해요! 우선은 일단 방으로 가자고요. 루에타 씨도 바로 부를게요."

그러자 아랴 원장의 낯빛이 갑자기 바뀌었다.

"루에타에게, 뭘 시키려고?! 안 돼, 그러지 말아 줘! 나한테 무슨 짓을 해도 좋으니까!"

험악하던 표정이 순식간에 창백해진 원장.

"아, 안 시켜요! 진짜예요!"

태도를 갑작스레 바꿔 놀란 나에게, 아랴 원장이 말을 몰아치며 격해진다.

"안 믿어! 너희 남자들은 무슨 짓을 할지 몰라! 제발 부탁할게, 원생이나 루에타는 건드리지 말아 줘……! 나로 만족해 줘……! 나는, 마음대로 해도 되니까!"

(무슨 말을 하는 거람!)

미녀가 마음을 허락하지 않은 남자에게 해서는 안 될 말이다.

조금 두근거리기는 했지만, 지금은 그럴 때가 아니었다.

"지, 진짜로 그런 짓 안 한다니까요! 큰소리 내지 마세요! 곧 방에 도착해요!"

나는 그녀를 달래면서 서둘러서 원장실로 향한다.

"그럴 리가, 없어……! 수도 남자와 네 녀석이, 뭐가 다르다고……! 루에타를 걷어차려 했던 놈과, 뭐가……!"

(루에타 씨를 걷어차려 했다고……?!)

매우 신경 쓰이는 말이다.

그런 생각을 하는 사이, 아랴 원장의 말소리는 점점 혼잣말처럼 흐려졌다.

"루에타는, 루에타는 나 때문에…… 이런 곳에 오게 된 거야……! 제발, 더는 루에타를 괴롭게 하지 마……. 내가, 내가 뭐든 할 테니까……!"

대체 원장은, 무얼 끌어안고 있는 걸까.

그토록 의연했던 태도 뒤로 이렇게 고통스러운 소리를 내는 원장이 있었을 줄이야.

(미미와 리오나 씨가 떠오르네.)

미미와 리오나 씨를 처음 만났을 때, 두 사람은 누가 봐도 알 만큼 초췌했다.

육체적 피로, 그리고 일자리를 잃을 수도 있다는 정신적 충격 탓에.

(그때의 두 사람과 아랴 원장. ……비슷한 느낌이 들어.)

내가 급하게 원장실 문 앞에 다다랐을 때.

"부탁이야……. 읏……. 부탁, 이야……."

미녀가 간절히 애원하며 내 품에서 천천히 눈꺼풀을 떨어뜨렸다.

"아, 아랴 원장님?!"

혹시 상태가 나빠진 건 아닌지 걱정했는데.

"새근…… 새근……."

규칙적인 숨소리가 들려왔다. 잠든 것이었다.

그래도 새파랗게 질린 안색은 그대로다.

(어서 루에타 씨를 데려와야 해.)

그렇게 생각한 순간.

분주하게 뛰는 익숙한 발소리가 가까워졌다.

"아, 아리스트 님?!"

부원장 루에타 씨다.

"저, 아랴가 쓰러지는 게 보여서……!"

서둘러 왔나 보다. 평상시 눈을 가리던 베일을 쓰지 않았다.

"저도요. 그래서 일단 이리로 모셔 왔어요."

빠르게 상황을 파악한 듯한 루에타 씨.

내 품 안에서 자는 원장의 얼굴을 본 뒤, 익숙한 손길로 열과 맥박을 재었다.

"다행이다……. 크게 아픈 건 아니에요."

의학 지식이 있는 모양이다.

어느 원이든, 그런 사람이 한 명쯤은 있다고 했다.

나는 그대로 루에타 씨와 함께 원장실, 그리고 그 안쪽에 있는 침실로 들어갔고.

침대에 아랴 원장을 눕혔다.

그러자 귀여운 부원장님의 큰 눈망울에 눈물이 어렸다.

"감사합니다, 아리스트 님. 얘기 들은 대로 정말 친절하시군요……!"

"아뇨, 아뇨, 아뇨! 그런 거 아니에요, 진짜로요!"

이 세계의 남자들은, 저렇게나 약해진 여자조차 그냥 놔두는 걸까.

어쩐지 마음이 무거워진다. 그때 갑자기 루에타 씨가 눈이 커지더니 황급히 얼굴을 가린다.

"아! 실례했습니다! 제가, 급한 나머지 눈가리개를……."

예상한 대로 동안에 동그랗고 귀여운 갈색 눈.

보호 본능을 자극하는 귀여운 얼굴이다.

물론, 나는 얼른 고개를 저었다.

"저는…… 지금이 좋아요."

내 말에, 루에타 씨가 볼을 새빨갛게 하고 고개를 끄덕였다.

"……아리스트 님이 그렇게 말씀하신다면……."

(……귀, 귀여워!)

현대였으면 이 표정 하나만으로, 대체 팬이 얼마나 생겼을까…….

두근거리는 가슴을 진정시키며 나는 아랴 원장의 방을 둘러보았다.

(살풍경하네…….)

여성스러운 느낌은 전혀 없는, 필요한 물건만 있는 방.

책장이 있기는 하지만, 보기에는 일하는 데 필요한 책뿐이다.

(응?)

그중에 뭔가 다른 것이 눈에 들어왔다.

책장 중 한 곳에, 종이 다발이 한가득 꽂혀 있었다.

정리는 한 것 같은데 그래도 양이 많아서 책장에 여유가 없다.

"이 종이 다발은 뭐예요?"

내가 묻자, 루에타 씨는 씁쓸하게 고개를 숙였다.

"이건, 기부 간청 편지예요. 위메의 부유층에 보내는."

"이렇게 많이요……?!"

"소득이 일정 수준 이상인 분들에게는 다 보냈을 겁니다. 하지만……."

어디서도 반응이 호의적이지 않았다.

그래서 일제 씨에게 강요한 것도 있겠지.

"거절당해도 아라는 몇 번이고 편지를 써요……. 원장이기에, 기부를 부탁하는 편지는 자기가 직접 써야 한다고요."

여기 있는 건, 앞으로 보낼 편지일 거라고 루에타 씨는 덧붙였다.

(매번 이만큼이나 써서 보내고 있다고……?!)

사전 수십 권은 되어 보이는 양이다.

부지런히 쓴 정도가 아니야.

"아라는 거의 매일 편지를 써요. 과업도 하고 경리도 절반 정도는 도맡고요. 원장으로서 해야 할 연락도 하고…… 그리고 이 편지까지. 그래서 평소에도 거의 잠을 자지 않아요."

그리고 오늘처럼 밤에 쓰러진 것도 처음 있는 일이 아니라고 한다.

"지난번엔 제가 발견했어요. 그 이후로 걱정돼서, 밤에 순찰을 하고 있어요……."

루에타 씨가 곧바로 달려온 데는 그런 사정이 있던 것이었다.

하지만 그런 상황이라서 나는 묻지 않을 수가 없었다.

"어째서, 이렇게까지 하나요……?"

과로로 쓰러질 정도로 편지를 쓴다니.

조금 전 본 필사적인 모습도 그렇고, 기부에 대한 집착도 그렇고……. 솔직히 말해서 일반적이지는 않다.

"괜찮으시다면…… 잠시, 제 이야기를 들어 주시겠어요?"

그 말에 고개를 끄덕이니, 루에타 씨는 나를 복도로 이끌었다.

"저는, 예전에 본원에 있었어요."

달빛이 들이치는 복도에 루에타 씨의 목소리가 울린다.

"규모가 큰 원이라 상업 활동도 하지 않았어요. 하지만…… 본원이라고 해서 좋은 사람들만 있는 게 아니었어요. 마법을 못 쓰는 원생을 욕하는 사람도 있었죠. 규칙상 어떤 원생이든 시험만 통과하면 한 번은 본원에 갈 수 있는데 말이에요."

마법 소질이 없는 여성이 수도에 들어갈 수 있는, 유일한 방법이라고 한다.

루에타 씨는 남자가 목적이었던 건 아니었나 보지만, 무사히 시험을 통과하고 부임하게 되었던 모양이다.

하지만 그녀는 일상적으로 사소한 괴롭힘을 당했단다.

"마법을 쓸 수 있는 원생이 더 대우받는 분위기였거든요. 저는, 아무 말도 못 했어요. 어디까지나 외부에서 받아들인 사람이었으니까요."

말을 잇는 루에타 씨.

"그런데 뒤늦게 수련하러 온 아랴가, 그런 원생들을 공공연하게 비난했어요. 본인이 괴롭힘의 표적이 되어도 전혀 기죽지 않고요. 그랬더니 마법을 쓰는 다른 원생들도, 괴롭힘을 일삼던 이들을 비판해 주기 시작했고……."

루에타 씨 같은 사람이 눈치를 봐야 하는 건 용납이 안 된다.

그런 생각을 하는 원생도 많아서 아랴 원장의 단호한 태도가 어느새 많은 지지를 얻었다고 한다.

결과적으로 괴롭힘 가해자들은 추방되었고 지금은 엄한 처벌을 받아 징벌 과업에 종사 중이란다.

"그렇게 본원이 조금은 편해졌을 즈음, 우연히 디브 백작님이 시찰을 오셨어요."

그 이름은 들은 기억이 있다.

"디브 백작……."

미미와 리오나 씨의 가게, 레테아의 전 오너였다.

불길한 예감은, 루에타 씨의 다음 말로 적중했다.

"그때, 디브 님은 기분이 별로 안 좋으셨어요. 안내 담당이었던 제가 마음에 안 드셨는지…… 저를, 느닷없이 발로 차려고 했어요."

그런데 어째서인지, 좋지 않은 얘기를 하던 루에타 씨의 표정이 밝아졌다.

"차이려던 저를 지켜 준 게 아랴였어요."

아랴 원장은 디브 백작과 루에타 씨 사이에 끼어들어 큰소리로 이렇게 외쳤다고 한다.

「마법에 매달리는 짐승 새끼. 다리랍시고 달린 그 짤막한 다리 따위, 확 잘려 버려라!」

당연히 주위는 엄청난 혼란에 빠졌고.

하마터면 디브 백작의 마법으로 본원이 쑥대밭이 될 수도 있는 위기의 순간.

"동행하셨던 페레 백작님이 상황을 수습해 주셨죠."

(페레 백작……?!)

부친의 이름이 갑자기 튀어나와서 숨이 멎을 뻔했다.

그러나 동시에 여자를 발로 차려 한 쪽이 아닌 것에, 나는 몰래 안도했다.

다만 남자를 모욕한 이상, 아랴 원장은 징계를 피할 수는 없었다.

“아랴와 저는 수도에서 영구 추방 처분을 받았어요.”

루에타 씨도 사건 당사자로 간주되었다고 한다.

그렇지만 그녀는, 그래서 다행이었다고 말했다.

“저 혼자 남기는 절대 싫었어요. 그래서 제가 원해서, 아랴와 함께 일 정도원으로 전근시켜 달라고 했죠.”

말하고 나서 표정이 어두워지는 루에타 씨.

“그런데 아랴는 지금도 제가 부당하게 추방당했다고 생각해요. 저는 그렇게 생각 안 한다고 해도, 전혀 듣지를 않아요. 제가 아랴를 배려하는 거라고, 제가 마음속으로는 본원으로 복귀하고 싶어 한다고 믿고 있어요.”

본원은 상업 활동 없이, 기부만으로 운영된다.

과업에만 집중할 수 있는 환경에 주변의 신앙도 독실하다.

하지만…… 루에타 씨는 그곳에서 추방당한 몸이다.

“그래서 일 정도원을…… 본원과 똑같이 만들고 싶어 하는 것 같아요. 직접 들은 건 아니지만요.”

“…….”

그렇다면.

일 정도원을 향한 영민들의 존경심이, 본원의 수도민들과 차이가 크다는 것.

그것이 아랴 원장에게는 매우 고통스럽고 괴로웠을 게 틀림없다.

(기부 액수가, 그녀에게는 구원이자…… 속죄일지도 몰라.)

동시에, 그 말의 의미도 알 것 같았다.

「제발, 더는 루에타를 괴롭게 하지 마……. 내가, 내가 뭐든 할 테니까……!」

(자기도 괴로우면서. 정신이 혼미한 와중에도 그런 말을 하다니…….)

잠시 침묵이 흐른 뒤, 루에타 씨가 말을 이었다.

"저, 아랴를 동경해요. 누구에게도 아부하지 않고, 누구에게도 지지 않는 성정을. 항상 정면으로 맞서 자신의 신념을 관철하는 그 강인함을. 하지만 저는 아직 한없이 약해서 아랴에게 제 말이 닿지를 않아요."

루에타 씨가 내 눈을 똑바로 본다.

"그래서…… 그래서 전 그런 아랴에게 증명하고 싶어요. 이제 더 이상 아랴가 지켜 주지 않아도 된다고. 저도 함께 힘내겠다고."

동그랗고 귀여운 눈동자에, 강한 의지가 깃들었다.

"이번에는 제가 아랴를 지켜 주고 싶어요. 아랴를 구해 주고 싶어요……! 그래서 장사를 성공시키고 싶은 거예요. 말이 닿지 않는다면, 행동으로 전하고 싶어요."

나는 루에타 씨에게 압도되었다.

"루에타 씨……."

그녀가 품은 뜨겁고도 크나큰 뜻은, 그 겉모습만 보고서는 도저히 짐작도 못 할 것이었다.

그리고 겉모습과는 달랐던 건 아랴 원장도 마찬가지였다.

(그 의연한 태도에서는 상상도 안 될 만큼 섬세하고, 괴로워했지…….)

비현실적인 미녀는, 벽처럼 냉철한 겉모습 뒤에 여리고 비통한 마음을 숨기고 있었다.

위메에 대한 불합리한 요구는, 그녀의 소리 없는 비명이 뒤틀린 형태로 드러난 것이었다.

케이트 씨의 말이 메아리친다.

「……가장 구원받아야 하는 사람은, 아랴 원장일지도 모르겠군요.」

아랴 원장도, 루에타 씨도.

분명, 이 세계의 부조리에 맞서 싸우고 있는 것이다.

그냥 순응하는 게 편할 수도 있는데 그럼에도 뜻을 품고 결사적으로 저항한다.

(정말…… 정말, 강한 사람들이야.)

이세계에서도, 현대에서도, 뒤집을 수 없는 부조리가 엄습한다.

나는, 과연 한 번이라도 그만큼의 결연한 의지를 품고 맞서 본 적이 있었을까.

"죄, 죄송합니다! 아리스트 님. 저, 저도 모르게 사적인 얘기를 오래……."

고개를 숙이며 사과하는 루에타 씨.

나는 내가 할 수 있는 한 크게 고개를 내저었다.

"아뇨. 이야기해 주셔서 감사합니다."

오히려, 그 고결함 앞에 고개를 숙이고 싶은 건 나다.

그리고 나는 생각했다.

(나도, 아주 조금이라도 좋으니까 이들처럼 될 수 없을까.)

어깨를 나란히 하기에는 아직 갈 길이 멀다.

그래도, 지금 할 수 있는 일에 최선을 다하고 싶다.

"아, 아리스트 님……?"

루에타 씨의 불안한 목소리에, 나는 도저히 '함께 힘내고 싶다'라는 마음을 전하지 않을 수가 없었다.

이런 감정을 느낀 건 처음인 것 같았기 때문이다.

"저, 브래지어 열심히 할게요!"

"예……?"

달밤의 선언은, 몹시 형편없었으리라.

하지만 나는 기뻤다.

이전 생에서는 찾지 못한 나를, 지금에야 만난 듯해서.

그리고 언젠가 친구에게 칭찬을 받은 뒤로 새까맣게 잊고 있었던 특기가 생각나서.

제3장

본받고, 이어지고

원장실 안쪽에 마련된 침실.

침대에서 아랴는 가위에 눌리고 있었다.

(……그만해……. 윽……, 제발 그만해…….)

그녀의 눈꺼풀 뒤에서 수도 없이 본 광경이 재생되고 있던 탓이었다.

「소질이 없는 자는 수도에 필요 없다! 그 더러운 몸뚱어리를 내게 보이지 마라!」

약속 시간을 무시하고 찾아온 귀족이, 정성껏 응대하는 루에타에게 손을 올리려 한다.

기분이 언짢다고 화풀이할 데를 찾고 있음이 자명하다.

「루에타 원생!」

그날과 마찬가지로 아랴는 자신의 자리를 박차고 달려나간다.

촌뜨기에 소질도 없고, 사나운 말투.

그런 저에게도 상냥하게 대해 준 루에타가, 남자의 횡포에 시달리는 모습을 도저히 두고 보고 있을 수 없었다.

「디브 백작님, 부디 용서해 주십시오! 지금 당장, 다른 이를 불러오겠습니다!」

아라는 루에타 앞으로 나서며 재빨리 머리를 조아려 사죄한다.

옷자락이 흙에 더러워지든 말든 알 바 아니었다.

그러나 귀족은 들으려 하지 않았다.

「누구더러 입을 놀리는 것이냐! 수도로 꾀어드는 가증스러운 벌레 같으니!」

이번에는 손이 아니라, 귀족의 발이 루에타를 향하려 한다.

아라는 그 말투에, 그리고 그 태도에 더 이상 참을 수 없었다.

「벌레라고…….」

원생 중에서 부당한 대우를 받아 가면서도 결코 굴하지 않고, 결코 적대하지 않는.

신입 원생들에게 명랑하게 말을 걸고, 이끌어 주고, 미소 짓는.

제 감정을 제어하지 못하고 날뛰는 이 남자와 그녀, 도대체 어느 쪽이 벌레란 말인가.

(아아……, 또…….)

재현되는 격앙.

(안 돼, 하지 마! 그러면 안 돼! 말하지 말라고!)

아라는 안간힘을 다해 과거의 자신을 말리려 한다.

주체하지 못한 감정을 억누르려 애쓴다.

「마법에 매달리는 짐승 새끼. 다리랍시고 달린 그 짤막한 다리 따위, 확 잘려 버려라!」

하지만 오늘도 꿈속의 아라는 그 결정적인 한마디를 뱉고 말았다.

"하지 마!!"

여느 때처럼 현실로 끌려온다.

그리고 언제나처럼 거센 후회가 어제 일처럼 선명하게 덮친다.

"……꿈……이었나."

이곳이 징벌로 강제로 이동한 일 정도원이라는 것.

감옥처럼 느껴지는 침실이라는 것.

그 두 가지를 확인하고 아랴는 한숨을 길게 후 내쉰다.

밖은 아직 어둑어둑하다.

(그러고 보니 내가 언제 잠들었지……?)

어젯밤 일을 떠올리려다 아랴는 눈을 지릅떴다.

(그래! 나, 그 남자에게 안겨서……!!!)

침대에서 굴러떨어질 듯이 뛰쳐나온 아랴는 황급히 원생들 숙소동으로 향했다.

(원생들의 침실을 확인하고 나면 그 남자의 방으로 가야 해!)

내가 자기에게 민폐를 끼쳤다고, 원생들에게 무슨 짓을 할지도 모른다.

세상 무해한 척하는 거죽을 벗고 독니를 드러내고 있을지도 모른다.

디브 백작처럼 여자를 괴롭히고 있을지도 몰라……!

"루에타!"

가장 먼저 도착한 곳은 루에타의 방.

하지만 그녀가 한――최악의 사태가 벌어진―― 예상과는 달리, 방에는 새근새근 잠든 부원장이 있었다.

"아리스트 니임……. 흐헤헤……. 다정해……."

심지어 태평한 잠꼬대까지 곁들이며.

(다행이다. 폭력을 행사하지는 않은 것 같군.)

적어도 보이는 곳에 상처가 없는 것을 확인한 후, 아라는 다른 원생들의 방도 조용히 확인해 나갔다.

다행히도, 원생 모두 평온하게 자고 있었다.

방이 어질러진 흔적도 없다.

(일단은 무사한 건가. 그래도 뭔가 있을지도 몰라. 그 남자의 상태도 확인해 두자.)

원생들조차 일어나지 않은 시각이다.

그런데 발소리를 죽이며 간 귀빈실에는 아무도 없었다.

(그 남자도 없어……?)

아리스트에게 무슨 일이라도 생기면, 일이 성가셔진다.

가장 좋은 방을 쓰도록 준 것도, 그런 성가신 일을 피하고자 하는 의미가 있었다.

(안 돼……. 또 원생들을 괴롭게 하고 말 거야……!)

자신의 행위로 인해, 수도에 바쳐야 하는 금액이 커졌다.

그 사실은 지금도 그녀를 괴롭히고 있다.

"……읏……."

아라는 식은땀을 흘리며 정도원 전체를 찾아 헤매다가.

그 남자의 모습을, 굉장히 의외의 장소에서 발견했다.

"너, 너……."

그곳은 바로 의상실이었다.

"너, 너 대체 여기서 뭐해……?!"

아리스트는 작은 광석 조명 아래서 종이 무더기에 무언가를 잔뜩 그리고 있었다.

"응? 아, 그게, 브래지어 디자인을……. 아, 아랴 씨?!"

펜을 쥔 채 두 눈이 휘둥그레진 아리스트는 이내 불안한 표정을 지었다.

"자, 자야 해요! 쓰러진 지 얼마 안 됐잖아요!"

목소리를 낮추면서도 다소 화난 듯한 말투였다.

(뭐……?!)

그 모습에 아랴는 혼란스러워졌다.

마치 언젠가의 루에타를 보는 듯했기 때문이다.

「어제 쓰러졌잖아! 오늘만큼은 일을 쉬어야 해!」

소리 없이 당황한 아랴는 아리스트의 똑바로 볼 수 없어 주변으로 시선을 옮겼다.

그러자, 그가 왜 목소리를 낮추어 말한 이유를 알 수 있었다.

그가 뭔가를 쓰고 그리던 책상에, 여자 두 명이 엎드려서 자고 있었기 때문이다.

"색색……. 아리스트……, 변태……."

"……아리스트 님……. 이게 더……."

그들은 상업 길드 길드장과 경리를 도와주는 연락 담당 메이드였다.

아리스트가 목소리를 낮춘 건, 그 둘을 깨우지 않기 위한 배려였다.

그런 배려를, 남자인 그가 너무도 자연스럽게 하는 모습에 아랴는 당혹스러웠다.

"너……, 정말로 아무 짓도 안 한 거야……?"

말문이 막힌 아랴가 겨우 짜낸 말은 그뿐이었다.

물어보고 싶은 건 많았지만, 가장 먼저 원생들이 뇌리를 스쳤기 때문이었다.

그런데 이 아리스트라는 남자는 엉뚱한 소리를 하기 시작한다.

"어, 어, 지금, 브래지어 그림을 그리고 있었는데요……."

"브래지어……? 도대체, 그게 무슨 소리지?"

못 들어 본 단어였다.

반사적으로 되묻자, 아리스트가 약간 말하기 곤란한 표정을 지었다.

호의적이라 하기 어려운 여자에게, 속옷 그림을 그리고 있다고 하기가 꺼려진 탓이다.

"아, 아니……. 으으음……."

하지만 그 반응에 아랴의 눈이 바로 가늘어진다.

"설마, 그게 네가 숨기고 있는 마법인가……?"

"그럴 리가요!"

아리스트가 반박하며 고개를 절레절레 가로로 흔든다.

예상 밖의 오해에, 그는 급히 상황을 설명하기로 했다.

"새, 새로운 장사에 필요한 거예요! 이건 제 담당이라고 할까, 할 수 있을 것들을 찾다 보니 이게 되어 버렸달까요."

"담당?"

"기한도 있으니까 일단은 지금 할 수 있는 건 전부 해 보자고 해서요."

아리스트가 종이 더미에서 황급히 한 장을 꺼낸다.

종이에는 여성의 가슴에 다는 장식 같은 것이 섬세한 붓놀림으로 그려져 있었다.

"이건, 브래지어라는 거예요. 수도에서 본 새로운 여성용 속옷인데 가슴에 착용하면 멋질 것 같다는 얘기가 나왔거든요."

아랴 역시 여성이다.

학생 시절부터 멋 내는 것에 관심이 전혀 없던 건 아니다.

원생이 된 이후로는 위치상 그런 마음은 버렸지만…….

(이건…….)

그래도 여성들이 그림 속 물건에 매력을 느끼리라는 건 금세 알 수 있었다.

"위메 사람들은 신선한 걸 좋아하니까요. 이거라면 쓰이는 천도 적어요. 루에타 씨와 오비 씨하고도 얘기해 봤는데, 기대해 볼 만하다고 하더라고요."

아리스트는 말을 이었다.

"아, 참! 저밖에 모르는 물건이라서 다양한 형태를 기억해 내면서 그리고 있었어요. 뭐, 그림 실력이 그리 좋지는 못하지만요. 아하하……."

한때 수도 본원에 있었던 아랴조차도 브래지어라는 건 처음 들어봤다.

하지만 멋 내고 싶은 마음을 버린 그녀는 그다지 의문스럽게 여기지는 않았다.

그보다는 더 큰 의문 몇 가지가 머릿속을 차지하고 있었으므로.

“……아니…….”

적어도 브래지어라는 것의 형태는 이해가 아주 잘 되는 그림이다.

무늬는 다소 대충 그린 면이 없잖아 있지만, 서툴다고 할 수는 없다.

허영심 있는 위메 여성들에게는 이것만으로도 확실히 흥미를 끄리라는 건 명백했다.

“이걸…… 못 그렸다고 생각하지는 않는데.”

원래 아랴는 손재주가 파괴적으로 형편없다.

그렇기에 자연히 튀어나온 말에 아리스트는 얼굴을 환하게 밝혔다.

“정말요?! 아, 사실 친구가 그리던 동인지를 거절하지 못하고 도와줬거든요. 매년 억지로 하다 보니 점점 칭찬을 듣게 됐지 뭐예요!”

(도, 동인? 무, 무슨 말이지?)

아랴가 이해하기 힘든 단어를 내뱉으며, 머리를 긁는 아리스트.

“후후……. 기쁘다.”

실실 웃는 그의 얼굴에서는 악의라고는 한 톨도 느껴지지 않는다.

그 무방비한 표정에, 아랴는 제 가슴이 두근두근 크게 뛰는 걸 알았다.

(도대체 뭐야……, 이 남자…….)

그리고 아랴는 의문이 또 한 가지 생겼다.

바로 주변에 쌓여 있는 종이 더미였다.

선이 마른 걸 보니, 최근에 그려진 것임이 틀림없다.

"이걸 전부…… 네가 그렸어?"

산처럼 쌓인 그것들을 바라보며 아랴가 묻자.

"아, 네. 심야 근무, 아니, 야간 작업은 익숙해서요."

아리스트가 아무렇지 않게 긍정했다.

"게다가 기합도 좀 들어가서 그런가. 뭐, 뭐, 변태라서 그럴지도 모르지만……."

마지막 말은 잘 들리지 않았지만, 그럼에도 아랴는 충격을 받지 않을 수 없었다.

(이 많은 양을 하룻밤에 했다고? 심지어 이건, 여성용 속옷인데……?)

성창으로 드러나 보이는 자신들의 엉덩이에, 혐오감을 표하지 않는 남자는 거의 없다.

성대(聖帶) 옆으로 넘치는 가슴도 마찬가지다.

'추잡한 걸 보이지 말라'라는 말을 들으면서도, 그녀들은 가르침을 지켜왔다.

(그런데 이 남자는, 그 가슴에 착용하는 속옷을…… 이렇게 즐겁다는 듯 그림을 그린다.)

그뿐인가. 아리스트는 아랴에게도 아주 당연하게 말을 건다.

백작의 기억이 강하게 남은 아랴에게 당혹의 폭풍 그 자체였다.

"너, 너는 장사에 참견할 필요가 없지 않나……?"

한 달간 얌전히 지내는 게 그가 받은 명령임을 알고 있다.

그리고 당연히 그것이 저 귀족의 어리석은 전략이라는 사실 역시 아라는 알고 있다.

그렇기에 눈앞의 광경을 믿을 수가 없었다.

(도대체, 무슨 일이 벌어지고 거지……?!)

얼음 원장도, 지금은 그저 당황하는 한 여성일 뿐이었다.

한편 아리스트는, 그런 아랴에게 연달아 자료를 펼쳐 보였다.

"그렇지! 저기, 이건 올리비아가 짠 계획이고요. 이쪽은 케이트 씨가 수지를 예측한 거예요! 꼭 좀 봐 주십사 해서……."

아랴가 자기 그림을 칭찬해 줬고, 생각보다 태도가 강경하지 않았다는 점.

아리스트는 그것을 어필할 기회로 생각했다.

이 장사는 더는 남의 일이 아니었다, 그에게 있어서.

"조만간 시제품도 나올 예정이에요. 아직 형태는 조율 중이지만요――."

"아, 아아……."

"루에타 씨랑 오비 씨가요, 아랴 원장님도 멋을 모르는 분이 아니라고 하셨거든요. 그래서 원장님께도 꼭――."

"그, 그렇군……."

아랴는 그 기세에 눌려, 건네받는 대로 종이를 받아 훑었다.

종이에는 계획의 골자와 시제품 스케치가 그려져 있었고, 군데군데 휘갈겨 쓴 수정 사항도 들어가 있었다.

"희망 섞인 관측이기는 해도, 저도 힘내 보고 싶어요. 물론 처

음에는 작게 시작할 예정이고요. 제 사비도 좀 들일 거예요! 어떻게든, 검토만이라도 해 주시면——."

그때였다.

아리스트는 아랴가 눈을 동그랗게 뜨고 있는 것을 알아차리고, 화들짝 놀랐다.

"아, 죄송해요! 아랴 원장님은 쉬세요. 루에타 씨도 걱정 많이 했어요!"

아랴가 보기에 그가 미안해하는 모습은 루에타와 꼭 닮아서.

그걸 깨달은 순간, 그녀의 입이 제멋대로 움직였다.

"왜지……?"

"네?"

지금까지 보인 모습으로, 아랴는 한 가지 확신을 얻었다.

그가, 나쁜 존재는 아닐 거라고.

(……정말 악한 존재가 있다면, 이 남자를 내쫓은 귀족 쪽이겠지.)

그렇기에, 그녀는 묻지 않을 수 없었다.

"너는, 분하지 않은가……?"

좌천된 것도 모자라 정도원에까지 쫓겨났는데.

원장인 자기를 진심으로 걱정하고 밤을 새워 속옷 그림을 그리는 사내.

그 모든 것이, 아리스트라는 남자의 모든 것이, 아랴는 도무지 이해가 안 됐다.

"넌 도대체, 정체가 뭐지……?"

반쯤 넋이 나가서 묻는 그녀에게, 아리스트는 쓴웃음을 지었다.

자신이 이세계에서는 변종이고, 하반신을 못 이기는 변태라는 것을 떠올렸기 때문이다.

"그럭저럭 평범한, 아아……, 아니, 좀 이상하고 꽤 형편없는 남자라고 생각해요."

그러고 바로 말을 잇는 그.

"그렇지만 조금이라도 근접하면 좋겠어요. 아랴 원장님이나 루에타 씨처럼, 스스로 길을 개척하려는 모습을……. 그런 점을 본받고 싶어요."

심야의 의상실에, 아리스트의 목소리만이 또렷이 울린다.

"그래서 분하기는커녕, 오히려 여기 올 수 있어서 다행이에요."

그렇게 말하는 그의 눈동자에는 아랴를 향한 경의가 짙게 어려 있었다.

"……읏……!"

그 눈빛을 마주하자, 아랴의 가슴이 두근두근 다시 뛴다.

한 번도 느껴 본 적이 없는 달콤하고 짜릿한 감각에, 그저 당황한다.

"나, 나에 대해 뭘 안다고. 다 아는 척 말하지 마……!"

그렇기에 내뱉은 거절의 말에서도 힘이 약간 빠질 수밖에 없었다.

"아! 죄, 죄송해요……. 제가, 실례를 했네요……."

그리고 예상외로 빠른 사과에 아랴의 머릿속은 기어이 혼란이 극에 달하고 만다.

(누가 좀 알려 줘……. 이자가 도대체 뭐 하는 놈인지……!)

이 이상 페이스가 흐트러지게 할 수는 없다.

아랴는 위기감까지 느끼며, 빨리 감기로 말했다.

"……나중에 루에타에게도 따로 얘기를 듣지. 검토는 제대로 하겠다. 나는 남자와는 다르니까."

그러자 아리스트는 머리를 홱 치켜들며 다시 밝은 목소리로 답한다.

마치, 오랜만에 갠 쾌청한 하늘을 보고 기뻐하는 아이 같은 표정이다.

"감사합니다! 다행이다……. 이제 모두에게……."

하지만 그 표정은 오래가지 않았다.

"이, 이봐……!"

의자에 앉아 있던 그가, 그대로 양옆에 앉은 여자들과 똑같이 새근새근 소리를 내며 잠이 든 것이다.

(……이랬다저랬다 바쁜 녀석이군…….)

아랴는 계획서로 눈을 옮긴다.

계획서가 그 혼자 작성한 게 아님은 적힌 필체만 봐도 분명했다.

그리고 그 필체 중에는 익숙한 글씨도 있었다.

"……오비와 루에타……인가."

루에타와 오비가 즐거워하는 모습을, 원생들의 웃는 얼굴을 못 본 게 대체 언제부터였을까.

만약 이 장사가 유종의 미를 거둔다면 그들은 어떤 얼굴을 할까.

(그때, 나는…….)

어떤 얼굴을 해야 좋을까.

"……어떻게, 여자 앞에서 그런 얼굴을 할 수 있는 거지, 너는."

아랴는 아리스트의 잠든 얼굴에 대고 속삭이고는 조용히 등을 돌렸다.

그녀가 방을 나서는 소리는 누구의 귀에도 들리지 않을 만큼 작았다.

아리스트와 아랴가 심야의 대화를 나눈 지, 며칠이 지났다.

"……다 됐다."

그날, 해가 진 의상실에서, 오비는 재봉한 브래지어를 책상 위에 펼쳤다.

결과물에 눈을 빛낸 것은 여러 명의 원생.

"오오……!"

"오오……!"

"오오……!"

일제히 감탄을 터트린다.

오비가 그중 한 사람, 루에타를 쳐다봤다.

"……어때?"

"좋아! 잘 나온 것 같아!"

의견을 구하는 오비에게 답한 부원장이 펼쳐 놓은 브래지어를 손에 들고 촉감도 꼼꼼히 확인한다.

"응, 응! 보들보들하고 이거라면 아프지도 않겠어."

"……어제 말한 것처럼 박음질을 좀 더 신경 써서 했어. 늘어나고 줄어드는 것도 웬만큼은 괜찮을 거야."

오비는 그렇게 말하면서, 아리스트가 그린 종이 뭉치 중 하나를 꺼내 든다.

그러고는 한 부분을 가리켰다.

"……여기, 등에 있는 '후크'라는 것도 달아 봤어. 의상실에 비슷한 게 있길래."

"오오~!"

"오오~!"

"오오~!"

또 한 번 감탄이 터져 나온다.

원생들은 곧바로 시제품을 들고는 세세한 부분을 확인하기 시작했다.

"과연 완성도가 대단해……! 부원장님, 마지막 마무리는 역시 오비한테 맡기는 게 가장 좋겠어요."

"그럼 우리는 가봉이나 본뜨기 같은 준비 작업을 맡을까? 오비, 괜찮아?"

원생의 말에 루에타가 의견을 얘기하니, 오비도 고개를 끄덕인다.

"……응. 난 괜찮아."

감정이 희박한 목소리.

하지만 루에타는 그 속에서 희미하게 기쁨이 묻어나는 것을 느끼고, 미소가 번졌다.

(이 정도면 상품화해도 되겠어. 다행이다…….)

이세계용 브래지어는 몸 상태를 회복한 아랴의 주도로 쉽게 기획 진행 승인을 받았다.

그뿐만 아니라, 과업에 지장이 없다면 다른 원생 몇 명까지는 도와도 된다는 허락까지 떨어졌다.

루에타와 오비 외의 원생들이 의상실에 모인 건 그 때문이었다.

"그렇게 아리스트 님과 엮이지 말라고 하시더니……. 아랴 원장님께 무슨 일 있었던 걸까?"

하지만 아랴의 변화로 원생들이 느끼는 당혹감도 컸다.

"글쎄. 남성 혐오증은 여전해 보이는데……."

"그렇지만 이번 일은 나도 기분 나빴어. 아리스트 님을 한 달이나 머물게 하다니……."

그 의미를, 그들은 아주 잘 알고 있었다.

"원생을 굶주린 짐승쯤으로 생각하는 거야. 침을 질질 흘리며 달려드는."

"아랴 원장님이 엮이지 말라고 안 했어도, 오기로라도 가까이 하지 않겠노라 다짐했어."

원생들이 동감을 표하며 고개를 주억거린다.

그 가운데 오비는 몰래 식은땀을 흘리고 있었다.

(……나는, 가슴을 밀어붙였는데…….)

이미 아리스트에게 짐승이 되었기 때문이다.

"뭐, 뭐, 우리도 실례라고는 생각하기는 했지만 말이야."

루에타도 미묘한 표정을 지었지만, 원생들은 눈치채지 못하고 이야기를 계속했다.

“근데…… 아리스트 님을 보다 보면, 좀…… 그렇지?”

“멋지시지……, 친절하시고.”

“난 원래 더 풍채가 좋은 남자를 좋아하는데……. 저분은 좀 별개야.”

다른 원생이 얼굴을 붉히며 말했다.

“있잖아, 사실 전에 베일을 안 쓰고 있을 때 아리스트 님과 우연히 마주쳤거든.”

“뭐?! 혼났지?”

“‘좋은 아침입니다’ 하고 인사해 주셨어♡ 그날은 과업에 집중이 안 되더라니까……♡”

‘꺄!’, 탄성이 터졌다.

“지금 이렇게 상과업을 함께하고 있다니. 정말 꿈만 같아.”

“부원장님, 원장님이…… 아리스트 님을 마음에 들어 하시나요?”

루에타는 그 말에 쓴웃음을 지었다.

“그건 아니지 않을까…….”

말하면서도, 루에타는 아랴가 조금 변했다는 걸 알아차렸다.

무엇을 계기로 원생들의 참여를 허락했는지는, 여전히 알 수 없지만.

“그렇구나. 원장님……, 되게 힘들어 보이시던데. 조금은 긴장을 푸셨으면 좋겠어.”

원생 중 한 명이 한숨을 쉬며 말한다.

"그러게. 화장도 점점 진해지고 있어. 우리에게…… 좀 더 의지해 주시면 좋을 텐데."
이들은, 아랴가 얼음 원장이라 불리기 전부터 함께해 온 사이다.
아랴의 온화하고 자애로운 미소는, 같은 원생으로서 자랑스럽기까지 했다.
"뭔가, 예전보다 원장님이 먼 존재 같아……."
"응……. 웃음이 사라지셨어."
오비도 같은 생각이었다.
그렇기에, 말했다.
"……지금은, 브래지어."
그것이 원과 아랴를 구하는 길이 되리라고, 굳게 믿고 있기 때문이다.
"맞아!"
원생들은 오비의 마음을 헤아리고 고개를 깊이 끄덕였다.
"그나저나 브래지어라는 거 듣도 보도 못했어."
"그러니까! 위메 잡지에도 안 실렸던 것 같은데."
시제품을 확인하는 원생에게 오비도 입을 뗀다.
"……박식하기도 하지만, 엄청 부지런한 사람. 난 그게 더 놀라워."
"나도!"
"나도!"
"나도!"
루에타도 공감했다.

원생들이 본격적으로 협력에 나서기 전부터 그의 일하는 모습은 비정상적일 정도였다.

(이걸 전부, 아리스트 님이…….)

먼저, 디자인 스케치.

수량도 수량이지만, 루에타는 다양한 스타일에 깜짝 놀랐다.

노출이 많은 것부터 적은 것까지, 보기만 해도 설레는 디자인들이 줄지었다.

루에타와 다른 원생들은 명칭을 모르지만, 비스티에풍, 아슬아슬한 비키니풍, 성인 콘텐츠에서나 볼 법한 디자인까지 다양하다.

"……거의 다 상상으로 그렸다고 하시더라. 그런데 설명하실 때, 조금 기운이 없어 보였어."

"기운이 없어 보였다고?"

고개를 갸웃하는 원생들에게, 루에타가 대변한다.

"며칠째 밤늦게까지 작업하셨거든. 기운이 없으신 것도 무리는 아니지."

루에타의 말에 원생들이 감격한다.

"그렇구나……!"

"그랬구나……!"

"그렇구나……!"

하나 실상은 달랐다.

이전 생에서 연애 경험이 없는데도 브래지어 디자인은 이상하리만치 똑똑히 기억하고 있다.

아리스트는 그것이 28년 동정이었기에 얻은 '성과'임을 깨달으며 씁쓸한 표정을 짓고 있던 것이었다.

"이거 진짜 귀엽지 않아? 가슴 밑부분만 가리는 게 세련됐어."

"'니플 커버'라고 했나? 다른 도시에도 비슷한 게 있대."

"그런 건 어디서 들으셨을까. 귀족 자제라서 이것저것 아시는 건가?"

원생들이 기뻐하며 시제품 중 하나를 집어 들었다.

집어 든 것은 과감한 오픈컵 브래지어와 유두만 가리는 니플 커버 세트였다.

심야에 잠깐 품은 짓궂은 장난이 실물로 구현되었다는 사실을, 아리스트는 아직 모른다.

"……아리스트 님은 정말 대단해. 여자보다 여자의 몸을 더 잘 아는 것 같아."

"판매처랑 판매 방식까지 정해 둔 것도 놀라웠어."

"상점가에 대해서도 잘 아시고 말이야……. 그 빵집 소문, 무조건 진짜야. 두 분이 열심히 노력하신 결과라고 봐."

"공감해. 그 두 사람, 분위기도 엄청 좋아 보였지? 올리비아 씨도 좋은 분이시잖아."

"고생한 올리비아 씨에게 아리스트 님이 포상하셨다든가……."

"아, 지금 야한 생각 하지! 림 님께 혼난다?"

"리, 림 님은 야한 생각 해도 용서해 주시니까 괜찮아!"

루에타는 떠들썩한 원생들의 수다를 들으며 손에 든 자료를 바라보았다.

자료에는 판매 경로 제안부터 종이봉투 디자인, 향후 개시 예정인 맞춤 주문 시스템에 이르기까지 다방면의 정보가 정리되어 있었다.

"……정말 대단해……, 아리스트 님은."

올리비아와 케이트의 능력이 상당 부분 작용했다는 건 루에타도 이해한다.

특히 이번에는 경리는 케이트가, 판매 전략은 올리비아가 수완을 발휘했다.

(그런데도 판단의 핵심은 아리스트 님이었다.)

그는 탐욕스럽다 할 만큼 적극적으로 주변 사람들에게 의견을 구했다.

자기가 이 세계를, 장사를, 여성을 잘 모른다는 걸 깊이 자각하고 있었기 때문이다.

「루에타 씨는 어떻게 생각해요? 나는 괜찮아 보이는데 남자의 눈높이라 자신이 없네.」

「저기……. 속옷 교체 주기를, 얼마나 입어야 새로 사 입는지, 알려 주실 수 있을까요……?」

그리고 그런 태도는 똑똑한 이들이 낸 아이디어를 자극해, 더 다듬어지도록 했다.

그 선순환을, 루에타는 눈앞에서 직접 지켜봤다.

"그럼, 오늘은 여기까지 하자."

밤이 깊어 가는 시점에서 루에타는 원생들에게 해산을 알렸다.

다음 작품을 위해 준비를 계속하던 원생들도 각자 재봉 도구를 정리한다.

그때, 그중 한 명이 목소리를 높였다.

"드디어 내일이네요, 오비, 그리고 부원장님."

이름을 불린 두 사람은 움찔 반응하며 표정을 다잡았다.

"……응. 보여 드릴게."

"제대로 설명하고 올게!"

두 사람은 내일, 완성한 시제품을 아리스트에게 확인받을 예정이다.

엄연히 일이지만, 원생들의 시선이 달아올라 있다.

"부럽다……!"

"저도 아리스트 님이 봐 주셨으면 좋겠어요!"

"되도록이면 더 구석구석까지 꼼꼼하게 확인받고 싶다. 가슴을 만져 주시기도 하고……♡"

이들은 아리스트가 오비의 유두를 빨았다는 걸 모른다.

그래서 어디까지나 원생으로서는 부적절한 망상이다. 루에타가 다정하게 타이른다.

"얘들아, 말을 가려야지."

부원장의 말에, 에헤헤 하고 웃은 원생들이 정리를 마치고.

"그러면 부원장님, 먼저 실례하겠습니다."

"오비, 먼저 갈게!"

"수고하셨어요!"

각자 침실로 돌아갔다.

가벼운 잡담을 나누며 멀어지는 뒷모습도 어느새 보이지 않고 의상실에는 루에타와 오비 둘만 남았다.

"……."

"……."

잠시간의 침묵 끝에 먼저 입을 연 건 오비였다.

"……긴장돼."

"으, 응. 나도 심장이 방망이질 치고 있어."

루에타도 맞장구친다.

익숙하지 않은 존재인 아리스트의 방에 가야 한다.

실례이지는 않을지 해서 긴장하는 건 당연했다.

"잘할 수 있을까……."

"……연습해야지."

하지만 두 사람이 느끼는 긴장의 원인은 그것뿐만이 아니었다.

"……."

"……."

내일을 생각하며 둘은 몸을 배배 꼰다.

그때, 한 번 닫혔던 의상실의 문이 열렸다.

"어머나. 두 사람 다 준비 만전인 것 같네요♪"

"오히려 얼른 내일이 왔으면 하는 느낌인데?"

문을 열고 들어온 건 케이트와 올리비아였다.

둘 다 즐겁게 인사했다가 진지한 얼굴로 시제품을 확인하기 시작했다.

"음. 결국 이걸 보여 주는 거야?"

"아, 네! 오비가 입고, 제가 설명을 드리려고요."

"그래, 좋네. 아리스트한테도 세세하게 얘기해 줘. 그 사람, 은

근 눈치가 좋으니까."
거기까지는 길드장의 얼굴을 한 올리비아.
그런데 그다음부터는 케이트와 함께, 여자의 얼굴을 했다.
"두 분, 어제 배운 건 복습하셨나요?"
메이드의 물음에 부원장과 원생이 급히 고개를 끄덕였다.
"가, 가슴에 끼우는 연습, 열심히 했어요!"
"……저도."
둘은 동시에 품을 뒤적거려, 평소 자신을 위로할 때 쓰는 각좆을 꺼내 보인다.
"이걸로, 그…… 잘……."
"……많이 했어."
아리스트의 것에 비하면 몇 단은 작은 그것들을 보고 올리비아가 피식 웃는다.
"아마 내일부터는 그걸로는 만족 못 하게 될걸? 새로운 거 찾아야겠네."
"네?"
루에타가 말뜻을 제대로 이해하지 못해 멍해 있는데 이번에는 케이트가 입을 열었다.
"그건 그렇고 두 분이 저희 침실을 엿보러 오시다니. '장래가 유망'하시군요."
"어제도 왔었지? 정말이지……. 자습에 여념이 없다니까."
깜짝 놀라 몸을 떤 건, 루에타와 오비 둘 다였다.
"그, 그그그그게……! 저, 저기저기……, 읏……!"

"……아, 아니야. 그냥 어쩌다……."

알기 쉬운 변명을 늘어놓는 두 사람.

올리비아와 케이트는 그런 두 사람을 한참 놀리고 나서 부드러운 표정을 지었다.

"아리스트는 다정하고, 멋지고, 좋은 냄새도 나고. 뭐, 마음은 이해해."

"올리비아도 지금은 정신을 못 차리잖아. 처음에는 돼지의 졸개라고 했으면서."

"자, 잠깐! 그, 그런 적……."

"없어?"

"없지는…… 않지만."

어젯밤에도 동물 같은 소리를 냈던 제 모습을 떠올린 올리비아는 볼을 빨갛게 물들인다.

그러나 이내 표정을 가다듬고, 두 원생 얘기로 돌아왔다.

"드디어 내일이 실전이야. 오늘은 야무지게 봉사하는 법을 가르쳐 줄게."

올리비아의 말에, 루에타와 오비가은 침을 꿀꺽 삼켰다.

"야, 야무지게 봉사……!"

"……구, 궁금해."

케이트가 웃는다.

"그래요. 잘하면, 아리스트 님도 분명 기뻐하실 거예요."

그대로 말을 잇는 케이트.

"아리스트 님은 속옷 이야기가 나오면, 흥분해 주시는 경우가 많아요. 하지만 언제나 저희가 곁에 있는다는 보장은 없죠."

두 사람이 케이트의 가르침에 조용히 귀를 기울인다.

"어떤 상황에서도 아리스트 님의 기분을 해치지 않도록 봉사하면서 동시에 절대로 과하게 요구하지 않는 태도가 여러분에게는 필요해요. 두 분은 그것을 배우는 첫 원생이에요. 부디 이 점을 잊지 마세요."

고분고분 고개를 끄덕이는 루에타와 오비에게 올리비아가 입을 뗐다.

"아리스트는 상냥해서 금방 사양하려 들어. 그러니까 제대로 봉사해서 그럴 기분을 들게 하는 기량을 연마하는 게 중요해. 자×가 들어오면, 더는 여자에게 승산은 없으니까."

"맞아요. 아리스트 님께서 뜻대로 써 주시는 것만으로도 벅차답니다♡"

"아리스트는 앞으로도 여기서 지낼 기회가 있을 테니까, 아리스트에게 어울리는 여자가 되어야 해, 알겠지?"

'써 주신다'……. 그 말에 루에타는 사타구니 사이가 뜨거워지는 것을 느꼈다.

오비는 언젠가의 일이 떠올라, 함몰된 유두가 얼굴을 내밀려 하고 있다.

"그럼, 내일 있을 실전을 위해서 공부해 볼까♪"

내일에 대한 기대와 불안, 치밀어 오르는 성욕에 들떠서.

"네……!"

"……부탁, 드려요."

두 사람은 '손길 결사대' 일 정도원 지부원으로서 교육을 받았다.

아리스트가 이 교육의 성과를 체감하는 것은 바로 다음 날이었다.

"어! 벌써 완성했다고?!"

이른 아침, 나는 올리비아와 케이트 씨가 한 말에 깜짝 놀랐다.

"내가 디자인 시안을 다 낸 게 그저께쯤이었는데, 맞지?"

기획을 진행하기로 허가를 받고부터 나는 더욱 의욕이 솟아 브래지어 스케치를 잔뜩 그렸다.

일단은 각양각색의 스타일을 제시해서 이 세계 여성들의 취향에 맞는 형태를 찾고 싶었으니까.

"이틀이면 된다고 했잖아. 아리스트는 안 믿은 것 같지만."

올리비아는 눈이 휘둥그레진 나를 보고 웃는다.

그런 말을 하기야 했다지만, 나는 솔직히 오비 씨의 솜씨를 너무 과신하는 게 아닌가 싶었었다.

브래지어는 이세계에 사는 여성들에게는 미지의 물건이다.

거기다 참고할 만한 자료라고는 아마추어가 그린 스케치뿐이다.

"설마 진짜로 이틀 만에 완성하다니……. 깜짝 놀랐어."

아직도 놀라워하는 나에게 케이트 씨가 덧붙인다.

"다들 학창 시절에 바느질은 제대로 배우거든요. 원의 다른 아이들도 그럭저럭 솜씨가 좋은가 봐요.”

가정 과목에서 바느질 실습을 하듯이 이세계에도 복식 관련 수업이 있는 모양이다.

하지만 수업 내용은 내 상상을 훨씬 뛰어넘는 수준이었다.

“보통 속옷이랑 옷, 신발은 만들지. 학교에서 품평회 같은 것도 해서 열 올리는 애들이 적잖이 있어.”

“그렇구나……!”

실제로 그들의 손바느질 속도나 기술은 현대 사람들보다 훨 뛰어나다.

아마추어가 보기에도 자명하다.

그리고 원생 중에서도 오비 씨의 솜씨는 단연 특출난가 보다.

“속도와 정확성, 예리한 감성까지. 영지 내에서도 손꼽히는 장인이지 않을까 싶어요.”

“리오나도 그렇고, 오비도 그렇고, 아리스트는 유능한 여자를 찾아내는 재능이 있는 걸지도 모르겠어.”

이렇게 훌륭한 사람들과 만나다니, 나는 나의 행운에 감사했다.

하지만 재능이 있는 사람이 오비 씨뿐만은 아니다.

“올리비아랑 케이트 씨도 유능해.”

특히 금전 쪽으로 구체적인 계획은 두 사람이 순식간에 세워 주었다.

마치 기업의 우수한 영업 사원과 능수능란한 경리 부장의 느낌이었다.

“후훗, 이제 알았어?”

"아리스트 님께 칭찬받다니, 영광입니다♡"

두 사람이 귀엽게 미소 짓고는 말을 이었다.

"그래도 으뜸은 역시, 아리스트의 '디자인화'지. 그게 정말 좋았어."

"원생들도 다들 눈을 떼지 못했어요. 후훗, 물론 저랑 올리비아도요."

"여자라면 누구든 그럴걸. 눈알이 이리저리 굴러다녀서 혼났네."

놀랍게도 내가 그린 디자인화 비스무리한 것들은 아주 호평이었다.

아마추어 나름대로 열심히 그렸지만, 더 잘 그리는 사람은 얼마든지 있으리라.

브래지어라는 속옷이 주는 참신함에, 이런 말을 하는 거라고 생각하지만.

"아리스트 님, 그림 솜씨가 굉장히 좋으셨군요."

"수가 많은데도 다 모양이 좋더라. 며칠 밤을 꼬박 새운 네가 쉬는 동안, 어떤 걸 시제품으로 만들지 열띤 토론을 벌인 거 알아?"

미녀 둘에게 바로 앞에서 칭찬을 들으니, 역시 기쁘고 매우 쑥스러웠다.

(그나저나 설마, 브래지어를 그리고 칭찬받는 날이 올 줄은 몰랐네.)

이전 생에서는 여성에게 칭찬을 들은 기억이 거의 없었던 것.

레테아 때보다 더 필사적으로 작업에 몰두하고 싶다고 느낀 것.

이 두 가지가 맞물리며 전례 없는 힘을 끌어낼 수 있었다는 실감이 든다.

(이것도 일종의 '절정'이었을까.)

이전 생에서 접했던 모든 야한 콘텐츠의 기억을 바탕으로 망상이나 아이디어를 모조리 끄집어내 그려 냈다.

그 과정에 '절정'을 맞이하는 내가 있었다는 게 놀랍고 조금 웃기기도 했다.

(뭐, 다들 맘에 들어 했다면 그걸로 된 거지.)

나는 소파에 등을 기대고 기분 좋은 성취감을 음미했다.

그런 나의 왼편에 올리비아가 앉았다.

"곧 루에타와 오비가 시제품을 설명하러 올 거거든. 아리스트, 괜찮겠어?"

올리비아가 걱정스러워 하자, 이번에는 케이트 씨가 내 오른편에 앉는다.

"며칠 동안 밤을 꼬박 새우셨잖아요. 몸 상태는 어떠세요? 혹시 피곤하시면 내일로 미룰 수도 있습니다."

며칠 밤을 연달아 새우긴 했다.

그래도 어제는 온종일 쉴 수 있었고 진하고 진득한 정보 공유도 없었다.

그래서 그런지 오늘은 몸 상태가 아주 좋다.

"응, 완전 괜찮아. 푹 쉬었잖아."

게다가 시제품을 본다고 해 봤자, 나는 형식적으로 확인 정도만 하기로 약속했다.

"여자들이 좋아하는 게 가장 중요하니까. 두 사람도 좋아하는 얼굴이면 좋겠다."

내가 미소 지어 보이니, 두 사람의 표정이 누그러졌다.

"후훗♪ 아리스트도 분명히 마음에 들 거야."

"마음에 걸리는 게 있으시면, 기탄없이 말씀해 주셔야 해요."

그때, 시간에 딱 맞춰 문을 노크했다.

"아, 왔다."

올리비아가 말하자, 문 너머로 루에타 씨의 목소리가 들린다.

"루에타와 오비입니다! 시제품을 가져왔어요. 아리스트 님, 들어가도 될까요?"

자, 과연 디자인 시안 중에서 어떤 걸 시제품으로 만들었으려나?

"들어오세요!"

루에타 씨의 밝은 목소리에 이끌려 내가 응하자, 케이트 씨가 문을 연다.

들어온 두 사람은 능숙하게 움직여 내 앞에 서서는 정중하게 인사했다.

내가 희망 사항을 들어줬는지 루에타 씨는 얼굴을 가리지 않았다.

"좋은 아침이에요."

"……좋은, 아침입니다."

간단히 인사를 나누고.

"바로 시작할게요, 이게 바로 시제품이에요!"

루에타 씨가 기운차게 오비 씨의 가슴을 가리켰다.

"?!"

나는 오비 씨를 보고 놀라서 벌떡 일어나 버렸다.

"……어떤, 가요?"

불안해 보이는 오비 씨의 가슴은 내 상상 이상으로 음란한 시제품이 장식되어 있었기 때문이다.

(잠, 잠깐……. 그 디자인을 고른 거야?!)

오비 시의 가슴을 장식하고 있는 건 검은색 오픈컵 브라.

컵 자체가 없고 유방을 덮는 천도 존재하지 않는, 외설스럽기 짝이 없는 타입이다.

(니플 커버도 만들었어?!)

게다가 노출한 유두를 마름모꼴 니플 커버로 가렸다.

근데 심지어, 오비 씨의 큼지막한 유륜이 커버를 살짝 삐져나왔다.

(……설, 설마 이 디자인을 마음에 들어 하다니…….)

이 디자인을 그린 기억은 있다.

그러나 그건 어디까지나 망상의 산물이며 가장 가능성이 낮을 듯한 걸 대안으로서 목록에 넣은 것이다.

내게는 이세계의 감각이 부족하니까 일단 여러 가지를 때려 넣자는 생각이었다.

(한밤중에 흥이 올라서 그린 짓궂은 장난 같은 거였는데…….)

말도 안 된다고 생각한 브래지어를 실제로 여자가 입고 있다.

그 음란한 광경에 넋을 놓고 바라보는 나를 향해서 루에타 씨의 불안한 목소리가 들려왔다.

"저기……, 아리스트 님, 마음에 안 드시나요……?"

불안해할 만했다.

인사한 후로 단 한마디도 하지 않았으니까.

(이, 이런!)

루에타 씨와 오비 씨는 내가 시제품을 마음에 들어 하지 않는다고 생각한 모양이다.

감정이 전해지지 않는 때가 많은 오비 씨조차 걱정스러워 하는 게 느껴진다.

"……싫어, 요?"

그럴 리가!

이제껏 가만히 있었던 걸 만회하려다 조바심이 나서, 깨닫고 보니 큰 소리로 본심을 외치고 있었다.

"싫지 않아요! 엄청 좋아요!"

어찌 보면 아주 간결한 평가인데 루에타 씨와 오비 씨는 내가 한눈에 보기에도 기쁜지 목소리가 밝아졌다.

"정말요?!"

"……정말?"

끄덕끄덕 고개를 연신 끄덕이자, 양옆에 있던 올리비아와 케이트 씨가 내 반응을 대변해 준다.

"그렇대. 어제도 말했지만, 나도 좋다고 생각해."

"네. 정말 잘 어울려요. 원복도 손봤나요?"

케이트 씨의 물음에 루에타 씨가 고개를 크게 끄덕인다.

"오비가 해 줬어요."

그녀들의 원복은 원래 '성대'라는 천으로, 유두와 유륜을 가리고 있었다.

그런데 고친 오비 씨의 원복에는 성대가 떼어져 있다.

"……'니플 커버'가 더 보기 좋을 것 같아서."

평소처럼 원복을 입은 루에타 씨와 비교하면, 확연히 차이가 났다.

오픈컵 브라와 니플 커버……. 그리고 삐져나온 유륜!

그것들을 방해하는 게 아무것도 없는, 근사한 복장이었다.

"확실히 좋네. 교리에 어긋나지만 않는다면 원복으로 입어도 괜찮을 것 같아."

올리비아가 두 사람의 배려를 칭찬한다.

물론 나도 속으로는 박수갈채를 보냈다.

(일 처리가 정말 대단해……!)

감동에 벅차오른 나는,

"그럼, 아리스트 님, 자리에 앉아 주세요."

루에타 씨의 말에 따라 자리에 앉았다.

그러자 그녀는 바로 자세하게 설명하기 시작했다.

"지금부터 소재나 제작 절차를 상세히 설명해 드릴게요."

이제부터 들을 이야기는 상품화를 위해 아주 중요한 내용이다.

오비 씨의 가슴에 넋 놓고 있을 때가 아니라며……. 마음을 다잡았는데.

"오비, 아리스트 님 앞으로 가서 서 줘."

"……응."

오비 씨가 풍만한 가슴과 니플 커버를 출렁이면서 나의 바로 앞으로 자리를 옮겼다.

(와……!)

코 닿을 데에 오비 씨의 풍만한 바스트가 출렁출렁한다.

"먼저, 소재부터 시작할게요."

루에타 씨는 오비 씨를 모델로 세우고 브래지어를 설명하려나 보다.

(너, 너무 가까운데!)

몸을 조금만 앞으로 기울이면 곧장 가슴골에 다이빙할 수 있을 거리다.

씻고 왔는지 오비 씨의 몸에서는 꽃향기가 은은하게 맴돈다.

"가슴 아래를 감싸는 소재는 일반 속옷과 같은 걸 씁니다. 다만 바느질 방식을 조금 달리해서——."

오비 씨가 루에타 씨의 설명에 맞춰 밑가슴을 들어 올렸다.

띠 부분을 보여 주기 위함이었다.

그런데 그 바람에 그녀의 풍만한 가슴이 더더욱 강조된다.

(이, 이건…….)

거유 여성이 스스로 가슴을 들어 올린 것이다.

강조되는 부드러운 살덩어리에 내 하반신은 가만히 있지 않았다.

"바늘땀이 따갑지 않게 해 봤습니다. 여기는 그렇게 어렵지 않아서——."

설명이 점점 더 세세해진다.

그러자 오비 씨는 더 자세히 보여 주려 가슴을 들어 올린다.

이제는 그저 가슴으로 남자를 유혹하는 자세 그 자체였다.

(으, 으아……. 아니야, 그럴 때 아니야! 지금은 설명을 제대로 들어야 해.)

하지만 열기를 품은 내 아들내미는 식을 줄 모르고 오히려 더 달아오른다.

"어느 정도는 단단해야 해서 이 부분은 천을 겹쳐서 조금 도톰하게――."

어떻게든 설명에 집중하려고 의식을 분산시키려던 그때.

"왁?!"

내 육봉이 움찔하고 크게 반응했다.

"도톰하게……. 아♡ 벌써, 뜨겁네요♡"

"후훗, 충분히 단단해지기도 했고♡"

케이트 씨와 올리비아의 손이 순식간에 내 육봉을 얽어 왔기 때문이다.

"뭐, 뭐야?!"

내가 목소리를 높여도 손이 멈추지 않는다.

"와악!"

그뿐인가, 노련한 손놀림으로 단단해진 페니스를 순식간에 밖으로 빼낸다.

터억, 뱃가죽에 찰싹 달라붙을 기세로 휘어 오른 그것을 보자, 양옆의 여자들의 목소리가 농염해진다.

"진지한 얘기를 하는데 이렇게 세우다니……. 못쓰지♡"

"아리스트 님, 맡겨 주세요♡"

밤이었다면 두 사람의 이런 반응이 무척이나 반가웠을 것이다.

하지만 지금은 아침인 데다 일하는 중이다.

그리고 무엇보다 오비 씨와 루에타 씨가 보는 앞이다.

“자, 잠깐, 두 사람, 왜 이래?! 오비 씨와 루에타 씨가 보잖아……!”

내가 허겁지겁 사타구니 사이를 가리려 하는데도 두 사람은 전혀 아랑곳하지 않는다.

“둘이 보는 앞에서 이렇게 키운 게 누군데?♡”

도발적인 말과 함께 올리비아가 손으로 위아래를 훑는다.

케이트 씨는 그 행동에 동참하지는 않았지만.

“실례합니다♡”

그러면서 긴 머리를 귀 뒤로 넘기더니,

“추우우우우웁♡”

옆자리에서 내 하복부에 얼굴을 처박고 따뜻한 입을 사용해서 봉사하기 시작한다.

“케, 케이트 씨……. 잠깐만! 아……!”

“즈춥♡ 즈픕♡ 촬짝♡”

방 안에는 곧 야한 수음 소리가 울려 퍼졌다.

올리비아의 손은 육봉 밑동부터 불알 주위를 끈적하게 감아댄다.

“후후♡”

“아! 크앗…….”

호흡이 척척 맞는 동작으로 안겨 주는 쾌락에 나는 그만 앞으로 고꾸라져 신음을 흘렸다.

"으핫……. 어푸?!"

그 순간, 부드러우면서도 탄력 있는 감촉이 내 얼굴을 덮었다.

(오비 씨의 가슴……!)

속옷 모델이었던 오비 씨의 가슴골이었다.

"히읏……!"

내 무례한 행동으로 오비 씨의 몸이 튀는 게 느껴진다.

동시에 가느다란 비명이 들려, 나는 급히 얼굴을 떼려 했다.

……그랬는데 뒤통수가 거센 힘에 눌렸다.

(오비 씨……?!)

나를 꼭 끌어안듯, 그녀가 나를 가슴골에 가둔 것이다.

"……."

그녀의 가슴을 물고 빨았던 그 날처럼 오비 씨는 아무 말도 하지 않는다.

"후우……, 후우……♡"

하지만 숨결은, 아무리 생각해도 도저히 업무 중에 들릴 만한 것이 아니었다.

(이건……. 읏…….)

남아 있는 이성이 포착한 것은 루에타 씨의 스러지는 목소리.

"그, 그러면 직접 만져 보시면서…… 확인, 해 주세요……."

갈수록 작아지던 루에타 씨의 말이 끝나자, 케이트 씨의 수음이 더 격렬해졌다.

"추읍♡ 즈픕♡ 츠아아압♡"

신음하는 내 귓가에 올리비아가 속삭인다.

“아리스트, 두 사람의 일솜씨 어땠어?♡ 속옷은 마음에 들어?”

당연히, 마음에 들지 않을 리 없다.

“으, 응……. 윽!”

나는 가슴에 얼굴을 묻은 채 고개를 끄덕거렸다.

“……읏.”

그랬더니 오비 씨가 목소리도 내지 않고 몸을 떨었다.

무례한 나를 혼내지 않고 올리비아가 계속 말한다.

“그렇다면 이 둘에게, 상을 주면 어때?”

가슴에 얼굴을 파묻고 있는 나의 손을 올리비아가 살며시 잡는다.

잡힌 그 손은 오비 씨의 가슴으로 옮겨졌다.

“흐……♡”

손안에서 탱글 튀는 오랜만에 느끼는 그 감촉.

가슴이 전율한 여성에게, 올리비아가 말을 건넨다.

“자, 두 사람. 어떤 상을 받고 싶은지 확실히 말해 봐♡”

“…….”

올리비아의 말에 오비 씨가 침묵하며 내 뒤통수를 누르고 있던 손을 뗐다.

“네, 네…….”

루에타 씨도 기어들어 가는 목소리로 대답하면서 내가 볼 수 있는 위치로 다가온다.

동시에 케이트 씨의 수음도 조용해졌다.

"쭈읍……♡ 츠팟……♡"

그리고 이내.

묘하게 고요해진 실내에 두 원생의 목소리가 울렸다.

"……아리스트 님의 정액, 뒤집어쓰고 싶어."

"저, 저도……요."

나는 전신에 전율이 일었다.

(미, 미쳤다!)

설마, 여자에게 이런 말을 듣게 되는 날이 오다니.

욕망이 활활 불타올라 케이트 씨의 입속에서 육봉이 더 단단해진다.

"으풉♡ 츕……♡ 츠으으읍♡"

유능한 메이드의 봉사가 단단해져 가는 남근에 맞춰서 움직임이 절묘하게 바뀐다.

올리비아가 또 한 번 속삭인다.

"그렇다네♡"

누구에게 상인 건지는 모른다.

그런 당혹감 따위는 기쁨과 하반신의 욕구로 순식간에 증발했다.

"알, 알겠어……!"

목울대를 울리며 승낙한다.

그러자 두 원생이 재빨리 내 가랑이 쪽으로 자리를 옮겼다.

그에 맞춰 케이트 씨가 더 세게 페니스를 빨아올리고.

"즈우우우우웁♡ 츄팟……, 하아……♡"

쾌감과 함께 육봉을 뜨거운 입속에서 해방한다.
그러고는 어째서인지 올리비아와 케이트 씨는 일어나서 소파 뒤편으로 돌아간다.

"아……."

그게 살짝 아쉬웠으나 대신 다른 온기가 미끄러져 들어왔다.

"아, 아리스트 님……. 실례하겠습니다!"

"……실례하겠습니다."

오비 씨와 루에타 씨다.

두 사람이 내 다리 쪽에 꿇어앉고는 양옆에서 몸을 기댄다.

"……읏♡"

"뜨, 뜨거워……♡"

풍만한 가슴 두 쌍 사이로 내 육봉을 끼운다.

(더블 파이즈리……. 이걸 경험하는 날이 올 줄이야!)

탱탱하고 아름다운 가슴으로 사방에서 육봉을 껴안긴 감동.

감회에 젖어 있는 나를 두고 두 원생이 곧장 끈적끈적하게 움직이기 시작한다.

"……아. ……후읏……♡"

"응♡ 아리스트 님, 어떠세요……? 앗♡"

(어떻기는…….)

내 대답은 정해져 있다.

"두 사람 가슴, 정말 기분 좋아……!"

오른쪽에서 밀려드는 가슴은 오비 씨 가슴.

그녀 몸에 달린 건, 니플 커버 외에는 걸친 것 하나 없이 큼직

한 가슴.

"으……. 하아……♡"

오비 씨는 말수는 적지만 남근을 애무하는 방식은 질척하게 달라붙듯 농밀하다.

날숨과 맞춰 육덕진 가슴살로 문질러 올려 주는 감촉은 쾌감과 함께 마음까지 따뜻하게 해 준다.

그리고 왼쪽에서 다가오는 건 루에타 씨의 가슴.

"아♡ 아리스트, 님……♡ 저, 잘하고 있나요?"

본인은 그렇게 묻고 있지만, 그런 걱정을 할 필요가 없다.

육봉에 비비는 루에타 씨의 가슴은 질량이 묵직해 오비 씨에게도 밀리지 않는다.

촉촉하게 달라붙는 과실이 귀두를 제대로 잡아 제대로 기분 좋게 해 주고 있다.

"잘하고 있어, 하아……. 두 사람 다 정말 좋아."

내가 다시 솔직하게 감상을 표하자, 이번에는 등 뒤에서 부드러운 것이 꾹 누른다.

"잘됐다, 두 사람. 연습한 보람이 있네."

"후후, 그러게요."

올리비아와 케이트 씨의 가슴이다.

"자, 아리스트. 우선 듬뿍 싸고 나서 얘기 나누자♡"

"그래요, 먼저 친밀감을 다져야지요♡"

말투를 봐서는 둘이 이 상황을 미리 계획한 모양이다.

오비 씨의 가슴을 실컷 빨아 댔던 것도 알고 있었으니, 새삼 그녀들의 유능함에 혀를 내두를 수밖에 없었다.
"아, 아앗……♡ 으응♡"
루에타 씨가 소리를 낸다.
가슴을 밀어붙이면서 유두를 딱딱하게 세운 듯하다.
그리고 확실하게 존재감을 주장하던 그것을, 육봉에 문질러 쾌감을 얻는 게 보인다.
(루에타 씨, 이렇게 순진한 얼굴을 하고서 밝히는 편이었구나…….)
성대 너머 가슴에 감춰져 있던 음란한 욕망.
나는 더는 인내할 수 없어, 루에타 씨의 유두를 감추는 성대 속으로 손가락을 넣었다.
"앗?! 아리스트 님! 거기는!"
손가락으로 문지르면서 성대를 옆으로 홱 젖힌다.
그러자 벚꽃색 유륜과 꼿꼿하게 응어리진 유두가 드러났다.
고작 그것만으로도 루에타 씨는 크게 교성을 터트렸다.
"아아♡ 아♡ 앗♡"
그녀도 유두를 민감하게 느끼는 타입인가 보다.
나는 그 모습에 흥분하여 오비 씨의 가슴에도 손을 뻗었다.
그리고 그대로 매혹적인 니플 커버 한쪽을 벗겨 버렸다.
"읏……♡"
벗겨지는 자극에 몸을 흠칫흠칫하며 허리를 비트는 오비 씨.
그렇지만 나는 그녀의 목소리가 듣고 싶다.
그래서 드러난 유륜의 중심을 가차 없이 후볐다.

"아앗……♡ 응♡♡♡"

기대한 대로 오비 씨의 입에서 요염한 목소리가 터져 나와 울린다.

몸을 덜덜 떨며 경련하면서도 내 육봉을 감싸고 있는 가슴이 떨어지지 않는다.

"하아……, 하아……♡"

그때, 얼굴 아랫부분을 가리는 천 밑으로 순간이지만 입이 보였다.

도톰한 입술이 힘없이 벌어져 침이 흐르고 있었다.

그렇게 됐는데도 필사적으로 육봉을 애무해 주는 게 너무 기뻐서 어쩔 줄 모르겠다.

"오, 오비……. 간 거야……?"

한편, 동료의 절정을 지척에서 본 루에타 씨는 잠시 움직임을 멈추었다.

격한 경련에 놀란 것 같다.

물론, 그런 루에타 씨를 가만히 두고 볼 마음은 없다.

나는 그녀의 유두도 음란하게 비벼 뭉갰다.

"앗?! 아아아앗♡"

가슴살을 떨며 교성을 지르는 루에타 씨.

역시 그녀의 약점은 유두였다.

더욱 흐트러지는 모습이 보고 싶어, 이번에는 힘껏 꼬집어 올린다.

"앙♡ 아, 리스트 니이이이임♡♡♡"

루에타 씨는 소파를 흔들어 대며 격렬한 기세로 절정에 이르렀다.

동안인 얼굴이 쾌락에 젖어 녹아내리는 모습이 배덕하다.

(이런 모습, 다른 남자한테는 보여 주기 싫어……!)

나는 그런 이기적인 욕망을 느끼면서 육봉을 더 부풀렸다.

그러자 이번에는 올리비아의 목소리가 울렸다.

"자, 두 사람. 본인들만 기분 좋으면 안 되지. 제대로 봉사해."

내 어깨너머로 루에타 씨와 오비 씨에게 훈계한다.

"앗……. 하아……♡ 네, 네……."

"……네……!"

순식간에 가슴 포위망이 좁혀지고 거센 공세가 시작되었다.

"아리스트 님……, 읏……. 아리스트 님……♡"

"……응♡ 후읏♡"

두 사람의 음란한 공세 덕에 대량으로 나온 전희액이 자연스레 윤활제가 된다.

그걸 활용한 유방의 요염한 춤은 눈에도, 육봉에도 자극이 엄청나다.

"앗, 괴, 굉장해……. 윽……!"

몸을 젖히는 나에게 쾌감은 더 더해진다.

"후후♡ 아리스트, 엄청나게 느끼네♡"

"듬뿍 사정해 주세요♡"

올리비아와 케이트 씨가 속삭이나 했더니.

"츄팟♡ 낼름♡ 츄르르르르릅♡"

"츄퐛♡ 낼름♡ 츄르르르르릅♡"

음란한 소리를 내며 내 양쪽 귀를 입에 머금었다.

"아아앗!"

몸을 비트는 나를 끌어안고 두 사람은 부드러운 몸을 내게 밀어붙여 대며 놓아주지 않는다.

느껴서 신음을 흘리고 마는 나의 모습을 보고 좋은 기회다 싶었는지 과실이 더욱 거칠게 움직이기 시작했다.

"♡응 ♡아리스트 님……, 뜨거워지고 있어요……♡ 제 가슴, 쓸 만한가요?"

"……아리스트 님, 내 가슴으로 기분 좋아지면 좋겠어……. 읏……♡"

음경의 밑동부터 귀두 끝까지 여체에 열린 열매에 빈틈없이 둘러싸인다.

열매들이 교대로 문지르고 때때로 딱딱하게 응어리진 봉오리가 귀두의 구멍과 띠를 쓰다듬는다…….

"아앗! 안 돼……. 나올 것 같아……!"

그 말은 머리가 아니라, 하반신이 뱉게 한 것이었다.

그러자 주위가 한순간에 활기를 띠며 여성들은 더욱 맹렬하게 몰아붙인다.

"하앗♡ 하앗♡ 아리스트 님, 사정해 주시는군요♡"

"……줘♡ 아리스트 님, 뒤집어쓰고 싶어♡"

"낼름낼름♡ 즈퐛♡ 쭈우우웁♡"

"낼름낼름♡ 즈퐛♡ 쭈우우웁♡"

두 귀로는 음탕한 물소리가 박히고 육봉에는 가슴의 바다가 휘감긴다.

고환에서 정액이 솟아오르는 감각에 몸을 맡긴 채, 내 허리는 위로, 또 위로 치솟아…….

"저한테 주세요♡ 사정해 주세요♡"

"아리스트 님♡ 퓨퓻 보여 줘……♡"

두 원생의 결정타로 절정을 맞았다.

"나와!!"

──뷰르르르릇!! 푸슛!! 뷰우우웃!!!

양옆에서 조른 대량의 정액이 두 원생에게 쏟아진다.

"하앙♡"

"……굉장해……♡"

루에타 씨는 물론, 오비 씨도 환희하며 감탄한다.

엄숙한 분위기가 일상인 곳에서 사는 두 사람.

그런 그들이, 내 백탁액을 뒤집어쓴 것을 기꺼워한다…….

(너무 야하잖아……. 윽……!)

수컷의 정복욕을 충만케 하는 광경에 성취감을 느끼고 있는데.

"둘 다, 아직이야♡"

"네♡"

"네♡"

지체 없이 날아든 올리비아의 지시에, 외설스러운 과실들이 또다시 격렬하게 흔들린다.

"앗!"

잠깐 굳기가 물러지던 육봉.

그러나 사정 직후인 예민한 귀두에는 부드러운 가슴살의 자극이 너무나도 강했다.

"도, 또 나와!!"

"……주세요♡"

"아리스트 님♡"

절박한 여성의 목소리에 이끌려, 나는 한 번 더 사정했다.

——퓨븍퓨븍!!! 뷰릇!! 뷰르르르!!!

"아아♡"

"아아♡"

두 번째로 내린 백탁의 비가 두 원생을 또 더럽힌다.

루에타 씨의 가슴도, 오비 씨의 가슴도 백탁액으로 질척질척하다.

그런데 두 사람은 그것이 행복 그 자체인 듯 말한다.

"하앗♡ 기뻐요, 아리스트 님……♡ 저 같은 이의 가슴으로 이렇게나……♡"

"으응……, 하아……♡ 엄청 뜨거워……."

가슴 네 쪽의 중앙에는 내 육봉이 보이지 않을 정도로 정액이 고였다.

(내가 쌌지만 양이 굉장하네…….)

그때 그 정액 샘에 루에타 씨가 입을 갖다 댔다.

"츠읍……, 츠즈즈읍……♡"

"어?!"

앳된 얼굴로 환하게 웃으며 그 정액을 빨아 마시는 것이다……!
루에타 씨가 다 마시니, 이번에는 오비 씨가 자기 가슴에 튄 정액을 핥는다.
"쭈웁……. 핥짝……. 아리스트 님의 정액…… 맛있어……♡"
그 음란한 광경은 신을 섬기는 여인으로는 도저히 보이지 않았다.
아니, 마치 육봉과 정액이야말로 자신들의 신이라는 듯한 태도다.
(그런 짓을 하면…….)
그러나 육봉은 신이 아니다.
수컷의 몸에 깃든 짐승이지.
그것도 내 경우는, 동면 기간이 아주 짧다.
"앗……. 아리스트 님……?"
"……또, 사정하시는 건가요?"
짐승이 다음 먹잇감을 찾기 위해 눈을 뜨고 말았다.
아니, 처음부터 자고 있지도 않았다.
그리고 본인보다도 그 짐승을 잘 아는 여성들이 유쾌한 듯 속삭인다.
"아리스트. 상, 더 줄 수 있지?♡"
"아리스트 님, 부디 저희에게도 자비를♡"
군침을 꿀꺽 삼키는 내게 올리비아가 행동에 나선다.
"두 사람 다, 가르쳐 준 대로 하는 거야. 알았지?♪"
올리비아의 말에 루에타 씨와 오비 씨는 일어난다.

절정의 여운일까.

불안한 발걸음으로 그들이 향한 곳은, 커다란 침대다.

"……."

"……."

둘은 등을 보이는가 싶더니, 침대에서 네 발로 엎드렸다.

"!!"

그러고는 그대로, 상체를 낮추어 엉덩이를 치켜든다.

딱 원복의 성창을 통해 가랑이 사이가 훤히 보이도록…….

"아리스트, 마음에 안 들어?"

올리비아의 말에 답할 여유 따위 없었다.

두 쌍의 엉덩이 과실에 넋을 잃고 말았기 때문이다.

"하아, 하아♡"

"……으응♡"

두 사람이, 가장 소중한 곳을 아슬아슬하게 덮는 천을 내린다.

그러자 찐득한 소리와 함께 과실의 중앙에서 투명한 실이 늘어진다.

(우와……!)

흥분이 과해 어질어질한 내 앞에서 두 사람은 또 한 번 움직였다.

"……부탁, 드려요……♡"

"……부탁, 드려요……♡"

남자를 기쁘게 하기 위한 은밀한 구멍을 일제히 두 손으로 벌려 보여 준다.

엉덩이를 노출하는 원복의 성창은, 지금은 완전히 남자를 유혹하는 문에 지나지 않았다.

"응……!!"

결국, 나는 아무 말도 못 하고.

그 두 사람의 엉덩이로 달려드는 짐승으로 전락하고 말았다.

정도원에 마련된 남성용 귀빈실.

하지만 실제로 일 정도원을 방문해 숙박한 남성은 전무하다.

아리스트는 진정한 의미로, 귀빈실의 첫 손님이었다.

"……앗♡"

그리고 그는 현재, 더더욱 한 방의 훌륭한 첫 손님이 되었다.

"아리스트♡ 님♡ 앗♡ 아앗♡"

그 방의 주인은 루에타.

원복을 벗고 누운 소녀는 다리를 크게 벌려 그를 받아들이고 있었다.

"하아♡ 아아앗♡ 굉장해애♡"

작은 몸에 맞는 좁은 육벽이, 우람한 육봉을 꽉 쥐고 조여 온다.

암컷이 수컷에 순응하고 사정을 촉진하기 위한 변화의 시작이었다.

"아아……!"

하얀 몸이 열락으로 붉어진 모습과 맞물려, 아리스트는 쾌락에 신음한다.

"기, 기분 좋아……. 루에타 씨 안……!"

그렇게 말하며 더욱 단단해진 남근으로 루에타의 자궁을 찔러 올린다.

강한 움직임을 받은 소녀는 온몸으로 기쁨을 표현했다.

"아앗♡ 아흐읏♡"

쾌락으로 들어 올려져, 머리와 발끝으로만 지탱해 몸을 불룩 올려 젖히면서 애액을 뿜는다.

다리를 후들후들 떨면서도, 육봉을 더 깊숙한 곳으로 꾀듯 허리를 비꼰다.

여성의 본능을 느끼게 하는, 정액을 짜내기 위한 정확한 움직임.

(쥐어짜인다!)

아리스트는 가까스로 사정을 참았다.

그리고 격렬한 피스톤질로 그녀의 환대에 응답했다.

"앗♡ 앗♡ 아디스뜨 니임♡ 아, 안 뎨♡ 팡팡, 안 뎨엣♡"

질 안이 휘저어져 혀가 꼬이는 루에타.

그녀는 교성을 지르면서, 그 행복을 온몸으로 받아들였다.

(이게, 아리스트 님의 자×……♡)

처음 봤을 때부터, 그 아름다움과 다정한 태도에 끌렸다.

위메에서 호평이었던 책에 실린 삽화보다도 훨씬, 훨씬 실물이 멋졌다.

(이게, 섹스……♡)

심야에 귀빈실을 몰래 엿봤을 때의 충격을 지금도 기억한다.

두 여성과 아리스트의 격렬한 섹스.

짐승처럼 울부짖는 올리비아와 케이트를 보고 이 세상의 천국을 본 듯했다.

"앗♡ 아아아앗♡ 깊, 깊어어♡ 아리스트 님♡"

그리고 그것은, 실제로 천국이었다.

"헉! 헉! 루에타 씨, 기분 좋아? 안 아파?"

"좋아요♡ 좋아요오♡ 저, 이상해질 것 같아요♡"

상냥한 목소리로 물어보며 안쪽을 맹렬히 공략한다.

(보×이♡ 기분 조하아♡ 아리스트 님의 자×♡ 굉자해애♡)

몸 전체를 꿰뚫고 지나가는 쾌락이 루에타의 이성을 간단히 녹여 버렸다.

공손한 말투도 내던지고 크나큰 쾌락의 파도에 몸을 맡긴다.

"아아, 간다♡ 아리스트 님♡ 저, 가요♡ 가, 가……♡"

외설스러운 것에 흥미가 크다. 루에타는 그게 콤플렉스였다.

원생이면서 흐트러지고 상스러운 여자인 것에.

하지만 아리스트는 그런 그녀를 몸과 말로 용서한다.

"괜찮아! 가!"

"아앗♡ 아리스트 님♡"

"루에타 씨가 가면 좋겠어……!"

루에타는 구원받은 기분이 들었다.

이런 추잡한 모습을, 세상에서 가장 멋진 남자가 용서해 준 것이다.

(아아……!!)

그녀의 마음 깊숙한 곳이 열리자, 동시에 질도 움츠러든다.

"간다……♡ 가, 가, 가♡ 자×로 간다아♡"

그리고 루에타는 마음 깊은 곳에서부터 절정에 도달했다.

"아♡ 아아앙♡ 보×, 가하아아아아아♡♡♡"

아담한 소녀가 침대에서 격렬하게 경련한다.

몸이 활처럼 휘며 애액을 분출하고 질은 육봉에 게걸스럽게 매달렸다.

그건 루에타의 꿀단지가 여자로서 완전히 개화했다는 증명이었다.

(으앗……! 이런, 나도 갈 것 같아……!)

한편, 아리스트는 어마어마한 속도로 학습하는 질에 농락당하고 있었다.

평소라면 루에타의 질이 공급하는 쾌락에 그대로 사정했으리라.

하지만 지금은 그럴 수 없는 이유가 있었다.

"저, 가 버렸어요……♡ 하아♡ 아리스트 님 앞인데♡ 부끄러워……♡"

절정의 여운에 젖어 단정치 못하게 다리를 벌리는 루에타.

그 위로 또 한 가지 만찬이 올라타 있기 때문이다.

"오비, 그렇게 빤히 보지 마……♡"

만찬은 원복을 벗어 던진 오비의, 통통한 하반신이었다.

그녀는 루에타와 몸을 포개며 아리스트의 얼굴 쪽으로 엉덩이를 들이밀고 있다.

"……루에타, 엄청나네……."

오비는 부원장의 음란한 모습을 가만히 지켜본 뒤, 차분하게 감상을 뱉었지만.

"흣?! ~~♡ 오고옷♡"

곧 짐승 같은 신음을 터트리게 되었다.

그녀의 성기를, 여전히 단단한 남근이 찔러 들어왔기에.

"미안! 더는 못 참아!"

처녀의 증거를 부드득부드득 난폭하게 찢어 버린 것을 아리스트가 사과한다.

그런데 사과하면서도 그의 허리 놀림은 약해지지 않았다.

"억♡ 오옥♡ 아♡"

그 이유는 오비가 탁한 교성을 지르고 있었기 때문이다.

감정 기복이 거의 없는 그녀가, 열락에 흠씬 물든 소리를 토해낸다.

(오비 씨 목소리 미쳤다! 더 듣고 싶어!)

아리스트는 그 교성을 더 듣고 싶어져 더욱 깊고 더욱 강하게 허리를 부딪친다.

"아♡ 으오♡ 오오옷♡"

팡 하고 울려 퍼지는 격렬한 소리와 함께, 쾌락으로 등줄기를 젖히는 오비.

암컷 구멍을 찔릴 때마다 풍만한 가슴이 출렁댄다.

날뛰는 형세가 엄청나서 등 너머로도 가슴의 움직임이 보일 정도다.

(가슴, 굉장하다……!)

아리스트는 참지 못하고 손을 활짝 펴 양쪽 가슴을 움켜쥐었다.
“하아……! 하아……!”
거친 콧김을 뿜으며 풍만한 가슴을 마구 주무르고 그녀의 예민한 함몰 유두를 후벼 판다.
“오♡ 응오옷♡ 젖꼭지……♡ 좋아……♡”
유두를 공략하니 오비가 눈에 띄게 흥분했다.
그리고 마침내, 스스로 허리를 흔들기 시작했다.
“응♡ 응응♡ 옷♡ 호오옷♡”
첫 섹스라고는 믿기지 않을 만큼 오비는 쾌락에 탐욕스러웠다.
스스로 허리를 아리스트에게 부딪쳐 가면서 육덕진 질로 남근을 격렬히 조인다.
“큭! 아! 오비 씨……. 으핫!”
갑작스러운 반격에 아리스트는 신음을 토하며 오비의 가슴에 매달렸다.
“아앗♡”
그리고 맹렬한 피스톤질과 함께 아리스트의 손가락이 그녀의 유두를 깊숙이 쑤셨다.
“우앗?!”
자궁구를 찔리는 쾌감.
발기한 유두가 후벼 파이는 쾌감.
(앗♡ 이거, 저속한 소리가 나올 것 같아……♡)
아리스트가 주는 두 가지 쾌감은 눈 깜짝할 새 오비를 절정으로 인도했다.

"응오옷♡♡♡"

그건 여자라기보다는 암컷의 교성이었다.

"~~~~♡♡♡ 흐오옷……♡♡♡"

오비는 반복되는 절정에, 탁한 교성을 내뱉지 않을 수 없었다.

(이런 소리를 내면…….)

아무리 상냥한 아리스트라도, 실망하리라.

그녀는 그렇게 생각했지만, 그것은 어디까지나 오비의 시선에서나 그랬다.

그렇지만 아리스트에게는 그녀가 흐트러지는 모습이야말로 절경이었다.

"오비 씨! 하아! 하아! ……최고야!"

(?!! ?!!)

불쑥 들린 뜻밖의 상냥한 말에, 오비의 사고가 정지했다.

그러나 곧바로, 정지된 사고째로 쾌락의 탁류에 휩쓸리고 말았다.

"헉! ……헉!"

"아앗?!?! 읏♡♡♡"

사정 직전의 페니스가 점점 더 가차 없어진다.

"아흣♡ 오호옷♡"

오비의 몸이 거세게 튀어 오르며 반사적으로 육봉에서 도망치려 한다.

그러나 아리스트는 먹잇감을 놓치지 않았다.

"더 하고 싶어……!"

그가 오비의 가슴을 힘껏 쥐어 그대로 제 쪽으로 여체를 끌어당겼다.

뜨겁게 달아오른 수컷이, 지금까지 중 가장 깊이 암컷을 꿰뚫는다.

"아아아앗♡♡♡"

오비의 시야가 새하얘졌다.

쾌락으로 빈틈없이 덧칠된 오비의 귓가에 아리스트의 목소리가 울려 퍼진다.

"안에 쌀게……. 오비 씨 안에, 쌀게! 내 것으로 만들 거야……!"

두 사람의 꿀단지로 흥분이 최고조에 달한 육봉에 이끌려 아리스트는 평소보다 더 사나웠다.

그리고 오비는 그 말에 환희했다.

(내가 아리스트 님의 것이 된다니……♡)

마음속에서는 말이 떠올랐다.

하지만 필사적으로 내뱉은 소리는, 역시나 암컷의 외침이었다.

"아윽♡ 싸, 싸 주세요♡ 아리스트 님의 것♡ 되고…… 시퍼♡♡♡"

질벽을 수축하고 유방을 요란하게 흔들며.

머리를 땋은 얌전한 인상의 여자가 아양을 부린다.

"응! 응……!! 이제 내 거야……!"

아이 같은 정복욕이 충족된 아리스트의 육봉은.

"가♡ 아아♡ 가♡♡♡ 또, 또 가♡♡♡"

오비의 음탕하고 짐승 같은 교성으로 더더욱 자극받아.

"나와……!"
드디어 폭발의 순간을 맞았다.
——퓨퓨르르르르르르!!! 븃!!! 뷰르르르륵!!
질이 정액으로 물든 오비 역시도 쾌감을 터트렸다.
"응오오♡ 가……아아아아핫♡♡♡"
질퍽질퍽 자궁구에 부딪히는 정액이 그녀에게 더 큰 절정을 선사한다.
"흐옷♡♡ 또 간다아♡♡♡ 가, 가♡♡♡ 가아아아아아아아♡♡♡"
그녀 자신도 들어 본 적 없는 신음을 지르며 경련을 되풀이하는 오비.
그것은 얌전하던 소녀가 여자로, 그리고 암컷으로 타락하는 순간이었다.
"……엄청나게 조여……!"
육봉을 꽈악 조여 대는 육벽을 느끼며 그 모습을 눈에 새기는 아리스트.
"~~~~~♡♡♡ ……아♡♡♡"
오비가 푹 몸을 떨구었다.
몹시도 강렬한 쾌락에 정신을 잃고 만 것이다.
그리고 그녀의 몸을 받아 낸 건…….
"오, 오비……"
그녀 아래서 절정한 후에도 천장을 보며 누워 있던 루에타였다.
동료의 화끈거리는 몸을 느끼면서 루에타는 생각한다.

(섹스는 굉장해…….)

하지만 그런 감상에 오래 잠겨 있을 수는 없었다.

"앗?!"

닫혀 있던 다리가 난폭하게 벌어지고,

"루, 루에타 씨도……!!"

뜨거운 귀두가 느닷없이 자궁구를 정통으로 때려 박았기 때문이다.

"히익♡"

갑작스러운 쾌감에 루에타의 머릿속이 따라가지 못한다.

(자, 자×?! 자×가 들어오고 있어?!)

하지만 그녀의 꿀단지는 곧바로 상황을 파악하고 사랑하는 남자의 육봉에 딱 달라붙었다.

"또 나와!!"

흥건하게 젖어 있는 루에타의 질 안쪽 깊숙이, 그는 끓어오르는 정액을 쏟아 낸다.

――울컥울컥!! 뷹!!! 뷰슈우우웃!!!

"아흣?! 아♡ 아아아앗♡♡♡"

오비의 질만으로는 만족하지 못한 육봉이 루에타까지 정복하려 정액을 토한다.

그리고 그에 저항할 방법이 작은 그녀에게는 없었다.

"이거, 사정?! 아아♡ 닿아♡ 닿았어요오♡♡♡"

철벅철벅 질 속에서 부딪치는 정액.

음란하게 튕겨 대는 몸을 어쩌지 못하고 루에타는 오비의 몸을

부둥켜안고 매달린다.

“아앗♡ 아아앗♡ 가 버려♡ 저, 정액으로 가♡♡♡”

동료를 끌어안은 채, 쾌락을 탐닉하는 루에타.

그 모습은 아리스트를 더욱 흥분케 했다.

“루에타 씨도, 내 거야……!”

그가 무심코 내뱉은 그 한마디는, 루에타에게 복음처럼 들렸다.

(나도…… 아리스트 님의 것♡)

그녀의 질이 몸과 마음을 직접 연결하여 뇌의 허락도 구하지 않고 육봉을 빨아들였다.

“하아♡ 네♡ 저는♡ 아리스트 님의 것이에요♡♡♡”

“그래……, 맞아!”

아리스트는 사정하면서 그녀의 질 안쪽을 쿡쿡 찔러 올렸다.

그 거친 질주는 루에타의 자궁에 울려, 루에타를 금세 또다시 절정으로 밀어 넣는다.

“~~~~흣……♡ 하아♡♡♡”

숨도 쉬지 못할 만큼의 절정.

루에타가 경험한 최고의 절정이, 신선한 것으로 연이어 갱신된다.

그 신선함이, 그녀 안에 잠들어 있던 여자로서의 본능을 일깨운다.

“아리스트 님♡ 아♡ 아아아앗♡♡♡”

앳된 그녀가 지닌 탐욕스러운 질이 마침내 정액을 조르는 법을 깨달은 것이다.

"크아앗! 루에타 씨의 질, 너무 굉장해……!"

육봉에 교태를 부리며 음탕하게 꿈틀거리는 루에타의 질.

마음도 몸도 저에게 열어 준 루에타가 아리스트를 더욱 끓어오르게 하여.

"또…… 나, 나와……!"

――뷰븃!! 뷰릇뷰릇!!!!

"아리스트 니이이이임♡♡♡"

루에타는 또다시 안쪽부터 물들었다.

육봉이 발딱거릴 때마다.

그녀의 몸은, 그를 위한 몸으로 변해 갔다.

"아……♡♡♡ 하아……♡♡♡"

쾌락의 여운에 잠기며, 그것을 이해하는 루에타.

"저는, 아리스트 님의…… 거에요……♡"

그건 그녀의 행복이자 순수한 맹세이기까지 했다.

"아……♡"

그리고 루에타도 오비를 껴안은 채 정신을 잃었다.

"하아……, 하아……."

한편, 아리스트 역시 힘을 상당량 소모했다.

한꺼번에 두 사람의 질을 휘젓고 그 둘 모두를 만족시킬 만큼 정액을 쏟아 냈으니.

(기, 기분 좋았어……!)

사정 후 찾아온 기분 좋은 피로감이 아리스트를 차분하게 한다.

그리고 동시에 약간의 후회가 스멀스멀 덮쳤다.

(뭐래, 내 거라니…….)

한창 섹스 중에 한 말이지만, 참으로 부끄러운 말을 하고 말았다.

이마에 난 땀을 닦으면서 도취한 것에 반성한다.

"있지♡"

"저기, 아리스트 님♡"

그는 깜빡하고 있었다.

음란한 향기를 풍기며 두 여성이 짐승으로 변한 그를 바라보고 있었다는 사실을.

"나는, 누구 거려나……♡"

훌렁훌렁 옷을 벗으면서 다가오는 올리비아.

그리고 그 뒤에서 이미 알몸으로 서 있는 케이트.

"……저도, 너무 궁금해요♡"

끼익 소리를 내며 침대로 올라오는 미녀들에 어쩔 줄 몰라 하는 아리스트.

"어, 그, 그러니까……."

그는 당황하면서도 루에타와 오비를 다정히 눕혔다.

먼저 꿈나라로 떠난 두 사람에게 올리비아와 케이트가 재빨리 따뜻해 보이는 담요를 덮어 주었다.

"이제, 천천히 이야기할 수 있겠네요♡"

"그러게 말이야♡"

그리고 의미심장한 미소를 지으며 천천히 아리스트의 몸에 몸을 비비기 시작한다.

"자, 나는 누구 거야?♡"
"아리스트 님……. 으응♡"
달아오른 알몸을 음란하게 비벼 대는 두 사람.
아리스트는 볼이 뜨거워지는 것을 느끼며 입을 열었다.
"내, 내 거야……!"
수줍어하는 표정이 두 미녀의 마음을 완전히 사로잡는다.
"쪽♡ 츄우웁♡ 츠으으으읍♡"
정액과 애액 범벅이 된 페니스는 순식간에 케이트의 입속으로.
아리스트는 그런 케이트의 다리 사이로 손을 뻗고 입술은 올리비아와 뜨거운 타액을 나눈다.
"아리스트……. 나도 네 거라고 알려 줘……♡"
"아리스트 님♡ 즈브브븝♡ 제게도, 잔뜩 알려 주세요……. 즈픕♡"
결국, 이날.
"으, 응! 알았어……!"
그의 육봉은 자유로울 시간이 거의 없었다.

SASENSAKI HA
JOSEITOSHI
RESILIENCE
KONDO HA SEIJOTACHI TO
ICHARABU HAREM

상의 효과일까, 브래지어 개발은 순조롭게 진행됐다.

그러나 순조로웠던 건 개발까지였다.

「미안하지만, 지금은 좀 바빠서 말이야. 그쪽 거래 상담은 받아줄 수 없겠어.」

「우리 가게는 이미 진열장이 꽉 찼어. 다른 데 한번 알아보는 게 어때?」

도매처로 염두에 뒀던 모든 가게가, 하나같이 브래지어 진열을 거절한 것이다.

그 탓에 위메에 판로도 개척하지 못해서 아직까지도 판매하지 못하고 있었다.

그 보고를 들은 아랴가 한숨을 내쉰다.

"……그렇군."

구름이 잔뜩 껴 흐린 하늘이 한낮을 맞이한 정도원을 내려다본다.

하늘에 뜬 먹구름처럼 실내를 무거운 침묵이 지배한다.

하지만 보고를 전한 루에타는, 그 분위기가 탐탁지 않았다.

"그래도 아직, 모든 가게를 다 돌아본 건 아니야!"

루에타가 음침한 기운을 날려 버리려 호기롭게 말한다.
"우연히 기존 장인들이 거래하던 업체 상품을 소중히 여기는 가게들밖에 없었던 거야!"
함께 원장실로 온 오비도 말수는 적지만, 루에타의 의견에 동조했다.
"……다른 가게도 많아."
그런데 아랴는 그런 둘에게 고개를 가로저었다.
"지난번에도 같은 말을 했잖나. 그리고 그때 말했을 텐데. 이번이 마지막이라고."
루에타 일행이 위메에 거래 상담을 시도한 건 이번이 세 번째다.
물론 도매 대상이 된 가게는 매번 달랐지만, 돌아오는 대답은 늘 똑같았다.
모든 점포가 브래지어 매입을 거절한 것이다.
"그, 그래도! 다음에는 꼭……."
열을 올리는 루에타에게, 아랴가 말한다.
"과업을 하는 틈틈이 시제품을 만드는 걸 허가했어. 속인을 상대로 판매하는 것 또한."
아랴의 말에는 분노가 어리지 않았다.
하지만 어조는 냉정했다.
"기도를 올리는 게 주인 원에서, 장사 구상에 매진하는 것도 허가했지."
아랴 역시, 원생들이 논 게 아니라는 건 안다.
평소 원생들의 표정에서 누군가에게 나쁜 짓을 당했다거나 하는 일은 없었으리라는 것도 알고 있다.

"하나, 이게 현실이야."

아랴의 말은 짧고, 담담했다.

"루에타. 이 결과는, 물건이 형편없는 탓인가?"

"그, 그렇지 않아! 브래지어는 확실히 멋진 제품이야. 제대로 보기만 해 준다면……!"

단호하게 말하는 루에타.

그리고 아랴도 그 말을 의심하지는 않았다.

('보기만 해 준다면'이라…….)

아랴는 요즘, 자기에게 실망하고 있었다.

브래지어 시제품을 보면, 학창 시절의 들뜬 마음이 떠오르기 때문이다.

예전에 친구들과 함께 매장을 돌아다니며 세련되게 치장하는 것 동경했던 그 날의 감각이.

(이제는, 그런 권리도 없건만…….)

아이러니하게도 그 속옷은 아랴가 버렸던 감각을 품고 그녀 앞에 나타난 것이다.

그건 곧, 브래지어가 그만큼 매력적인 물건이라는 뜻이기도 했다.

"오비도 같은 생각이야?"

씁쓸한 기분으로 아랴가 오비에게도 묻는다.

"……응."

(역시나.)

오비가 고개를 끄덕인 것을 확인하고 아랴는 애써 냉정을 유지한 채 말했다.

"가게 주인들이 브래지어를 보지도 않고 너희를 거절했다고 했지?"

「……윽!」

루에타는 흠칫 몸을 떨었다.

오비는 아무 반응이 없었지만, 부정하지 않았다.

"그 말인즉슨. 너희가 접촉한 가게 주인들은, 우리를 문전박대했다는 거지."

아랴가 말을 잇는다.

"우리 상품은 어차피 안 팔릴 테니. 제 호주머니 지키는 데만 집착하고 귀를 기울이려 하지 않았어."

분노가 실리지 않게, 아랴는 이를 악물고 자제했다.

"이제 알겠지? 위메의 속인은 오직 돈과 욕망만을 본다. 품격을 잃은 타락한 자들이란 말이다."

"타락이라니……."

과격한 표현에, 루에타가 반사적으로 끼어든다.

그러나 빙벽이 된 원장이 싸늘한 시선으로 쳐다본다.

"루에타, 네게는 동포를 제대로 상대해 주지도 않는 세상이 지향해야 할 세상인가?"

"틀림없이 뭔가 오해가 있는 거야! 지금은 우리가 더 다가가야 하는, 그런 단계인 거라고."

아랴는 루에타의 말에 깊은 한숨을 내쉬었다.

"이익만 보고 돈이 모이는 소리만을 듣는 자가 모이는 도시. 그게 지금의 위메다."

모든 걸 꿰뚫어 보는 듯한 눈이 두 원생을 향했다.

"그 땅은 가르침을 잊고 인간으로서의 긍지를 버린 타락한 자들의 오물통이야."

아랴는 경멸과 분노가 뒤섞인 목소리로 말했다.

"타락에 다가간 길은 타락으로 이어질 뿐이다."

위메에서 온 자들 또한 마찬가지라고 아랴가 덧붙였다.

"우리에게 직접적인 폭력은 행사하지 않았지. 아리스트라는 남자도 나쁜 짓을 하지 않았고. 하지만 장사라는 수단을 통해서 언젠가는 이곳도 타락시키려는 심산이었을 터.."

그녀는 그렇게 말하며 디브 백작을 떠올렸다.

"오늘로 장사는 접도록. 더 이상 원생들이 괴로운 일을 겪을 필요는 없어."

아랴는 처음부터 생각해 둔 방안을 꺼냈다.

"위메 영주에게는 그 세 사람을 인질로 삼아서라도, 이번 일에 대한 책임을 지게 할 거야. 제가 다스리는 영지의 상인들이 어떤 말을 했는지, 알아야 해."

목소리는 담담하지만, 그 이면에서는 커다란 분노가 불타오르고 있었다.

(모두의 마음을, 노력을. 타락한 자들은 짓밟았어……!)

그렇기에 애써 사무적으로 행동하려 했으나.

"귀빈실의 문을 바깥에서 봉쇄하도록. 영주가 사죄할 때까지,

그 셋은――.”

――짝!

그 순간, 방 안에 메마른 소리가 울렸다.

“……작작 좀 해.”

그건, 부원장이 원장의 뺨을 때린 소리였다.

“루, 루에타……?”

상황 파악이 안 되는 아랴.

성격이 온화한 루에타가 이런 짓을 할 거라고는 생각지도 못했기 때문이다.

“가르침을 잊은 건 아랴, 너야! 지금 본인이 무슨 말을 하는 건지 알기나 해?!”

놀라 동공을 떠는 아랴에게로 한 발짝 다가가는 루에타.

“타락, 타락이라니……! 내가 보기에는 아랴가 훨씬 더 타락한 것처럼 보여!”

“무, 무슨 소리를 하는 거야……. 나는……!”

아랴는 이렇게까지 화난 루에타를 보는 게 처음이었다.

놀라서 말문이 막힌 채 있는데 부원장이 험악한 얼굴로 노려본다.

“……사람들이 왜 우리를 거부하는지, 알아?”

부원장은 바닥을 힘껏 쿵 박차며 원장에게 더 가까이 다가갔다.

“의식을 올리고 기부를 요구하고. 기도하면 기부를 요구하고. 원에 찾아와도 기부를 요구하고, 괴롭히는 게 아닐까 싶을 정도로 편지를 보내서 기부하라고 하고! 기부를 빌미로 영주를 협박하고!"

눈이 휘둥그레진 아랴를 향해 루에타는 외친다.

"사람들이 그래. 너희는 림 신의 사자가 아니라, 돈독 오른 속물이라고. 나, 그 말에 아무 말도 못 했어. 사실이니까!"

루에타는 눈물을 흘리며 계속했다.

"그만하자고 했잖아. 케이트 씨도 입장이 곤란한데도 다른 길을 모색하는 게 좋겠다고 해 줬어."

더욱 언성을 높이는 루에타.

"그런데 아랴 넌 매번 고개만 저었잖아. 들어 주지 않았잖아!"

"드, 듣고 있어……."

"아니! 귀 기울이지 않았어! 귓등으로도 안 들었다고!"

루에타는 화가 났다.

그렇지만 그와 동시에 너무너무 슬펐다.

도대체 언제부터 이렇게까지 어긋나 버린 걸까.

어떻게 해야 내가 하는 말이 닿을까, 그녀는 절규하듯 외쳤다.

"내가 알던 아랴는 이런 사람이 아니었어! 이제…… 아랴 너한테 상관 안 해!! 인질이든 뭐든, 혼자서 해!!"

흐르는 눈물을 닦지도 않고, 루에타는 방을 뛰쳐나갔다.

그리고 곧 문이 난폭하게 닫히는 소리가 들렸다.

"……윽……."

그 소리보다 늦게, 아랴는 그제야 비로소 뺨에 통증이 느껴졌다.

뺨을 맞았음을 실감한다.

"……."

하지만 아라는 아무 말도 못 했다.

목구멍이 달라붙은 듯 소리가 나오지 않았다.

그런 아랴를 두고 이번엔 오비가 입을 뗐다.

"너는…… 원을 위해 행동하고 힘써 주는 사람을, 타락의 앞잡이라고 부르는구나."

오비의 강한 의지가 느껴지는 목소리도 또한, 처음 듣는 것이었다.

"반면 자기는 의자에 앉아, 어제와 똑같은 일만 하고 있고."

"……읏……."

움찔하는 원장에게 그간 묵묵히 서기를 맡아 온 오비가 말을 잇는다.

"네 마음을 모르는 건 아니야. 그렇지만 네가 매진한 길은 횡포의 길이었어."

여느 때와 확연히 다른, 한 치의 망설임도 없는 어조가 아랴에게 꽂힌다.

"상인들이 우리를 거부하는 이유. 루에타가 왜 오늘까지 아무 말도 안 했는지, 곰곰이 생각해 봐."

오비가 입가를 가리는 베일을 벗었다.

"아……."

눈이 마주친 순간, 아랴는 모든 것을 이해했다.

치밀어 오르는 감정은 분노가 아니었다.

그녀는 그걸 필사적으로 억누른다.

"……위메에서 온 그 세 사람이, 아마 너보다 너를 소중히 여겨. 그래서 보고는 우리에게 맡기고 다음 가게를 찾거나, 다른 방법을 고민하지."

"무, 무슨 말이야……."

"그들이 얘기해도 아랴는 듣지 않을 테니까. 그리고 틀림없이…… 무너져 버릴 거라고 했어."

아랴가 입을 뗀다.

그런데 목소리가 나오지 않았다.

"지금의 너는, 잠깐 길을 잘못 들었을 뿐이야."

오비가 품에서 꺼낸 수예품을 집무 책상에 놓는다.

루나족을 본떠 만든, 볼품없는 물건이었다.

"……윽……!!"

지금 정도원에서 만들어지는 물건들과 비교하면 비웃음을 사고 웃음거리가 될 법한 그것.

아랴는 그것을 본 적이 있었다.

아니, 그 행복했던 나날을 잊을 리가 없었다.

"나를 구해 준 너는, 지금도 네 안에 있어."

오비는 친구의 가슴께를 가리켰다.

"아리스트 님 일행이 힘을 빌려준 게, 그 증거야. 필사적으로 저항하는 너를, 그들은 외면하지 않았어. 그리고 지금, 무너져 버릴 듯한 너를 지켜 주려 하고 있어."

오비는 조용히 말했다.

"눈을 떠, 아랴."

모르겠다.

아라는 저 말의 의미를 이해할 수 없었다.
"……이, 이미 떴어……. 나는……."
아니, 이해하고 싶지 않았다.
그런 아랴를 보며 오비는 아무 말 없이, 베일로 다시 입가를 가렸다.
"……."
그리고…… 그녀 역시 방을 나섰다.
닫힌 문은, 이번에는 거의 소리를 내지 않았다.
"……아……."
방 안이 고요해졌다.
그래서 깨달았다.
……지금, 자신이 혼자가 됐음을.
"아아……. 읏……, 아아아아……."
그러자, 굵은 눈물방울이 아랴의 뺨을 타고 흘렀다.
"……나는……. ……나는……!"
생기 넘치던 루에타의 얼굴.
설레어 기뻐 보인 오비의 모습.
원생들이 모여 시끌벅쩍해진 의상실.
"아아……. 왜…… ,왜……!!"
보아야 했던 것들이.
보고 싶었던 것들이, 바로 거기 있었다.
그리고 이제 와서 깨달은 자신이 밉다.
미워서, 미워서 견딜 수 없었다.

"나는…… 어째서…… 깨닫지 못했을까……!"

루에타에게 속죄하고 싶었다.

원생들에게 세상이 부조리한 것을 사과하고, 할 수 있다면 지켜 주고 싶었다.

예전엔 내뱉어 버린 폭언으로 빼앗긴 것을, 어떻게든 되찾고 싶었다.

"……으윽……. 아아……!"

하지만 그 바람들 중 어느 하나도 이루지 못했음을 깨달았다.

"나는……. 나는 더 이상……."

가치가 없다고, 아랴는 그렇게 생각했다.

경솔한 행동으로 루에타가 추방되도록 몰아넣고, 일 정도원이 수도에 납부하는 금전을 늘리고.

악행을 거듭한 끝에 소중한 것을 잃고, 타락의 길을 향해 돌진하고 있었다.

"……루에타, 오비……. 모두들…… 미안해……. 나 때문에, 내가 어리석어서……."

이 말이 그들에게 닿을 날은 오지 않을 것이다.

몸을 웅크린 그녀는, 이미 모든 것을 잃어버렸다.

직함도, 믿고 있던 정의도, 속죄할 기회도, 그들과의 관계마저도.

"아아……."

어느새 밖에는 비가 세차게 내리고 있었다.

그 비가 되고 싶다고, 아랴는 생각했다.

그대로 물이 되어 땅에 스며들고, 어딘가 먼 곳에서 잠들고 싶다.

"그냥…… 사라져 버리고 싶어……. 신이시여……, 부탁드립니다……."

아라는 눈물을 닦지도 않고 마음속 깊이 기도했다.

그것이 헛된 기도임을 알면서도.

그러나——.

"제가, 신이 아니어서 송구스럽지만……."

——오늘만큼은 달랐다.

"어……. 누, 누구냐?!"

들은 적 있는 목소리에, 아랴는 반사적으로 고개를 들었다.

고개를 든 곳에는 다정하게 쓴웃음을 짓고 있는 여성이 서 있었다.

"이, 일제, 영주……?! ……왜……. ……읏."

휘둥그레 뜬 눈. 그에 따라 굵은 눈물 몇 방울이 책상 위로 떨어진다.

느닷없는 방문자는 그런 그녀에게 다가오며 말했다.

"……글쎄요, 왜 왔을까요?"

일제의 의미심장한 미소가, 아랴를 두렵게 한다.

"아……, 아……."

어쩌면 완전히 약해진 저에게 마지막 일격을 가하러 온 것일지도 모른다고.

뒷걸음질 치는 그녀에게, 품위 있는 자객이 더 가까이 다가선다.

"그럼, 이렇게 하지요."

그러고는 떨리는 아랴의 등에 살며시 손을 얹었다.

"……타락의 신께서, 저를 보내셨답니다."

살짝 장난기 어린 미소를 띠며, 일제가 문을 가리킨다.

문 쪽에는.

"아, 아랴……. 울어……?!"

어쩔 줄 몰라 하는 루에타와 루에타를 말없이 끌고 들어오는 오비가 있었다.

"워, 원장님?"

"괜, 찮으세요……?"

복도에서 진심으로 걱정하며 원장실을 들여다보는 원생들.

잃은 줄 알았던 것이.

더없이 소중한 것이, 모여 있었다.

"으아아아아아앙……."

그녀를 가두고 있던 얼음이, 지금.

본래의 그녀가 흘리는, 따뜻한 눈물에 녹기 시작했다.

어젯밤 늦게까지 내리던 비가 그친 정도원.

한낮의 원장실에 나와 여성 몇 명이 모였다.

"아리스트 공, 올리비아 공, 케이트 공. 그리고 일제 공. 지금까지 한 무례한 발언들, 정말로 미안했다……!"
원장실 한가운데서 아랴 원장이 아름답게 머리를 조아렸다.
(얼음 원장에게 사과를 받는 날이 올 줄이야…….)
충격적인 광경에 잠시 멍해졌지만, 나는 황급히 그녀에게 말했다.
"괘, 괜찮습니다! 정말 괜찮아요! 제발 머리를 드세요!"
하지만 그녀는 좀처럼 머리를 들려 하지 않았다.
"지지고 볶든 삶든, 부디 마음대로 해 줘……!"
여전히 박은 머리를 바닥에 문댄다.
하지만 나로서는 당장이라도 그만두었으면 했다.
(원복 구멍으로 맨 엉덩이가 보인다고요!! 아주 아슬아슬한 데까지 다 보이인다고요!!)
나와 원장의 공방은 한동안 이어지고.
"알았다고! 이러면 얘기가 진전이 안 되잖아. 어휴, 얼른 앉기나 해."
"아리스트 님이 곤란해하시잖아! 아랴, 나중에 같이 한 번 더 사과하자! 응?"
기막혀 하는 올리비아와 안절부절못해 말리는 루에타 씨의 만류에, 겨우 상황이 마무리되었다.
"으, 음……. 미안……."
아랴 씨는 어제, 루에타 씨와 다른 원생들과도 한바탕 엉엉 울었다고 한다.
그래서 그런지 제법 다가가기 쉬운 인상으로 바뀌었다.

씌었던 것이 떨어져 나간 듯한…… 그 말이 딱 들어맞는 변모였다.

"그, 그건 그렇고…… 일제 공. 내게 무슨 할 말이 있어 방문했다고 들었다만……."

오열하는 아랴를 지켜봐 주었던 일제 씨에 대한 태도도 달라졌다.

쭈뼛쭈뼛해서 어쩐지 귀엽다.

"아리스트 님께 편지를 받았습니다. 힘드실 테니, 제발 말벗이 되어 드려 달라고요."

"자, 잠깐, 일제 씨! 그건……."

내 옆에 꼭 붙어 앉은 일제 씨가 아무렇지 않게 전말을 털어놓는다.

부탁하기는 했지만……!

"아리스트 공이? 대, 대체 왜 그런 편지를……?"

놀란 아랴 원장이 나를 바라본다.

금빛 눈동자가 이제 전혀 차갑지 않았다.

"생각보다 원생 여러분에 대한 반감이 심하더라고요. 그래서 이 상황을 해결하지 않으면, 뭘 해도 안 될 것 같았어요."

그래서 일제 씨에게 편지를 보낸 것이다.

"이유야 여러 가지 있지만……."

가장 큰 이유는 내가 할 수 있는 일이 실무밖에 없다는 것이었다.

"그림 그리는 정도가 고작이거든요. 입장도 애매하고 자칫하면

말썽의 원인이 될 수도 있잖아요."

하지만 작업을 진행하면 할수록 쓰러졌던 원장의 말과 표정이 자꾸만 떠올랐다.

그걸 해결해야 정도원을 구제할 수 있다.

그 생각은 점차 내 안에서 확신으로 바뀌어 갔다.

"원장님 한 사람이 쓰러지는 곳이어서는 안 되잖습니까. 그렇다고 제가 깊이 관여하기에도 좀……."

처음 만났을 때의 얼음 원장이 내 말을 그만큼 들어주리라고는 생각도 못 했다.

그렇지만 그녀는 루에타 씨와도 골이 있다.

그럼, 누구라면 괜찮을까 하는 고심 끝에 떠오른 건.

"일제 씨이지 않을까 했어요. 사고방식이 매우 비슷하다고 생각했거든요."

원을 위해, 영민을 위해……. 뿌리는 두 사람 모두 같다.

충돌은 불가피하겠지만, 일제 씨의 인품이라면 결코 틀어져서 끝나지는 않을 거라 믿었다.

"그리고 외부인이기에 오히려 거리낌 없이 솔직하게 말할 수 있는 부분도 있지 않을까 싶었고요."

나는 그렇게 생각해서, 일찍이 일제 씨에게 편지로 타진하였다.

"뭐, 그 일제가 대성통곡하게 만든 것 같지만?"

올리비아가 킥킥 웃자, 귀여운 영주님은 허둥대며 반박한다.

"아, 아니에요! 이미 울고 계셨어요!"

"미안했어……. 그때는 평정을 잃는 바람에……."

몰래 방문한 일제 씨를 마중 나가 원장실로 안내한 건 나와 원생들이었다.

그리고 가는 도중에 부원장을 말없이 끌고 가던 오비 씨와 마주쳤고…… 그 순간에 이른 것이다.

"괜찮습니다. 사람 위에 서는 자라면, 평정을 잃거나 감정이 격해지는 일쯤 자주 있기 마련이죠. 저는 메이드에게 울며 매달리는 일도 적잖이 있답니다."

일제 씨의 말에 바로 그 당사자인 메이드 케이트 씨가 미소 짓는다.

"전직해서 물 긷는 일을 하고 싶다고 말씀하셨다네요."

"네?! 에피……!"

영주님이 째려본 그 방향에는 나에게 꼭 붙어 앉아 있는 에피 씨가 있었다.

"그, 그게…… 그러니까……!"

안절부절못하는 모습조차 사랑스러운 에피 씨 역시, 일제 씨의 동행으로 정도원에 와 주었다.

"정말로 여자들과 친밀하게 지내나 보군……, 아리스트 공은."

한편 아랴 원장은, 여성들에게 둘러싸여도 아무렇지도 않게 앉아 있는 내가 여전히 믿기지 않나 보다.

아까부터 몇 번이고 눈을 깜빡이고 있다.

"네, 친밀하다마다요♡"

가슴을 탱글 튕긴 영주님은 그대로 본론으로 들어갔다.

"그래서 실제로 곤란한 상황…… 맞죠? 브래지어 건 말이에요."

맞은편에 앉아 있던 아랴 원장이 고개를 끄덕이며 눈을 내리깐다.

"이건 나와 내 방침이 초래한 상황이야. 원래는 말을 얹을 자격도 없다는 것, 잘 알아."

말을 이어 가는 아랴 원장.

"하지만 브래지어라는 상품에는 가능성이 보여. 개인적으로도…… 그렇게 생각하고."

아랴 원장의 솔직한 마음이 나는 매우 기뻤다.

루에타 씨와 올리비아, 케이트 씨도 미소를 지었다.

"모두의 노력을 헛되게 하고 싶지 않아. 적어도 원생들이 만든 상품을 봐 주는 정도로는, 점주들과 관계를 개선하고 싶은 게 본심이야."

우리의 얼굴을 똑바로 보며 말하는 아랴 원장.

얼음이 녹은 원장은 후련한 얼굴을 하고 있었다.

"그렇지요. 저 또한 영민의 한 사람으로서, 원과 자치령의 관계가 좋지 않은 걸 바라지 않아요."

일제 씨는 그러면서 올리비아에게도 눈길을 보낸다.

"그리고 점주들의 태도 역시 전혀 문제가 없다고는 할 수 없다고 생각합니다."

구릿빛 피부의 길드장이 고개를 끄덕였다.

"들어 보지도 않으려는 태도는 인간적으로도 마음에 안 들어. 상업 기회도 놓치는 셈이고."

그 말에 아랴 원장의 표정이 풀어진다.

“지금의 내게, 남의 일이라고 듣고 넘길 수 없는 말이군……. 부끄러울 따름이야.”

쓴웃음이긴 했어도 아랴 원장의 웃는 얼굴은 처음 봤다.

그런 그녀를 보는 올리비아의 표정도 부드러워진다.

“안간힘을 쓰면 누구나 그렇게 돼. 나도 경험자라, 확실해.”

아랴 원장이 커진 눈으로 고맙다며 미소 지었다.

“당연한 일이지만, 나는 책임지고 원을 나갈 거야. 어떨까? 그러면 조금이나마 관계 개선에 도움이 될 수 있을까?”

아랴 원장은 일제 씨에게 영민들의 반응을 묻고 싶은 모양이었다.

“글쎄요…….”

가볍게 팔짱을 끼는 영주님.

그때, 루에타 씨가 조심스럽게 끼어든다.

“나는, 책임지는 방식에 그만두는 길밖에 없다고 생각하지 않아…….”

원장은 고개를 저었다.

“혼란의 근본은 나였어. 그런 내가 그대로 자리를 꿰차고 있으면 원이 바뀌었다고 생각지 않을 거야.”

어쩔 수 없는 일이라는 생각이 들긴 한다.

하지만 왠지 조금 씁쓸한 결말이라고도 생각했다.

(확실히 방식은 좋지 않았다고 생각하지만…….)

그렇지만 그녀도 그녀대로 모두를 위해 필사적이었을 뿐이라는 생각도 든다.

"그건 나도 마찬가지야."

루에타 씨가 다시 입을 열었다.

"아랴를, 좀 더 받쳐 줬어야 했어. 원을 나가야 한다면, 같이 나가야지."

"우리 둘 다 나가면 원장을 맡을 사람이 없잖아. 너는 모두에게 존경받고 있어."

부원장의 발언에, 아랴 원장도 또 고개를 저었다.

"이건 내 책임이 맞아."

두 사람의 대화에, 일제 씨가 복잡한 표정을 한다.

"가혹하게 들릴지 모르겠지만…… 아랴 공이 사임하는 쪽이 효과는 있을 거예요."

올리비아도 일제 씨의 의견에 동의했다.

"유력가와 자주 본 건 아랴니까. 루에타가 그만둬도, 큰 의미는 없을지도 몰라."

길드장이 풀이 죽는 루에타 씨를 보고 쓴웃음을 지으며 말을 이었다.

"어쨌든 '변했다'라는 걸 전하는 게 중요해. 그리고 차기 원장은 바로 인사를 돌고. 붙임성 있고 성실하게. 그러면 불화를 해소하는 첫걸음은 될 수 있지 않을까?"

그 말에 아랴 원장이 안도한 듯했다.

"그럼…… 차기 원장은 걱정 안 해도 되겠군."

확실히, 루에타 씨는 붙임성도 좋고 올리비아의 논리도 타당하다.

그래도…… 정말, 그걸로 괜찮은 걸까.

(요는 전달되면 되는 거야…….)

알기 쉽고 잘 전달되는 방법.

원장이 사임하고 새로운 원장으로 바뀐 것만큼 '변화했다'라는 걸 단번에 알 수 있는 무언가…….

"……아."

거기까지 생각이 미치자, 무심결에 말이 튀어나왔다.

한 가지, 엉뚱한 아이디어가 떠올랐기 때문이다.

"왜 그래? 또 뭐 좋은 생각이 났어?"

올리비아가 곧바로 내 쪽을 봤다.

나는, 바로 설명하기 시작했다.

"가능하다는 전제하에 말인데요. 예를 들어――."

대강 설명을 마치자, 여자들의 반응은 꽤 좋았다.

"또 엄청난 생각을 했네……. 그렇지만 괜찮을까? 교의에 어긋나지는 않아?"

"저는 괜찮은 것 같아요! 보는 시각에 따라서는 포교라고도 할 수 있고요……."

"후훗. 전달력만은 사임 이상일지도 모르겠네요♪"

영주님도 상당히 긍정적이다.

다만, 아랴 원장은 놀란 표정이다.

"무슨……. 아니……, 하지만, 내가 말인가……?"

눈을 깜빡이며 말문이 막힌 아랴 원장.

그럴 만도 한 것이, 이번 아이디어는 그녀 입장에서는 제법 도

전적인 내용이었기 때문이다.

"……저, 정말, 그렇게 하면, 전달이 될까?"

하지만 그녀는 더 이상 벽도, 얼음도 아니었다.

"당신, '얼음 원장'으로 불리잖아. 그렇기에 효과가 있다고 생각해."

키득키득 웃는 올리비아.

"그래, 그래! 나도 그렇게 생각해! 아랴, 해 보자."

격려하듯 말하는 루에타 씨.

다른 여성들도 조용히 미소를 짓는다.

"다, 다들 그리 말한다면야…… 좋은 방법일지도 모르지만……. 그, 그래도……."

아랴 원장이 말끝을 흐리며 난감을 표했다.

"……아리스트 공도, 같은 의견인가?"

내 대답은 처음부터 정해져 있었다.

"물론이죠!"

그래서 나도 힘차게 고개를 끄덕여 보였다.

그러자, 그녀가 숨을 후 내쉬며 허리를 바르게 폈다.

"……알겠어. 나로도 괜찮다면, 뭐든 하게 해 줘."

그렇게 말하며 지은 그녀의 표정은 그야말로 맑은 하늘 같았다.

비가 먼저 나서서 사양할 만큼, 눈부시게 아름다웠다.

그날, 위메 제1 상점가는 살짝 술렁술렁했다.

"어? 뭐지……?"
그 이유는 대로변 한편에 선 여성 삼인조 때문이었다.
삼인조는 저마다 기부 상자를 들고 조용히 길가에 서 있었다.
하지만 그 자체는 그다지 드문 일이 아니었다.
"원생…… 맞지?"
"아, 아마도……. 상자도 들고 있는 거 보면 정도원 사람은 맞는 것 같은데……."
그래서 여성들 모두, 그들이 누군지 어느 정도 짐작은 했다.
아마도 일 정도원의 원생이리라고.
수수하고 노출이 적은 옷을 입은, 멋과는 거리가 먼 여자들이리라고.
"……."
"……."
"……."
그러나 그 이미지는 지금, 여성들의 머릿속에서 급격히 무너지기 시작했다.
왜냐하면, 영민들 눈에 담긴 그 삼인조의 모습이——.
"뭔가 엄청…… 세련되지 않았어?"
——여성들의 마음을 단숨에 사로잡을 만큼 신선하면서 매력적이기 때문이다.
"응……. 정말 예쁘다."
"원복이 바뀌었나. 저거라면 나도 입어 보고 싶어……."
특히 그녀들이 마음을 강하게 이끌린 건, 예의 가슴 부분이었다.

유방 노출이 크면서 니플 커버로 장식한 디자인.
“가슴 부분 말이야, 엄청 귀엽다.”
“처음 보는 형태인데……. 혹시 원생이 직접 만들었나?”
참신하면서도 설레는 그 형태에, 여성들은 바로 시선을 빼앗겼다.
그리고 그녀들은 점차, 그것을 착용한 모델에게도 눈을 뗄 수 없게 된다.
“엄청 미인이다……!”
여성 중 한 명은 그 모델이 누군지 아는 듯했다.
“가운데 있는 사람, 원장님이야…….”
“뭐……, 그래?”
“그 얼음 원장이라는?”
“맞아. 매우 엄하다는 얘기를 들은 적 있어…….”
걸음을 멈추거나 속도를 늦추며 소곤소곤 대화를 나누는 여성들.
물론 그들의 시선은, 기부 상자를 들고 서 있는 원생과 미녀도 고스란히 느끼고 있었다.
(보고 있어, 아라.)
자세를 유지한 채, 나지막이 말한 건 루에타였다.
그리고 그에 응답한 건, 멋쟁이 미녀로 변신한 원장과 오비였다.
(그, 그러게.)
(……기부 상자로 가리면 안 돼. 더 보여 줘.)

오비에게 주의를 받은 아랴는 기부 상자로 가슴을 올려 두었다.
자신이 착용한 브래지어를 길을 지나는 여성들에게 보여주기 위함이다.
(이, 익숙해지지를 않네. 이렇게 노골적으로 보여 줘도 돼……?)
원장이 자세를 취하면서도 약간 어색한 듯 말한다.
하지만 나머지 두 사람은 같이 아랴를 쿡쿡 찔렀다.
(가슴을 더 보여 줘, 아랴. 아리스트 님도 말씀하셨잖아.)
(……오늘은, 브래지어를 자랑하는 날.)
그렇게 말하면서 둘도 아름다운 유방을 일부러 기부 상자에 얹는다.
그리고 아랴도 둘을 따랐다.
(맞아, 그랬지……. 음. 조금 부끄럽기는 하지만…….)
아리스트가 제안한 작전.
그것은 아랴가 브래지어를 착용한 멋스러운 차림으로 길에 서는 것이었다.
「안 봐 준다면, 보여 주면 돼요. 아랴 원장님은 미인이시니까 광고로는 최고라고 생각해.」
'얼음 원장'이라는 평판을 역이용하자고 그가 말했다.
화려하게 꾸미면 누구든 아랴에게 눈길이 사로잡힐 거라면서.
「위메 사람들은 유행에 민감하니까 새로운 건 절대 그냥 지나치지 않아요. 브래지어도 분명 눈치챌 겁니다.」
이건 아리스트가 레테아를 통해 배운 일이기도 했다.
「그리고 브래지어는, 기부해 준 사람에게 감사의 표시로 처음에만 나눠 주는 거죠.」

기부 액수는 각자의 마음이니, 이익을 기대하지는 않는다.

브래지어를 착용하는 여성을 점점 늘려 가는 게 노림수다.

「브래지어를 받은 사람이 착용하면, 이번에는 그 사람이 광고 모델이 되는 셈이에요. 유능하고 눈치가 빠른 점주라면 곧바로 간파하고 원으로 상담하러 올 거예요.」

그때가 오면 성실하게 거래하면 된다.

기부와는 분리해서 사업으로 이어 가자고, 그는 아랴에게 그렇게 설명했다.

「감사의 표시로 나눠주는 건 거기까지만. 오래 하면 기부의 의미가 변질될 테니까…….」

가르침을 전하고 유지하는 신직(神職)이 중요한 일임은 틀림없다.

하지만 그들도 인간인 이상, 경제와 완전히 분리될 수는 없다.

그래서 아리스트는 부적과 파마시(破魔矢), 소원판 등을 참고한 것이다.

(원 사람도 아니면서…… 잘도 생각해 냈네.)

아랴는 연신 감탄했다.

가르침과 장사, 이상과 현실.

충돌할 수밖에 없는 부분을 어느 정도 수용할 수 있는 형태로 제안해 준 것이다.

(게다가, 나 같은 사람에게, 미, 미인이라고…….)

우수하고, 성실하다.

거기다 아랴가 보기에도 그의 외모는 아름답다.

그가 부드럽게 미소 지으면 아랴도 가슴이 크게 울렸다.

그 울림의 원인은 아직 이해되지 않았으나 아리스트의 말을 떠올리면 뺨이 뜨거워진다.

(저기, 아랴. 표정을 더 밝게! 인상이 중요해!)

쿡쿡 찌르는 루에타. 아랴는 회상에서 돌아왔다.

(아니, 밝게 하라고 해도 말이지……. 그런 건 루에타가 더 잘하잖아?)

중얼거리는 아랴.

그런 그녀를 이번에는 오비가 쿡 찔렀다.

(……달라졌다는 걸 보여 줘야지.)

오비의 말에 아랴는 헉했다.

지금 나는 시험을 받고 있다.

「원장님이 웃어 주신다면, 분명 다들 발걸음을 멈출 겁니다. 그 다음은 태도와 말로 전해 보도록 하죠.」

원장직을 계속하면서 제가 변했음을 보여 주는 편이 더 효과적일 것이다.

그렇게 주장해 준 그가 한 말이다.

(!)

때마침, 아랴의 가슴에 흥미를 보인 한 여성이 발길을 멈춘다.

아름다운 원장이 어색하게 미소를 지으며 말을 걸었다.

“아……, 안녕, 하세요.”

그런 아랴를 본 여성은 우뚝 선다.

"……어, 안녕하세요……."

신비로운 분위기를 자아내는 여성이 보인 서민적인 수줍음이, 여성을 서게 만든 것이다.

"고생이 많으시네요. 아침 일찍부터……."

일단 멈춰 선 이상, 그냥 지나치기는 마음에 걸린다.

그렇게 생각한 여성은 주머니에서 동전을 꺼내 그녀들 쪽으로 다가간다.

"아……."

그런데 손이 허공에서 굳어 버린다.

기부 상자가 아랴의 모양새 좋은 유방과 유방을 장식한 세련된 장식에 가려져 있었기 때문이다.

"앗! 죄송해요……!"

소녀처럼 허둥대는 원장.

여성은 절세 미녀의 그런 모습에 뜻밖이라고 생각했다.

'얼음 원장'이라는 소문과 실제 본인의 인상이 너무 달랐기 때문이다.

"부끄러운 모습을 보였네요……."

"아니에요. 림 신께 바칩니다."

동전 하나가 짤랑 들어온다.

"고맙습니다. 당신에게 림 신의 가호가 깃들기를."

기부한 여성도, 위메에 사는 여성으로서 예외 없이 멋을 향한 관심이 지대했다.

그래서 본 적 없는 멋진 복장을 앞에 두고, 참을 수 없었다.

"저기요……. 그거, 새 원복인가요? 근사하네요."

여성이 브래지어를 가리키니, 아랴가 허둥지둥 반응했다.

지금이 기회다. 세상 물정에 어두운 아랴조차도 알 수 있었다.

"이, 이건…… 그, 정도원에서 지금 만들고 있는 속옷이야! 착용감도 아주 좋고, 귀엽지! 아무튼 정말 좋은 제품이야! 다들 정성껏 만드는 중이야!"

열을 올려 말하는 아랴를 보고 여성은 눈이 동그래졌다.

"그, 그렇군요……."

아름답고, 뭐든지 잘할 것 같은 이미지인 아랴.

그런데 화술은 빈말로라도 잘한다고 할 수 없었다.

다만, 설명하는 모습은 굉장히 열성적이고…… 뭐랄까, 모든 게 뒤죽박죽이었다.

"후후."

그 귀여움을 참지 못한 여성에게서 웃음이 새어 나오고 만다.

그제야 아랴는 허둥지둥한 자기 태도를 자각하고, 얼굴을 붉혔다.

"아……. 미, 미안. 너무 몰두한 나머지……."

그런 원장을 돕고자 나선 건 루에타였다.

"기부해 주셔서 감사합니다."

그러며 종이가방을 내밀었다.

"여기요."

고급스럽다고는 할 수 없지만, 원생들이 손수 만든 것이었다.

"어……?"

갑자기 건넨 종이가방에, 여성이 또다시 눈을 동그래진다.
“저희가 기부에 대한 감사의 뜻으로 드리는 선물이에요. 부디 받아 주세요.”
“감사 선물, 이요?”
여성이 고개를 갸웃거리며 종이가방을 받은 것을 확인한 오비가 입을 열었다.
“……브래지어라는 속옷. 지금 우리가 가슴에 하고 있는 이거, 입니다.”
여성의 몸이 움찔 반응한다.
선물의 정체를 알고 입꼬리가 조금 올라간 그 순간, 루에타가 잽싸게 말을 덧붙였다.
“여러 개 들어 있으니, 크기 맞는 거로 골라 쓰세요.”
눈이 휘둥그레진 여성.
“와……!”
마침내 작게 환희의 탄사를 뱉는다.
“저, 정말 받아도 돼요?!”
“그럼, 물론이지.”
아랴가 어리둥절해하는 여성에게 이어 말한다.
“꼭 써 봐 줬으면 해. 원생들의 노력과 정성이 가득 들어 있거든.”
원장의 이 말만은 막힘이 없었다.
그리고 그를 들은 여성은 온화하던 표정에서 순식간에 소녀처럼 활짝 미소를 피우며.
“정말 감사합니다!”

뛸 기세로 자리를 떠났다.

세 사람은 미소 지으며 여성의 뒷모습을 배웅했다.

(성공이네, 아랴.)

(……저렇게 기뻐해 주니, 나도 기뻐. 열심히 만들기를 잘했어.)

(그래, 그러게.)

그리고 그 일련의 과정을, 위메 여성들이 놓칠 리 없었다.

"저, 저기요……."

얼음이 녹으며 피어난 꽃 한 송이.

여성들이 하나둘씩 그 꽃에 이끌려 들기 시작했다.

"이건 브래지어라고 해. 기부에 대한 고마움의 표시로 증정하고 있어. 여러분도 사용해 준다면, 원생들이 아주 기뻐할 거야."

그날 아랴는 하루 만에, 화술이라고 하기에는 애매하지만, 말주변이 상당히 늘었다.

"감사합니다!"

"엄청 귀엽다!"

그러나 결국, 증정을 받는 여성들을 볼 수 있었던 건 며칠뿐이었다.

아랴 일행 앞으로 줄이 길게 늘어서기 시작한 것과 동시에, 정도원에 상점 주인들의 문의가 쇄도하였기 때문이다.

브래지어 납품을 여러 가게에서 시작하고, 위메에서는 연이어 품절 사태가 벌어지던 어느 날.

"지난주 납품량 말인데――."
"여기 있습니다. 납품처는――."
해 질 녘 원장실에서는 아랴와 케이트, 루에타가 모여 경리 작업을 진행 중이었다.
비약적으로 개선된 원의 경영 상황과 영민들과의 관계.
그로 인해 원장실의 분위기는 예전과는 전혀 달라져 있었다.
"다행이야……. 이 정도면 이제 걱정은 없을 것 같군."
그 자리에 얼음 원장은 온데간데없이, 온화한 꽃이 피어 있었기에.
"케이트 공, 올리비아 공. 아리스트 공께는 감사를…… 해도 해도 모자라겠어……."
고개를 든 케이트도 아랴에게 살짝 미소 짓는다.
"후후. 그 말씀, 몇 번이나 들었어요."
하지만 원장은 가볍게 고개를 저었다.
"아무리…… 아무리 말해도, 부족하지……."
그런데 이상하게도, 원장은 말은 더듬거렸다.
심지어 미녀의 아름다운 뺨이 새빨갛게 물들었다.
"그, 그리고 사, 사과도, 아직…… 제대로 못 했고……!"
그렇게 말하며, 아름다운 몸을 바르르 떨었다.
조화롭고도 관능적인 유방이 부르르 튄다.
정식 원복으로 채택된 브래지어와 니플 커버가, 가슴살과 함께 춤추었다.
"다음 주에 '본참회(本懺悔)'를 통해 사과하기로 얘기가 됐잖아요."

"그, 그렇기는 한데……. 읏……."

"하지만……."

아랴의 기묘한 모습을, 케이트는 신경 쓰는 기색조차 보이지 않는다.

그뿐 아니라, 씩 미소를 띠었다.

"본참회 전까지 아리스트 님에 대한 공포심을 극복하셔야겠네요."

"그래, 그럴 거야……! 그러고, 싶은데……. 윽……. 자, 자꾸 몸이……. 아♡♡♡"

과업 중인 상황에 알맞지 않은 신음이 아랴의 입에서 나왔다.

그리고 신음과 동시에, 원장이 쓰는 책상이 요란한 소리를 흔들렸다.

"하아……, 하아……♡"

어깨로 숨을 헐떡이는 아랴.

그런 그녀에게로 다른 목소리가 말을 건넸다.

"아랴 원장님. 저기, 괜찮으세요……?"

그녀와 의자를 나란히 두고 앉은 남자, 아리스트였다.

아리스트와 아랴는 서류 작업을 함께 하기에는 너무 가까웠다.

게다가 그의 손은 책상 위에 있지 않았고, 눈앞에는 서류조차 놓여 있지 않았다.

"괘, 괜찮아! 그런데 또 공을 무서워하고 말았군……. 미안. 이토록 원에 헌신해 주는 이를……."

옆자리의 남자를 보며 뺨을 물들이고, 뜨거운 눈길을 보이는 아랴.

"부디 오해는 하지 말기를. 나는 공을 존경해. 매일 곁에서 따르고 싶을 정도로……! 하지만 몸이 도저히……."

아리스트는 그녀의 고백 같은 말에 뭐라 형언하기 어려운 얼굴이 되었다.

실은 아리스트도, 날아오를 만큼 기쁘다.

예전보다 훨씬 부드러운 표정을 자주 짓게 된 아랴는 매력적이고, 무엇보다 그녀가 자기를 좋아해 준다는 게 보이기 때문이다.

"조금씩 나아지시면 돼요, 원장님. 아리스트 님, 부디 시간을 들여 천천히 길들여 주세요♡"

하지만 장난스럽게 웃는 케이트——를 포함한 몇 명의 주모자——에 의하여 아리스트는 자신의 진의를 밝히는 걸 금지당했다.

「요즘 아리스트 공과 함께 있으면, 마음이 몽실몽실해서 진정되지를 않아. 케이트 공, 나는 아직도, 아리스트 공을 무서워하는 걸까…….」

그런 아랴가 스스로 자기 마음을 깨닫고, 그를 표현할 수 있게 되는 것이 중요하다고.

그래서 그는 오늘도.

"아프면 말씀해 주세요, 아랴 씨……."

원복 자락 틈으로 손을 찔러 넣어, 그녀의 보×를 애무하고 있는 것이다.

"앗……♡ 아, 아리스트 공……. 흣……♡ 거기……♡"

아랴는 쾌락에 못 이겨 허리를 띄우고 애액을 흩뿌렸다.

"왜, 왜 이렇게……. 읏……♡ 몸이 저릿저릿하지……, 흐……♡ ~~~♡♡♡"

꾸밀 줄은 안다.

그러나 사춘기 시절, 남성을 혐오하게 되면서 성적 지식을 배우지 못한 채 성장하고 말았다.

그 탓에, 자위조차 해 본 적이 없다.

그래서 연일 이런 음란한 짓을 당하면서도, 그녀는 제 안의 암컷을 자각하지 못하고 있었다.

(흠뻑 젖었어…….)

그런 한편, 아리스트에게는 그녀가 여성으로서 반응한다는 것은 명백했다.

흥건히 젖은 질은 날이 갈수록 그의 손가락에 달라붙어 빨아댄다.

"아앗……♡ 미, 미안……, 아리스트 공……♡"

절세 미녀가 내 손가락 움직임에 따라 몸을 비튼다.

감미로운 신음을 토하고 거의 다 드러낸 가슴을 춤추게 하면서 때때로 몸을 아리스트 쪽으로 기대기까지 한다.

"괘, 괜찮아요……. 윽……."

당연히 아랴의 그런 모습을 보고 아리스트의 육봉이 반응하지 않을 리 없다.

하지만 그 반응을 알 수 있는 사람은, 지금은 루에타뿐이었다.

"츠팟……♡ 즈읍……, 핥짝……♡"

건장한 남근을 책상 아래에 있는 루에타가 볼이 미어지도록 머금고 있기 때문이었다.

그리고 그녀는 이 과업에 무척이나 열심이었다.

"아리스트 님♡ 츄루루룹♡ 쯉♡ 쭈웁♡ 어떠세요……?"

루에타는 작은 입으로 음경을 삼키고 요도구를 목울대에 붙인다.

"핥짝♡ 핥짝♡"

그 상태로 혀로 불알을 달래주고 나서는,

"츄즈즈으우우웁……♡"

쿠퍼액을 빨아들이면서 천천히 귀두로 입을 돌려놓는다.

혀끝으로 포피 끈을 충분히 훑어 주는 것도 잊지 않는다.

"……잘하고 있어요……. 윽……."

아리스트는 대답과 함께 그녀가 내놓고 있던 가슴을 주무른다.

루에타의 니플커버는 이미 바닥에 떨어져 있었고 꼿꼿하게 선 유두가 존재감을 주장하고 있었다.

"응응♡ 하아♡ 츕♡ 츗♡ 츄폽♡"

만약 그녀에게 꼬리가 있었다면 지금쯤 기쁨에 붕붕 흔들리고 있었을 것이다.

유두를 집힌 루에타는 더욱더 주인님을 향한 봉사에 열중한다.

그 열정적인 흡입에, 아리스트는 소리를 내뱉었다.

"아앗……!"

(아리스트 님도 참……♡)

아리스트의 목소리는 케이트의 가랑이만 적실 뿐 아니라, 아랴의 질벽마저 진동시킨다.

(아리스트 공의 절절한 목소리만 들어도, 몸이 떨려……!)

청각으로 암컷의 본능이 자극을 받는 아랴.

치미는 감정에 아직 이름을 붙이지 못한 채, 그녀는 힐끔 아리스트를 바라본다.

(루에타가 아리스트 공의 그것을…… 저런 얼굴로…….)

오랜 시간 알고 지내 온 아랴에게도, 루에타는 그런 얼굴을 보여 준 적이 없었다.

"응풉♡ 츠풉♡ 쥬풉♡ 츠풉♡"

작은 입에 우람한 육봉이 들락날락하는 모습이 그녀의 사고를 완전히 지배하려 한다.

하지만 그래서는 아니 된다.

아랴는 필사적으로 시선을 책상으로 되돌린다.

"다음 달, 예산은……. 흑…… 아♡"

그리고 일부러 말을 하며 업무를 재개하려 했으나 역시나 헛수고였다.

"내보낼게……. 윽……. 루에타 씨……!"

"네헷♡ 츠풉쮸풉츄풉♡ 추웁♡ 즈읍♡"

아랴의 의식은 너무도 쉽게 끌려가 버린다.

(아아……. 그게 나오려는 거구나…….)

아랴는 그 장면을 몇 번인가 봤다.

자신의 엉덩이나 사타구니 사이를 만질 때마다, 그의 육봉은 반드시 누군가에게 위로받고 있었으므로.

"하아……, 하아……!"

육봉을 빨리며 힘들어하는 아리스트를 보니, 아랴는 가슴이 크게 울린다.

그가 이렇게 되면,

“앗♡ 아아앗♡ 아리스트 공♡ 그, 그렇게 깊이♡ 손가락을♡”

동시에 공략하는 그의 손길이 더 격렬해지는 것을 알기 때문이다.

(아앗, 안 돼! 오늘도 또, 날아가 버려……!)

그렇게 생각하면서도 날이 갈수록 이 순간을 기다린다는 것을 아랴 본인도 깨닫고 있었다.

아리스트에 대한 공포를 극복하는 훈련이 계속되면 좋겠다고 바라면서.

“앗♡ 앗♡ 아하앗♡”

질 안쪽에서 솟구치는 정체불명의 감각이 아랴의 이성을 녹인다.

(둥실둥실 떠다니는 것 같아……♡ 또, 아리스트 공의 손에 둥실둥실 떠다녀……♡)

그리고 오늘.

마침내 그녀의 암컷을 숨겨 뒀던 가면도 함께 녹아내렸다.

눌어붙어 있던 죄의식이 본능에 휩쓸리며, 아랴는 그 말을 찾아내고야 말았다.

“아아♡ 기분 좋아♡ 아, 아리스트 공♡ 가랑이, 너무 기분 좋아아아♡”

아랴의 마음이 여성을 되찾는다.

탐욕스럽게 수컷을 원하고 쾌락을 탐닉하는 것을 스스로에게 허락한 순간이다.

그것은 아리스트도, 케이트도, 가장 소중한 친구 루에타도 기다려 왔던 순간이었다.

"아랴 씨……!"

아리스트는 치솟는 정액을 간신히 억누르고 저에게 기대 오는 아랴의 가슴을 움켜쥔다.

그리고 거친 콧김을 뿜으며 니플 커버를 떼어 내고, 마치 빚은 듯한 아름다운 유두를 빨았다.

"앗?! 아아앗♡"

새로운 감각에 몸을 격렬하게 떠는 아랴.

"그, 그거 또 와……♡ 평소보다 훨씬 강한 게 와♡ 무, 무서워♡ 나, 무서워♡"

열락에으로 떨리는 눈동자가 허공을 헤맨다.

그때, 문득 한 여성의 그림자가 비쳤다.

그것은 미소를 머금은 초록 머리 메이드, 케이트였다.

"괜찮아요♡ 아랴 원장님, 그 느낌은 '간다'라고 한답니다♡"

"가, 간다……? 아앗♡ 아앗♡"

소녀처럼 솔직한 아랴에게, 케이트가 가르쳐 준다.

"가랑이 구멍은, '보×'라고 하고요."

"보…? 보×? 하앗♡ 아♡ 보×……♡"

불필요한 가면을 벗은 원장은, 말과 본능을 순식간에 이어 붙였다.

"보, 보×♡ 간다♡ 아리스트 공의 손가락으로♡ 간다, 간다♡"

덜컹덜컹, 책상이 거칠게 요란하게 흔들리며 소리를 낸다.

유두는 물리고 빨리며, 질 얕은 곳은 파헤쳐진 그녀는.

절정으로 직행한다.

"추웁♡ 츠즈즈즈즙♡ 츄우우우우웁♡"

그에 맞춘 듯, 루에타의 수음도 더욱 격해졌다.

아리스트도 육봉을 파르르 떨며 사정의 정점으로 향한다.

"이제 나와……! 우악!!"

부풀어 오른 남근을, 루에타는 스스로 제 목구멍에 박아 넣었다.

펠라티오를 수차례 경험하면서 그래야 아리스트가 기뻐한다는 것을 학습했다.

"으응♡"

진득진득한 부드러운 벽의 마중으로, 그는 한계를 맞이한다.

"크아아앗!! 나온다!!!"

——퓨뷰르르르르릇!!! 뷰룩!!! 퓨뷰웃!!!

아름다운 원장도, 거의 동시에 절정에 달했다.

"간다간다간다♡ 보× 간다아아아아아앗♡♡♡"

책상이 덜커덩덜커덩 요동치고, 서류들이 바닥으로 떨어진다.

(이, 이상해♡ 이상해져어♡)

아랴는 그것을 멈출 수조차 없이, 몸을 몇 번이고 경련시킨다.

"응호오♡ 옷♡ 아히잇♡♡♡"

아름다운 다리를 쭉 뻗고 허리를 내밀며 애액을 뿜어내는 원장.

"아……♡ 하아……♡"

절정한 그녀의 얼굴에는 지금, 암컷의 표정이 떠올라 있었다.

"어떠셨나요? 아랴 원장님♡"

"괴, 굉장했어……♡ 이게 간다는 거군……♡"

암컷 선배로서 케이트가 고개를 끄덕인다.

황홀한 표정으로 여운에 젖은 아랴.

하지만 그녀는 금세 정신을 차렸다.

"하아……, 후우……."

옆에서는 경애하는 남성이 저와 똑같이 숨을 고르고 있었기 때문이다.

"아, 아리스트 공! 부끄러운 모습을……. 앙♡"

몸을 휙 돌렸을 때, 질에서 아리스트의 손가락이 빠져나갔다.

자기도 모르게 새어 나온 소리에 아랴는 더욱 얼굴을 붉혔다.

그런 아랴에게 아리스트가 고개를 저었다.

"저기…… 아랴 원장님……. 정말 근사했어요. 가 줘서 기뻤습니다."

그에게는 그렇게나 의연하던 여성이 흐트러지는 모습은 참을 수 없을 정도로 자극적이다.

그 증거로.

"츄폽♡ 츄읍♡ 츄팟♡"

사정을 끝냈음에도 루에타의 펠라티오는 멈추지 않았다.

그의 남근은 아직 단단함을 충분히 유지하고 있었기 때문이다.

"푸핫♡"

육봉의 늠름함을 확인하듯, 한 번 입에서 놓아주는 루에타.

"아리스트 님도, 정말 근사하세요♡ 제가, 그렇게 많이 마셔 드렸는데♡"

동안인 루에타가 페니스에 뺨을 비비며 미소 짓는다.

아리스트는 절조가 없음에 쓴웃음을 지으면서도 그런 루에타에게도 욕정을 품었다.

"미, 미안. 기분은 정말 좋았는데……."

"저도 정말 기분 좋았어요♡ 정액이, 목에 듬뿍 닿아서…… 가버렸어요♡"

외설스러운 대화를 나누는 둘을 보고 케이트는 다음 단계로 넘어가기로 했다.

오늘의 경리 업무는, 사실 어제 이미 끝났다는 것을 아랴는 모른다.

"자, 그럼……. 아랴 원장님, 오늘은 견학도 해 볼까요?♡"

메이드가 미소를 머금고 하는 말을 듣고 루에타와 아리스트가 움찔하며 반응한다.

한편, 아랴는 혼란스러운 표정을 보였다.

"견, 견학……?"

케이트는 고개를 끄덕이고 제법 그럴싸하게 말을 잇는다.

"두려움이라는 것은 무지에서 비롯되는 것이랍니다. 즉, 아리스트 님이 어떤 분이신지를 잘 모르는 게 아랴 원장님이 지닌 두려움의 원인이지요."

"그, 그렇군……. 그럴지도……."

아랴가 얼떨떨하게 답한다.

절정에 오른 직후의 그녀에게는, 어떤 사기를 쳐도 홀랑 넘어갈 것이다.

"본참회는 아리스트 님께 심문을 받는 거라고 했죠?"

그리고 지금 이 순간만큼은 케이트는 사기꾼이었다.

"그래. 마, 맞아. 그러니 두려움 같은 건 미리 떨쳐 내야 하는데……."

"그래요. 전부 드러내야 하니까 무서워해서는 안 돼요."

케이트는 요염한 미소를 지었다.

"그러니, 아리스트 님이 얼마나 훌륭하신 분인지, 그날까지 충분히 견학해 주세요. 아셨죠?♡"

케이트는 그렇게 말하더니 춤추듯 이동했다.

그에 맞춰, 루에타도 육봉 청소를 마쳤다.

"읏!"

아라는 그 사이에 재빨리 그 육봉을 훔쳐본다.

하지만 곧 시야에서 사라져 버렸다.

"보×는요, 원래 이렇게 사용해 주시는 거랍니다♡"

어느새 옷을 벗어 던진 케이트가 그 육봉 위로 두 다리를 벌리고 올라탔기 때문이다.

"뭐, 뭐 하는 거지……?"

당황하는 아라에게, 케이트는 그저 미소만 지을 뿐.

그녀가 천천히 허리를 내린다.

그리하여 육봉과 케이트의 꽃잎이, 이내 키스했다.

"……케이트 씨. 정말로 하려고요……?"

미리 듣기는 했어도 망설이는 아리스트.
하지만 그의 망설임은 불과 몇 초 만에 사라졌다.
"싫으셔요……?"
사랑하는 메이드가 쓸쓸한 얼굴을 했기 때문이다.
그래서 곧바로 손으로 그녀의 허리를 잡아 다소 난폭하게 그녀를 끌어당긴다.
"앗♡ 아아아앗……♡ 딱딱해요♡"
달콤한 소리를 토하는 케이트.
아리스트의 표정으로 충분히 젖어 있었기에 삽입은 아주 매끄럽게 이루어졌다.
"그럼, 아랴 원장님. 다음 주까지 느긋하게 견학하시길 바랍니다……. 아앗♡ 아아아앗♡"
케이트의 말이 끝날락 말락 하는 타이밍에 피부가 부딪쳐 철썩철썩하는 소리가 시작되었다.
"……!!"
경악한 아랴.
아랴는 그 행위의 이름조차 모른다.
(이, 이건……♡)
그러나 그것이 기분이 좋은 행위라는 건 금세 이해했다.
"앗♡ 아앙♡ 아리스트 님♡ 안쪽에 닿고 있어요♡ 굉장해♡"
"케이트 씨 것도, 굉장해……!"
두려움을 없앤다는 명목하에.
본참회 전날까지 이 음란한 견학 수업은 계속되었다.

하지만 어디까지나 견학일 뿐.

그동안 아랴는 흠뻑 젖은 질을 손가락으로 애무받는 것 외에는 허락되지 않았다.

(저, 저걸 내게도…… 넣어 줬으면 좋겠어……♡)

아랴가 그렇게 생각하기까지 그리 오랜 시간이 필요하지 않았다.

며칠 후, 어둠에 둘러싸인 성당.

"지금부터, 원생 아랴의 '본참회'를 시작하겠습니다."

루에타 씨의 말과 동시에 무수한 광석으로 환히 밝혀졌다.

나는 그 환상적인 분위기에 숨을 삼켰다.

(오오…….)

성당 안에 깔린 좌석에 줄지어 앉은 원생들이 불빛에 떠오른다.

그리고 그 사이에서 일어서는 비현실적인 미녀의 모습.

"그럼, 원생 아랴. 이쪽으로 오세요."

"네."

오늘 밤은 '원생'으로 간주하는 미녀가 성당 정면 가장 안쪽.

다른 자리보다 한 단 높은 곳으로 걸음을 옮긴다.

내가 앉은 맨 앞줄에서 그녀의 모습이 한눈에 들어온다.

"원생 아랴입니다."

또랑또랑한 목소리로 아랴 원장이 정중하게 얘기하기 시작한다.

"오늘, 과오를 범한 저를 위해 모여 주셔서 감사합니다."

그렇게 말하며 고개 숙여 인사하고 자신의 죄를 선언한다.
“저는 있는 그대로를 보는 눈을 잃고, 사실을 받아들이는 귀를 잃었습니다.”
아라 원장의 고백이 계속된다.
“구원의 손길을 뿌리치고 해를 끼치는 존재라 단정 지어 속히 추방하기까지 했습니다.”
고요해지는 성당.
“그 모습은 분명, 횡포투성이인 남자, 제가 가장 혐오하는 존재 그 자체였을 것입니다.”
그녀는 그를 곱씹듯, 한 번 숨을 들이마셨다 내쉰다.
“제 생각만이 옳다 맹신하고 말로 폭력을 행사했습니다.”
갑자기 표정이 바뀌는 아라.
“하나, 신은 그런 저조차도 용서해 주셨습니다. 원의 모두도, 위메에서 온 사자도, 저에게 둘도 없이 소중한 치유와 배움, 은혜를 안겨 주었습니다.”
예전이었다면 절대 보이지 않았을 온화한 표정.
“여자도 횡포에 빠질 수 있고, 남자도 자애를 지닐 수 있습니다. 저는 아리스트 공에게, 그것을 배웠습니다.”
명화 속 여인이 미소 짓는 듯한, 부드럽고 아름답다.
하지만 그것은 꾸며 낸 것이 아니라 극히 자연스러워서 본래 아라 원장이 지닌 모습이기도 하다는 걸 깨달았다.
“다시 한번…… 고집스러운 저를 지켜봐 주신 모든 존재께 깊이, 깊이 감사드립니다.”

이어서 말하는 아랴 원장.

"하여, 원장으로서 결단을 내렸습니다. 본참회를 자애와 관용을 되찾는 첫걸음으로 삼고자 합니다."

한층 더 또랑또랑한 목소리로 한 그 선언은 순수하고 순결했다.

성당 안의 신성한 공기가 더욱 엄숙하게 느껴질 정도였다.

"그럼, 원생 아랴. 의자로 가십시오."

"네."

그리고 드디어 정식으로 의식이 시작되었다.

'본참회' 대상자는 이제부터 특수한 기구에 몸을 맡겨야 한다.

"오비, 고정하세요."

"……원장님, 실례하겠습니다."

벨트 같은 것을 꺼내, 아랴 원장의 두 팔과 두 다리를 고정한다.

"아랴 원생. 불편한 곳은 없습니까?"

그렇게 완성된 모습은.

두 팔은 머리 뒤로 묶이고.

반 접은 두 다리는 크게 벌린 채 고정되어.

"으, 음……!"

아름다운 엉덩이와 털오라기 하나 없는 음부를 훤히 드러낸……반나체의 미녀였다.

('으, 음……'이 아니지!)

물론 이렇게 될 줄은 알고 있었다. 알고야 있었지만!

나는…… 태클을 걸지 않을 수 없었다.

그 기세가 아니고서는 앞으로 벌어질 의식을 견뎌낼 수 없을 것 같았기 때문이다.

"그럼, 원생 아랴. 시작하겠습니다."

본참회라는 거창한 이름이 붙었지만, 그 내용은 간단하다.

죄를 저지른 원생을 부끄러운 자세로 두고, 내놓은 엉덩이를 100번 때리기.

이세계식 엉덩이 100대 공개 태형인 것이다.

그리고 아랴 원장의 탐스러운 엉덩이를 때리는 사람은——.

"아리스트 님. 원생의 엉덩이를 벌해 주세요."

——그렇다, 바로 나다…….

"……네……."

자리에서 일어나 단을 한 칸 올라가며.

나는 일주일 전쯤 아랴 원장과 나눈 대화를 떠올렸다.

"아리스트 공은 내 지위까지 지켜 줬어. 그러니 반드시, 결단이 필요해! 그 결단을 꼭 아리스트 공이 지켜봐 주길 바라!"

아랴 원장도 잘못한 점이 있었다고 생각한다.

그렇다 해도, 이제는 폐지된 굴욕을 당할 필요는 없지 않나.

나는 그래서 필사적으로 말렸다.

"아뇨, 아뇨, 괜찮습니다! 그러지 마세요!"

말렸지만…….

"아니, 그럴 수는 없어! 원장을 계속 맡을 거면, 이 정도는 해야 해!"

아랴 원장 특유의 이상한 의리가 작용한 것이다.

주변의 원생들도 하여간 못 말린다는 얼굴로 보기만 할 뿐.

참고로 올리비아랑 케이트 씨는 조용히 히죽히죽 웃고 있었다.

"그, 그러면 다른 방법을 찾아봐요! 으, 음, 뭐가 좋으려나……."

누구도 나서 주지 않는 가운데, 나는 급하게 머리를 굴렸다.

하지만 그사이에 아랴 원장이 섭섭한 눈을 한 것이다.

"……아리스트 공도 남자. 그러니 내 엉덩이를 때리는 건…… 무척, 싫겠지……."

그 모습을 본 내가, 딱 잘라 거절할 수 있을 리가 없었다…….

"……아리스트 공. 부탁하네!"

그리하여 현재, 나는 미녀에게 엉덩이를 때려 달라는 부탁을 받고 있는 것이다.

('부탁하네!'라니. 아랴 원장, 지금 자기가 어떤 모습인지 알기나 하나……..)

고정된 그녀의 자세는 뒤에서 삽입 당하는 여자 모습 그대로였다.

기구에 묶여 꼼짝도 못 하는 모습까지 어우러져 그 야릇함이란 이루 말할 수 없었다.

"그럼, 아리스트 님. 이쪽으로."

루에타 씨가 그렇게 말하고는 나를 정해진 위치로 데려간다.

데려간 곳은 아랴 씨가 내민 엉덩이 바로 옆이었다.

원생들이 앉은 쪽으로는 그녀의 얼굴이.

내 쪽으로는 그녀의 맨 엉덩이와 순결한 음순, 그리고 항문이 훤히 보였다.

(때려 버려♪)

(힘내세요♪)

맨 앞줄에 앉아 있는 올리비아와 케이트 씨가, 입술만 움직여서 나에게 윙크를 날린다.

정말 못된 여자들이다.

“그러면 아리스트 님.”

하지만 이미 수락해 버렸다.

판이 벌어진 이상 도망칠 구석은 없다.

소리는 나지만 아프지 않게 때리는 방법은, 올리비아랑 연습도 했으니…….

“체벌을 부탁드립니다.”

나는 각오를 다지고.

(아랴 원장, 실례하겠습니다……!)

――짜악!

메마른 큰 소리가 성당에 울려 퍼졌다.

“크윽……!”

동시에 미녀가 고통스러운 소리를 내며 몸을 떨었다.

(우와……!)

하얀 가터벨트로 장식된 맨 엉덩이가 춤추는 모습은, 도저히 참을 수가 없었다.

나는 무언가에 끌리듯 다시 손을 내려치고 말았다.

"끄아아앗……!"

아름다운 엉덩이와 기구가 함께 소리 냈다.

하지만 그럼에도 아랴 원장의 구속은 풀리지 않는다.

(뭐, 뭔가…… 흥분되기 시작했어……!)

몸을 움직일 수 없는 여자의 엉덩이를 때리는 것.

심지어 얼마 전까지만 해도 얼음 원장이라고 불리던 미녀의 엉덩이를.

"아아앗!"

나는 배덕적인 행위에 순식간에 빠져들었다.

"으아……! 우앗……! 끄하아……!!"

정신을 차리니, 나는 아랴 원장을 연이어 신음을 터트리게 하고 있었다.

——짝! 짜악!

새하얀 과실이 좌우로 춤추며 조금씩 붉은 띠가 솟아난다.

"으윽! 아아앗!! 하앗……!!"

굳세게 참고 견디는 미녀.

그러나 내려친 횟수가 쉰 번을 넘었을 즈음.

"아……, 읏……. 하아……♡"

목소리에 뚜렷한 변화가 찾아왔다.

"아앗……♡ 크읏…… 흐응……♡"

통증을 참는 신음에 달콤한 음색이 섞이기 시작한 것이다.

"으앙♡ 아……♡ 아아앗……♡"

그리고 그 감미로움은 점점 짙어져 간다.

(……서, 설마…….)

처음에는 잘못 들은 줄 알았다.

안 그래도 이상한 상황이다.

춤추는 엉덩이가 너무 매력적이라서 내가 이상해졌나 싶었다.

"하앙……♡ 응앗……♡ 아♡ 어, 어째서……. 아하앗♡"

하지만 내 착각이 아님을 곧 알게 됐다.

(젖었어……!)

출렁, 출렁 물결치는 엉덩이살.

"보, 보지 말아 줘……. 읏…… 아앗♡"

엉덩이에서 뻗는 아름다운 허벅지 안쪽에서 투명한 실이 가닥가닥 흘러내리기 시작했다.

(아랴 원장, 너무 음탕해……!)

성직자면서……. 원생들을 관리하는 원장이면서.

그녀는 엉덩이를 맞으면서 느끼고 있다.

그 모습이 내 팔을 더욱 세게 휘두르게 했다.

"안 돼♡ 아아아앗♡ 하앙♡"

짝, 물결치는 엉덩이.

톡, 톡, 바닥으로 떨어질 정도가 된 애액.

그리고 명백한 교성.

그 모든 것을, 원생들이 지켜보고 있다.

"보♡ 보지 마♡ 아아아♡ 보지 마아아아아♡"

섹스를 연상케 하는 소리가 울려 퍼지는 가운데, 숫자는 아흔

번을 세었다.

그때쯤 나는 아라 원장을 허덕이게 만드는 데 열중하고 있었다.

"응아아앗♡"

짝 소리가 나게 때린 뒤,

뜨겁게 달아오른 그곳을 달래듯 쓰다듬는다.

"……후아아……아……♡"

귀엽게 신음하는 타이밍을 보고 또 한 번 세차게 내리친다.

"아아앙♡"

온몸이 부들부들 떨리며, 가슴까지 날뛰는 아라 원장.

젖힌 몸을 몰아붙이듯, 나는 마지막으로 내리쳤다.

"안 돼앳♡♡♡"

마른 소리와 함께, 미녀는 마침내 절정을 맞이했다.

엉덩이 가격만으로 질에서 애액을 쏟아 내며 크게 헐떡이면서 절정에 이른 것이다.

"하아…… 하아……♡"

여운에 젖은 미녀는 간헐적으로 흠칫, 흠칫, 몸을 떨었다.

그런 그녀의 모습을, 수많은 원생이 마른침을 삼키며 지켜보고 있었다.

"……."

"……."

누구도 아무 말도 하지 않는다, 아니, 할 수가 없는 것이다.

기묘한 정적이 성당을 지배한다.

"……원생 아라."

정적을 깬 건 루에타 씨의 부드러운 목소리였다.

"하아……, 하아……. 루, 루에타……, 나는……."

루에타는 천천히 아랴 원장의 앞으로 가서 구속되어 있는 친구와 시선을 마주한다.

"스스로 지은 죄를 씻어 내었나요?"

그 미소에, 미녀는 눈을 피한다.

"해, 했다고…… 생각해. 다들 용서해 준다면……, 이걸 참회로 받아 주기를——."

그러나 친구의 말을, 루에타 씨가 다정하게 가로막았다.

"아랴. 마음을 숨기면, 그건 참회가 아닐 텐데?"

구속구가 크게 소리를 낸다.

"윽!!"

그 모습을 보고, 부원장 루에타 씨가 친근한 미소를 지으며 쿡쿡 웃었다.

"참회를 하려면 자신에게 솔직해져야지."

"……읏……."

"아랴는 일 정도원의 원장이잖아?"

의식을 진행하는 원생이 아니라, 아랴 원장의 친구로서.

그 말에 미녀가 침묵하며…… 시선을 떨구었다.

"자, 기분이 어땠는지 솔직하게 말해 보자. 다들 절대 화내지 않을 거야."

그러자 아랴 원장이 입을 열었다.

"……엄청, 기분 좋았어……."

간신히 들릴 정도의 작은 목소리였다.

"어디가 기분 좋았어?"

"아리스트 공한테, 맞았을 때…… 처음에는 아팠는데……."

"그래, 그랬구나."

루에타 씨가 맞장구를 치며 고개를 끄덕이고 나니, 또 정적이 흐른다.

하지만 루에타 씨는 재촉하지 않았다.

아랴 원장이 말하기를 기다렸다.

"……보×, 갔어……. 참회인데, 나…… 모두의 앞에서 가 버렸어……."

세속적인 것과는 거리가 있어 보였던 아랴 원장.

비현실적인 그녀가, 이제 막 배운 음란한 말을 입에 담는다.

(음란한 것 봐……!)

감동으로 전율하는 나와는 달리, 루에타 씨가 조용히 말한다.

"나는 말이야, 그렇게 생각해. 원이 삐걱댄 이유가, 아랴가 모든 걸 참기만 해서 그런 거였다고."

작은 체구의 소녀는 아랴 원장에게 미소를 보냈다.

"그러니까 오늘은, 아랴가 마음껏 솔직해지는 모습을 보여 주면 좋겠어. 그러면 원생들도 분명 솔직해질 수 있을 거야."

"루에타……."

"그렇게 되면 이곳은 모두에게, 본원도 부럽지 않을 곳이 될 거라고 생각해."

장난기 섞인 말에, 아랴 원장은 놀라며 살짝 눈물을 글썽인다.

그런 그녀에게 루에타 씨는 고개를 끄덕여 주고 이번에는 얼굴을 붉혔다.

"나는 벌써, 보×에서 홍수가 났어. 아리스트 님한테 잔뜩 맞고 싶다는 생각을 하는 중이거든."

먼저 솔직한 마음을 내보이는 루에타 씨.

"!!"

놀라는 아랴 원장에게 마지막 말을 던졌다.

"……아랴. 지금, 아리스트 님께 부탁하고 싶은 거 있지 않아?"

이번 본참회는 아랴 원장이 자청한 일이다.

하지만 그 이면에는 그녀에게 '여성'을 상기시키려는…… 의도가 있었다.

「저는, 아랴가 억눌러 왔던 걸 제대로 느끼게 해 주고 싶어요. 여자로서 진심으로 즐겼으면 좋겠어요♡」

「원장님에게도 여자의 기쁨을 가르쳐 주세요. 아리스트 님을 좋아하는 건 명백하니까요♡」

「원장을 범하면, 원은 이제 아리스트의 성이야♪ 위메 말고도, 당신 편은 많을수록 좋잖아♡」

그건 루에타 씨, 케이트 씨, 올리비아의 계산이기도 했다.

좀 더 온건한 방법이 있지 않냐고 했지만, 고지식한 원장을 솔직하게 만들려면 극약 처방이 필요하다는…… 그런 결론이 난 것이다.

"……부탁하고, 싶은 거……."

그 의도는 지금, 완벽하게 실현되어 가고 있다.

"……아리스트 님의, 우람한 것으로……."
"응. 우람한 걸로?"
"꿰, 꿰뚫어 줬으면 해……."
"어디를? 큰소리로 또박또박 말해야지?"
그런 루에타 씨의 유도에 따라, 아랴 원장이 마침내 말했다.
"아리스트 공이 자×로……, 읏! 내 보×를…… 엉망진창으로 쑤셔 주면 좋겠어……!!"
그 말은 원장으로서 솔직해지는 것이자.
그녀가 여성으로서도 솔직해졌다는 증거였다.
"나도 엉망진창으로 쑤시고 싶어……!"
그런 그녀를, 나는 더 이상 기다리게 하고 싶지 않았다.
아니, 내가 더는 기다릴 수 없었다.
"아, 아리스트 공?!"
딱딱하게 휘어 오른 육봉을 꺼내고 아랴 원장의 아름다운 엉덩이를 양손으로 움켜쥔다.
"앗♡"
그러고는 흠뻑 젖은 꿀단지를 힘차게 꿰뚫는다.
"아?! 아아아아앗♡"
남근이, 구속 중인 아랴 원장의 막을 찢는다.
뜨거운 질벽은 그를 거부하지 않고 안쪽으로, 더 안쪽으로 유혹한다.
환희의 연동과 깊이 들어간 귀두가 그녀의 가장 깊은 곳에 닿았다.

"응아앗?! ~~~~흣♡♡♡"

그것만으로도 절정을 맞는 아랴 원장.

그녀의 등줄기가 젖혀 휘어지는 동시에, 질벽이 조였다.

(우, 우왁! 뜯겨 나갈 것 같아……!)

감미로운 구속은 더없이 기분 좋고, 그러면서도 사나웠다.

딱 귀두에 닿는 부위가 꽉 조여 오는 것이다.

질벽은 귀두에 엉겨 붙어 꿀을 흘리며 정확하게 포피 소대도 공략했다.

"아아앗……♡ 아리스트 공♡"

허리를 파들파들 떨면서도 얼굴만은 나를 보는 아랴 원장.

그 음탕한 꿀단지의 주인은 이제껏 본 적 없는 황홀하게 녹아내린 얼굴을 하고 있었다.

"이게 아리스트 공의…… 자×지……♡"

금빛 눈동자는 음욕에 젖고 비치는 입 가리개 너머로는 반쯤 벌어진 입술이 보였다.

나는 입 가리개를 걷어 올리고 입을 확 맞췄다.

"으응……?! 응♡ ……후읏……♡ 으츕……♡"

처음 하는 키스인데도 그녀는 금세 적응하더니 내 혀를 탐냈다.

(혀도 얽어 오고 있어! 기, 기분 좋아……!)

그에 맞춰 꿀단지 안도 꿈틀거리면서 내 육봉을 세게 쥔다.

성적 경험이 아직 많지 않은데도 이러면 앞으로는 어떻게 될까.

나는 음란한 기대를 품으며 한껏 허리를 흔들었다.

팡! 팡!

아름다운 엉덩이 살이 소리를 내자.
"앙♡ 아아아♡ 으아아앙♡"
전신을 희열로 떨며 달콤한 신음을 성당 안에 울려 퍼뜨리는 미녀.
광석 아래에 떠오른 그녀의 음란한 모습은, 이를 둘러싸고 있는 원생들에게는 어떻게 보일까.
문득 궁금해져, 흘끔 보니.
(……!!)
원생들 모두 손을 옷 안에 집어넣고, 격렬하게 움직이고 있었다.
"……읏……, 하……♡"
"흐……♡ 흐읏……♡"
이미 허리를 들썩거리는 여성도, 가슴을 움켜쥐고 있는 여성도 있다.
성당 전체가 이미 음욕 연회의 장이 되어 있던 것이다.
(다들 야해서…… 최고야……!)
그 광경에 나도 더 거칠게 허리를 박아 붙인다.
"앗♡ 아리스트♡ 공♡ 아, 안 돼♡ 그렇게 하면♡"
"괜찮아! 아랴 원장……, 아랴 씨! 모두 앞에서 가!"
불규칙하게 조여 오던 질 안은, 내가 이름을 부른 순간 가장 강하게 수축했다.
"아하아아아아앙♡♡♡"
퓻, 퓻 소리를 내며 그녀의 꿀단지가 음란한 즙을 싼다.
욕망에 젖어 가는 아랴 씨는 한없이 아름답고, 또 음란하다.

(아랴 씨가 흐트러지는 모습, 더 보고 싶어!)

솟구치는 욕구를 따라, 그녀의 아름다운 엉덩이를 때렸다.

"아앙♡ 때리면 안 돼애애애♡♡♡"

그러자, 아랴 씨는 평소보다 더 달콤한 말투로 절정을 맞이했다.

나는 맹렬히 흥분하여 육봉을 찔러 넣으면서 몇 번이고 엉덩이를 후려쳤다.

"오오옹♡♡♡ 아아앙♡♡♡ 하앙♡♡♡"

"기분 좋아? 아랴 씨, 기분 좋아??"

"기분 좋아아♡ 보×도, 엉덩이도, 이상해져어어어♡♡♡"

직함도, 수치심도 모두 던져 버리고 욕망에 몸을 떠는 아랴 씨.

한 사람의 여성이 된 그녀가 사랑스럽다.

(더 많은 사람에게 보여 주고 싶어. 여봐란듯이 과시하고 싶어!)

나만이 이렇게 만들 수 있다.

그렇게 주장하고 싶어져, 구속된 그녀의 풍만한 가슴을 마구 주무른다.

"오오오옷♡ 젖가슴 안 돼♡ 아리스트 공♡ 젖가슴 기분 좋아져서 안 돼♡"

"멋진 가슴이야! 더 내 마음대로 만질 거야……!"

"윽♡ 젖꼭지 후비면♡ 또 가♡ 젖가슴으로 가하아♡♡♡ 보×, 가♡♡♡"

음란한 말을 주저하지 않게 된 아랴 씨.

자기가 뱉은 말로도 흥분하는지 애액의 양은 더 많아졌다.

"어흑……. 크윽!!"

동시에 질 안쪽도 눈에 띄게 성장하여 온갖 방식으로 귀두를 공략해 온다.

(이대로 가다가는 쥐어 짜이겠어! 나, 나올 것 같아……!)

그녀의 몸을 좀 더 즐기고 싶고, 음탕한 모습을 더 보고 싶다.

아직은 끝내고 싶지 않았는데 그건 허락되지 않았다.

"아리스트 공♡ 자×, 기분 좋아♡ 기분 좋아아♡"

음탕하게 표정을 일그러뜨린 아랴 씨가, 스스로 허리를 흔들기 시작한 것이다.

암컷 향기를 흩뿌리며 마시멜로 같은 엉덩이 살을 찰싹찰싹 부딪쳐 온다.

"부탁이야♡ 보×에♡ 보×에 사정해 줘♡ 하얀 거♡ 쏟아 줘엇♡"

성욕을 되찾고 어느새 완전히 솔직해진 아랴 씨.

그런 그녀가 온몸으로 사정을 조르자, 나 역시 더는 멈출 수 없게 되었다.

"간다……. 쌀게!"

육봉으로 휘저으며 미려한 엉덩이를 힘껏 때린다.

"아앙♡ 으윽♡ 으아흣♡♡♡"

팔딱팔딱 튀어 대는 여체를 꾹 눌러 붙잡고 유두도 거칠게 후벼 판다.

"오옥♡ 아흐오옷♡"

얼음 원장의 모습은 더는 어디에도 없었다.

"간다……. 간다! 아랴 씨의 안에, 가득 쌀게!!"

“좋하아♡ 하얀 거♡ 부탁해♡ 아랴 보×에♡ 사정해 줘어엇♡”
비명처럼 울려 퍼지는 교성이 들으며.
나는 그녀의 엉덩이에 힘껏 박았다.
“간다……!!”
──뷰르르르르릇!!! 울컥울컥!!! 븁!! 뿌루루룻!!!
맹렬한 기세로 해방된 희뿌연 액체가, 아랴 씨의 질 안을 유린한다.
“흐오옷♡ 호옥♡ 왔어어♡♡♡ 보, 보×, 뜨거워어어어♡ 가아아앗♡”
유방을 콱 쥐어 잡혔으면서도 그녀는 절정으로 몸부림쳤다.
요동치는 허리 움직임은 질벽과도 연동되어 더 많은 정액을 요구한다.
“아, 아랴 씨! 괴, 굉장해……! 크앗!”
마치 질이 펠라티오를 해 주는 듯한 감각.
나는 그대로 또다시 사정에 성큼 끌려갔다.
──푸슉푸슉!! 뷰룩! 왈칵왈칵!!!
“아흐윽♡♡♡ 또 정자 들어와아아♡♡♡ 안 돼애♡♡♡”
덜덜 떨리는 아랴 씨의 몸.
빛나는 것처럼 보이기까지 하는 새하얀 피부가 쾌락으로 옅게 붉어진다.
엉덩이 살은 내게 꼭 달라붙어, 떨림으로 여러 번 절정을 알려주었다.
“아……♡ 읏……♡ 후읏……♡”

"하아……, 하아……."

서로 여운이 가라앉아 갈 즈음에는 아랴 씨의 안에서 쏟아 낸 백탁액이 흘러넘칠 정도였다.

(엄청났어…….)

그런데도 떨어지기 아쉬워서 여전히 이어져 있는 그녀를 끌어 안으니.

"……아리스트 공………"

아랴 씨가 달콤한 눈빛을 보낸다.

"……다시 한번, 이름을 불러 줘."

귀여운 부탁에 가슴이 따뜻해진다.

"아랴 씨."

"앗♡ 응앗……♡♡♡"

희망 사항을 들어줬을 뿐인데 잘게 몸을 떠는 그녀.

"츄……♡ 웃……, 츄팟……♡"

아름다운 꽃이 된 아랴 씨와 한 번 더 키스하는데 불쑥 누가 나를 불렀다.

"아리스트."

"아리스트 님♡"

고개를 돌리자, 촉촉한 물기를 머금은 눈으로 나를 바라보는 여성들이 있다.

"정말 멋지셨어요, 아리스트 님♡"

올리비아와 케이트 씨, 그리고 루에타 씨였다.

"……응♡"

그리고 마지막은 허벅지 안쪽을 꿈실꿈실 비비고 있는 오비 씨.

놀랍게도 성당에 남아 있는 건 그녀들과 아랴 씨뿐이었다.

“다들 돌아가셨답니다. 다리 사이를 만지작거리면서 가셨으니, 스스로를 위로하느라 정신이 없으실 테죠♡”

“아리스트, 내일부터는 원생 애들도 예뻐해 줘야겠네♡”

케이트 씨와 올리비아의 말에 나는 내일부터 있을 상황을 상상하며 침을 꿀꺽 삼켰다.

“그럼 아리스트 님은, 아랴를 데리고 방으로 돌아가 계셔요.”

하지만 내가 신경 써야 할 건 오히려 지금부터 있을 일인가 보다.

“오비랑 같이 여기를 청소하고 곧바로 아리스트 님의 방으로 가겠습니다……♡”

“……응. 금방 갈게♡”

“오랫동안 보기만 했으니 각오하라고……♡”

“아리스트 님, 저희 시중 메이드에게도 부디 자비를 내려 주세요♡”

“이다음은 아리스트 공의 방에서 하는 건가……. 으, 으음……♡”

그 증거로, 아랴 원장을 포함한 사랑해야 할 여성들이 다 같이 요염한 표정을 짓고 있다.

이번에는 내가 육욕의 죄를 참회하고 육체로 그 대가를 치러야 할 차례인 듯하다.

(……버텨 주라, 내 몸아……!)

나는 욕망에 지나치게 충실했던 나를 반성하며 신에게 기도했다.

"음……."

정도원에서 머무는 체류 기간이 끝난 뒤.

나는 위메의 궁전과 원을 오가는 생활을 하게 되었다.

그리고 오늘은…….

"응쯔읍……♡ 핥짝……♡ 츠팟♡"

원내 침대 위, 하반신에서부터 올라오는 황홀한 감각에 눈이 떠진다.

"아, 아랴 씨……!"

"좋은 아침, 아리스트 공. 으츕♡ 낼름♡"

육봉에 애정을 듬뿍 담은 키스를 하며 미녀는 다시 자기 입으로 삼켜 버린다.

"후훗♡ 아침은 내 입으로 기분 좋게 느껴 줘……. 즈읍♡ 즈풉♡ 츠풉♡"

"가, 갑자기 세, 세게……, 윽!"

반투명한 입 가리개 너머로 육봉을 물고 빠는 아랴 씨에게 이전에 본 냉엄함이라고는 눈곱만큼도 없다.

그때, 이번에는 양옆에서 목소리가 들려왔다.

"좋은 아침, 아리스트♡"

"아리스트 님, 아침부터 참 기운차시네요♡"

목소리의 주인공은 올리비아와 케이트 씨였다.

"어제 그렇게 많이 싸게 해 줬건만. 뭐야? 내 몸으론 부족했어?

후후♡"

"오늘도 잔뜩 싸 주세요♡"

두 사람 모두 실오라기 하나 걸치지 않고 아침부터 눈부신 알몸을 보여 주고 있다.

"쪽♡"

"쪽♡"

양 뺨에 뽀뽀를 받은 나는 행복함을 느끼며 육봉을 부풀린다.

"츠폽♡ 츠폽♡ 츠즈즈즈읍♡"

그러자 미녀의 펠라티오가 더욱 거세진다.

여러 번 몸을 섞으면서 성적 과업이 두드러지게 발전했다.

"낼름낼름랠름♡ 츕♡ 츄루루루룹♡ 츄우우우웁♡"

귀두와 포피를 정확히 공략하고 목구멍 깊숙한 곳에서 귀두 구멍을 맞대고 빨아 준다.

"아! 크읏……. 나, 나와……!"

이제 막 잠에서 깬 나는 아라 씨의 봉사에 저항할 수 없었다.

"으읍♡ 내보내♡ 츄폽♡ 즈픕♡"

——뷰르르르릇!! 뷰룩!! 뷰뷰우우우웃!!

나는 쾌감에 허리를 띄워 미녀 원장의 입에 대량의 정액을 해방한다.

"으응♡ 응으응♡ 으큽……, 응큐……♡ 츠즈으으읍♡ 으븝……♡"

그녀는 싫은 내색 하나 없이 정액을 삼킨 것도 모자라 음경 안에 남은 정액까지 빠짐없이 빨아내어 마신다.

"푸하앗♡ 한 방울도 안 흘리고 다 마셨다……♡"

음란한 펠라티오와는 다르게 천진한 미소를 짓는 원장님.

순진한 소녀처럼 보이는 표정인데 입가에는 정액이 묻어 있다…….

"앗♡ 아리스트 공♡ 아……♡ 아앙♡"

"자, 잠깐, 나도?! 아, 아리스트♡ 아♡ 아이참♡"

"아리스트 님♡ 멋져요♡"

결국, 나는 미녀들 안에 한 번씩 더 사정하게 되어 버렸다.

브래지어 상과업의 성공과 아라 씨의 본참회가 끝난 뒤로 원에서의 생활은 상당히 달라졌다.

변화 중 하나는, 원생들의 인사다.

"아리스트 님, 좋은 아침입니다."

"방문해 주셔서 감사합니다."

목소리를 내어 인사해 주는 것뿐만 아니라.

"아리스트 님……. 저기, 늘 하던걸……♡"

야한 스킨십까지 청하게 된 것이다……!

당연히, 나는 이 변화가 말문이 막힐 만큼 충격적이었지만.

「정도원의 인상이 극적으로 개선되었어요. 원도 꽤 바쁜 모양이에요.」

「맞아. 그러니까 아리스트의 방문과 손길은 복리후생. 그 아이들에게는 위안인 거야.」

「꼭 메이드들과 마찬가지로 예뻐해 주시어요♡」

「원장을 본받아 솔직해졌으니까. 아리스트도 여자들 만지는 건 싫진 않잖아? 후훗♡」

그렇게 말하는 일제 씨와 올리비아에게 떠밀려, 나는 그들의 요구에 응하게 되었다.

"조, 좋은 아침……!"

"……앗♡"

"응♡ 하아……. 감사합니다♡"

성창으로 엿보이는 엉덩이를 주무르기도 하고 튀어나올 듯한 가슴을 더듬기도 하고.

결국 나는, 요구를 받는 대로 여성들의 몸을 만져 대고 있다.

게다가 그녀들의 몸을 만지다 욕정이 치밀어 오르면 꼭 그 타이밍에 절묘하게 원생——혹은 원장——이 나타나서는.

"아리스트 님, 잠시 휴식을 취하시는 건 어떠십니까?"

그러면서 인적 드문 방이나 그늘진 곳으로 유도한다.

그리고 목적지에 도착하자마자, 음부를 활짝 열고 벌려 보여준다.

"괘, 괜찮으시다면…… 이 안에서 편히 쉬어 주세요……♡"

얼굴을 가리는 베일 너머.

명백하게 기대하는 목소리로 그렇게 말하면, 나는 역시나 욕망을 이기지 못하고.

"앗♡ 하아♡ 응♡ 아하앗♡♡♡"

"쌀게……! 크앗……!"

"녜헷 해 주세여♡ 사정♡ 앗, 가♡ 가효, 가요♡♡♡"

오전에는 대개 교성을 지르는 귀여운 원생들을 질척질척하게 만들어 버린다…….

그래도 오후에는 그럭저럭 일을 한다.

요즘 내가 특히 주력하는 건 새 상품 기획이다.

브래지어와 팬티를 세트로 구성한 상품을 현재 개발 중이다.

"……브라랑 색을 맞췄어. 끝단 무늬도 똑같이 할까 해."

"전 이게 좋다고 생각해요! 가격도 좀 더 저렴하게 책정할 수 있을 듯하고요!"

오비 씨, 루에타 씨와는 같이 구체적으로 의견을 나누며 상품 개발을 진행 중이다.

의상실에 틀어박혀 이런 작업을 하는 건 여전하다.

다만, 시제품의 검수는 오비 씨 말고도 루에타 씨도 함께 참여하게 되었다.

"……어때?"

"어, 어떤가요?♡"

그리고 나는, 시제품을 착용한 두 사람을 직접 만지면서 품질 검수를 해 달라는 요구를 당하고 있다.

예를 들면, 루에타 씨의 평소에는 겉으로 커 보이지 않는 가슴에 오픈 브라가 제대로 잘 맞는지.

"매, 매끄럽고 촉촉하니 잘 만들어졌어……."

"아♡ 하앙……♡ 더, 더 꼼꼼히 확인해 주세요……. 읏……♡"

혹은 오비 씨의 함몰 유두에 니플 커버가 잘 밀착되어 있는지.

"……제대로 만져서, 안 밀리는지 확인…… 해 줘♡ 응♡"
"으, 응. 제대로 확인할게."
"응아♡ 조, 좋아……♡"
참고로 나는, 개발 중인 팬티 검수 요구도 받았는데.
"어……?! 두 사람, 아래는 어쨌어……?"
"앗♡ 그게, 팬티는…… 제작이 좀 늦어져서요……♡"
"……하아……♡ 응, 아직…… 못 만들었어♡ 그러니까……."
그런 핑계를 대며, 두 사람 모두 갈라진 틈을 생으로 훤히 내보이고는 한다.
"……♡"
"……♡"
물론, 납기일을 깜빡할 사람들이 아니다.
"옷♡ 으♡ 응호오오옷♡♡♡ 보×, 간다♡ 보×. 가아아아♡"
"자×♡ 아리스트 님의♡ 자×, 기뻐요♡ 가요♡ 저도 가요♡♡♡"
"나도……!"
결국 두 사람의 질 속에 개운하게 쏟아 내고 나서 일을 보는 것도 드물지 않다.

그리고 그렇게 원에서의 하루를 마치고, 침실에서 머리를 싸매는 것도…… 드물지 않다.
"내가, 일을 제대로 하고 있다고 할 수 있을까……."

그때 내 등에 대고 올리비아가 말을 건넨다.

"열심히 한다고 생각은 하는데 말이지……. 아직 멀었어. 납기 다가온 업무도 깜박한 것 같고."

원을 방문할 때마다 어떤 이유를 들어서든 반드시 시간을 내서 함께 와 주는, 든든한 동료임은 변함없다.

"뭐?! 나, 뭐 까먹었어?!"

그래서 올리비아의 지적에 식은땀을 흘리며 허겁지겁 돌아보니.

"오, 올리비아……?!"

……구릿빛 동료는 이미 헐벗은 상태였다.

"마감은 오늘 밤이야♡ 납기 어기는 건, 용서 못 해……♡"

오동통한 구릿빛 허벅지가 침대 위에서 야하게 벌어진다.

그 옆에서는 다른 미녀들도 자연 그대로의 모습이었다.

"아리스트 님. 동행한 영주에게도 정보를 공유해 주셔야지요♡ 몸으로 직접, 잔뜩 알려 주시어요♡"

"주인님의 자×가 오늘 얼마나 활약하셨는지…… 궁금해요♡"

"오늘도 경리 업무를 열심히 했습니다. 아리스트 님♡ 상 주세요♡"

"원장으로서도…… 아리스트 공이 특별한 일일 보고서를 '내 줬으면' 하는데……."

식은땀이 쏙 들어갔다.

그 대신에 하반신서부터 욕망이 치솟는다.

나는 그 열기에 휩쓸려 결국 그녀들처럼 알몸이 된다.

"아아앙♡"

"아아앙♡"
"아아앙♡"
"아아앙♡"
"아아앙♡"

극상의 여체에 몸을 던지고, 끈적하게 받아들여 주는 꿀통에 육봉을 밀어 넣으며.

(나, 정말로 전생하기를 잘했어……!)

나는 내가 아는 신께, 진심으로 감사했다.

그 소식이 페레 백작에게 전해진 건, 그가 수도에서 위메로 향하던 중에 잠시 휴식을 취할 때였다.

"페레 님……! 도련님께서!"

오랜 세월을 함께한 남자 사용인이 백작이 있는 천막으로 굴러 들어온다.

"무슨 일이지……?! 나쁜 소식인가!"

설마 아들에게 또다시 무슨 일이 생긴 건가…… 싶어서 긴장했는데 그저 기우에 불과했다.

"아닙니다! 좋은 소식입니다!"

활짝 웃는 얼굴로 사용인이 들고 온 건 정체불명의 천 두 장이었다.

그중 한 장은, 페레 백작도 본 적이 있었다.

"여성용 속옷으로 보이는데……. 나보고 어쩌라 거지?"

여성에게 관대한 백작도 역시 좀 당혹스러웠는지 얼굴이 살짝 굳었지만, 사용인은 흥분해서는 말을 이었다.
"도련님께서 이것을 만드셨답니다!"
"뭐, 뭐라……?! 그게 정말인가!"
자리에서 벌떡 일어선 페레 백작에게 사용인이 고개를 연신 주억거렸다.
"원생들을 이끌고 새로운 사업을 시작하셨다고 합니다. 지금은 날개 돋친 듯 팔려서, 첩자조차 이 한 장을 구하는 데 애를 먹었다더군요!"
조심스레, 천 조각을 집어 드는 페레 백작.
"브래지어라고 한다나요. 인기가 대단하답니다!"
"이것 참……. 그래서, 어떻게 된 건지는 아나?"
백작의 물음에, 사용인이 편지 한 통을 꺼낸다.
"뉴트 집사가 보낸 서한입니다. 지금으로서는 이쪽이 가장 정확할 듯싶습니다."
그 말에 대귀족이 씁쓸하게 웃었다.
몰래 출발했건만, 그에게는 수가 훤히 읽힌 모양이다.
"수도를 빠져나오는 것도 상당히 힘들었는데……. 참으로 두려운 사내다."
대귀족은 백발을 가볍게 쓸어 넘긴 뒤, 뉴트의 편지를 읽는다.
"……!"
밝은 회색 눈동자가 몇 번이나 커지고 난 다음에야 그는 천천히 숨을 뱉었다.

"페레 님……?"

"정말로 무서운 건, 내 아들인 것 같군."

페레 백작은 씩 하고 웃고는 사용인에게 물었다.

"이코모치의 수하들은?"

"이미 위메에서는 전부 제거했습니다. 정확한 정보를 얻기는 거의 불가능할 겁니다."

"흠. 만일을 대비해 중간에 또 조치를 취해 두지. 아리스트의 행동을 더는 방해하게 해서는 안 되니."

"이미 취해 두었습니다."

사용인의 대답에, 페레 백작이 흡족해하며 고개를 끄덕였다.

"아리스트는 두 번이나 증명해 보였어. 상대의 품속으로 뛰어들어, 융화하고, 마지막에는 아군으로 만드는 힘을."

첫 번째는 좌천된 땅에서.

그리고 두 번째는 남성에게 적의를 품은 자가 경영하던 시설에서.

"그러면 역시, 도련님께서 정도원까지도……?"

"그래. 완전히 자신의 영향 하에 둔 모양이다. 지금은 마치 두 집 살림을 하듯이 지낸다는군."

"이, 이럴 수가……!"

대귀족은 놀라는 사용인의 반응을 유쾌하게 본 뒤, 숨을 후 내쉬었다.

"세계는 지금 조금씩 색을 바꾸기 시작했어. 조용하지만, 확실히 변화하고 있다."

변화가 멈추어서는 안 된다고 하는 그의 말에는 힘이 실려 있다.

"불화를 줄이고, 색이 다시 덧발리는 것을 막기 위해서라도, 아리스트는 영역을 가져야 해."

"영역요?"

사용인이 묻자, 페레 백작은 결의에 찬 눈빛을 보였다.

"뜻한 바를 지키고, 키운다. ……어쩌면 이미 조용한 나라라 불러도 좋을지 모르지."

"나, 나라요……?!"

사용인은 놀라 휘둥그레진 눈으로 입을 뻐끔거린다.

"우리도 바빠지겠어. 아리스트의 수하로서 말이지."

농담조로 말하며, 페레 백작은 살짝 먼 곳을 바라보았다.

"과연…… 성장한 내 아들과 어떤 얼굴로 마주해야 할지. 난제로군."

후후 미소 짓는 대귀족.

그 얼굴에는, 이 세계에 심각하게 결여된 인간다움이 짙게 배어 있었다.

오비가 알려 주는 정도원 원복의 비밀

그나저나, 원복이 참 독특하더라.
특히 가슴이나 엉덩이가.

……그건 특별한 의미가 있어.

성대

림 교는 물건을 소중히, 오래 쓰라고 가르쳐.
그래서 가슴이 자랐을 때는, 가슴 부분만 고치면 되게끔
이런 형태인 거야.

아하, 원복 전체를 새로 맞추지 않아도 되는구나.

성창

몸을 항상 청결히 하는 건 원생의 과업이야.
서로의 엉덩이를 보여 주는 건,
과업을 소홀히 하고 있지는 않은지를
확인하기 위해서라고 해.

확실한 건 아닌가 봐?

그 밖에도 다양한 설이 있어. 신탁으로 정해졌다든가, 과거에 림 신의 사도가 지상에 강림하셨을 때의 복장이라든가. 근데 나는 장인이 본원에 들여왔다는 설이 가장 유력하다고 봐. 애초에 안감 구성도 매우 비슷한 데다 지금의 아톨의 방식과 굉장히 흡사한 부분이 많아, 겉으로 드러나는 노출을 줄이면서도 여성의 멋을 배려한 형태라고 할 수 있지! 장사를 염두에 두

알, 알겠어! 아주 잘 알았어!!

SASENSAKI HA
JOSEITOSHI
RESILIENCE
KONDO HA SEIJOTACHI TO
ICHARABU HAREM

번외편

Extra edition

레테아의 처녀를 케이터링♡

그날, 원의 식당에는 행복한 표정의 원생들이 넘쳐났다.

"정말 맛있었어요!"

"잘 먹었습니다!"

저마다 인사하는 그들을 미소로 배웅하는 이는——.

"에헤헤, 감사합니다!"

"……오후에도, 힘내세요……."

——미미와 리오나 씨다.

브래지어의 대성공은 원을 풍족하게 했지만, 동시에 원생들을 무척 바쁘게도 만들었다.

그래서 나는 원생들에게 조금이라도 도움이 되고 싶어서 레테아에 빵 케이터링을 의뢰했다.

"가게도 바쁠 텐데 고마워. 원에도 화덕이 있어서 한 번쯤 대접하고 싶었거든."

내 말에 두 사람은 고개를 절레절레 흔들었다.

"미미는 점장님의 부탁이라면 어디든 갈 거예요!"

갸륵한 대답에 감동하고 있는데, 이번에는 리오나 씨가 입을 뗀다.

"……점장님. 내일 거 준비, 오랜만에 같이 하면…… 안 될까요……?"

"안 될 리가! 같이 하자!"

내가 즉각 대답하자, 조리실의 커다란 조리대에 페이스트 반죽을 올렸다.

맛있는 이세계 빵을 만들기 위해서는 이 반죽을 열심히 치대는 게 중요하다.

셋이 나란히 서서 반죽을 치대는 것도 오랜만이다.

"후, 후……!"

오른쪽에는 미미.

잠깐 안 본 사이에 제법 손놀림이 능숙해진 듯하다.

"……영차……."

그리고 왼쪽에는 리오나 씨.

리오나 씨는 여전한 솜씨로 반죽을 척척 만들어 나간다.

(두 사람 다, 내가 없는 동안에도 열심히 해 줬구나…….)

감개무량한 마음으로 나도 손을 움직인다.

그런데…… 예전과는 조금 다른 점이 있었다.

(왜, 왠지 좀 가깝지 않나……?)

기분 탓인가……. 아니다, 확실하다.

"……영……차……."

가게에 있을 때보다, 리오나 씨가 훨씬 가까이 있다.

레오타드에서 흘러넘친 옆 가슴이 내 팔에 닿을 정도로, 가깝다.

"……흥, 흥흥~♪"

그리고, 미미도 마찬가지였다.

슬링샷을 입어 노출된 맨살이 나에게 찰싹 붙어 있었다.

"저기, 두 사람 다 조금만――."

종업원들에게 욕정이 일려는 자신을 자각한 나는, 두 사람을 살짝 떨어뜨려 놓으려 했으나.

"저, 점장님! 새, 새로 만든 빵도, 이, 있어요……!"

미미는 더듬거리며 내 말을 가로막았다.

그리고 이어서 기어드는 목소리로 리오나 씨가 말한다.

"……바, 반죽은 여기, 있어요……."

그대로 내 손을 슥 잡는가 싶더니.

"으응♡"

스스로 내 손을, 자기 엉덩이에 가져다 대고 주물렀다……!

"에, 에엑??!!"

그리고 경악하는 나에게 더 큰 추격이.

"여, 여여여여, 여기도 반죽……!"

어딘가 고장 난 로봇처럼 버벅거린 미미가, 반대쪽 손을 낚아채고.

"후우……, 읏……♡"

작지만 몹시 부드러운, 자기 엉덩이에 붙인다.

"잠, 잠깐……. 읏……?!"

너무 갑작스러워, 말이 이어지지 않았다.

성실한 두 사람이, 일하는 중에 이런 짓을 할 줄은 꿈에도 몰랐다.

"……아리스트, 님……."

"……아리스트, 님……."

하지만, 두 사람의 근간은 변하지 않았다.

그 증거로, 내 침묵에 불안한 듯 눈동자를 또로록 굴리며 금방이라도 울음을 터트리려 하고 있으니까.

충동적인 게 아니라, 큰마음을 먹고 이러는 게 틀림없다.

"그, 그러면……."

이렇게 기특한 유혹을 받았는데, 그럴 마음이 안 생길 리가 없다.

게다가 그 상대가 언제나 열심히 하는 미미와 리오나 씨라면, 더더욱.

"잔뜩, 주물러 줄게……!"

"!"

"!"

내가 욕망을 한껏 드러내 말하자, 두 사람의 표정이 환하게 밝아졌다.

바로 그때, 조리실 밖에서 몇 사람의 발소리가 멀어져 갔다.

(조언해 준 선배가 있었구나…….)

분명 구릿빛의 다정한 여성과 화나면 무서운 예쁜 메이드일 테다.

발소리가 사라진 뒤, 나는 마침내 두 사람의 엉덩이 과실을 실컷 만끽하기로 한다.

"앙♡ 아아……♡"

"하앗……. 아아앗……♡"

여자아이에서 여자가 된 동료 둘이 교성을 흘리며 나에게 몸을 기댄다.

나는 재빠르게 팔을 둘러 양쪽 가슴 과실을 와락 움켜쥐었다.

"아, 아아아앙♡"

카랑카랑한 교성은 미미.

"하앗♡ 하앗♡ 아앙♡"

억누르듯 하면서도 습기 있는 음란한 소리는 리오나 씨다.

음란한 스테레오 사운드를 탐닉하며 나는 리오나 씨의 풍만한 가슴 과실을 내놓는다.

그리고 그 끝에 착 달라붙어, 큼직한 유륜을 혀로 핥아 올렸다.

"아, 아아앙♡ 찌, 찌찌♡"

평소라면 절대 내지 않을 감미롭고 음란한 목소리가 울려 퍼졌다.

그 신선한 음색에 욕정이 인 나는, 확 치민 성욕을 미미의 몸에 가한다.

"아……. 아리스트 님의, 손가락이 들어오고 있어……♡"

매끈매끈한 엉덩이 곡선을 따라 내려와 그녀의 꿀단지에 손가락을 삽입한다.

순수해 보이는 외모와는 달리, 그 안은 음탕하게 흠뻑 젖어 있었다.

"앗, 앗, 앗♡ 하아, 하앗♡ 그, 그렇게 넣으면♡"

꿀단지를 얕게 후비자, 다리를 쭉 펴며 엉덩이를 내미는 미미.

허벅지에는 넘쳐흐른 애액이 흥건하게 흘러내린다.

"저, 젖꼭지, 안 돼♡ 할짝할짝……. 흣…… 아앙♡"

물론, 리오나 씨의 가슴도 잊지 않는다.

유륜을 혀로 누르며 되록되록 굴려 가며 핥고 유두를 세게 빨아 마음껏 탐한다.

"오, 오, 옷♡ 빠, 빨면 안 돼♡ 즈, 즙, 나와♡"

몸을 젖힌 리오나 씨의 유두를 한 번 놓아주고 알면서도 묻는다.

"……어디서, 즙이 나오는데?"

짓궂은 질문에 귀까지 새빨개지는 리오나 씨. 하지만 그래도, 대답은 한다.

"……보……, 보×……에서, 나, 나와요♡ 아앙♡ 빨면 안 돼애♡"

참을 수 없는 반응에, 나는 유두를 미친 듯이 탐닉한다.

그리고 그 흥분을 미미의 꿀단지에도 발산했다.

"손가락♡ 기분 좋아♡ 후, 후비는 거, 가♡ 아리스트 님, 가요오♡"

리오나 씨의 유두를 살짝 깨물면서 미미의 클리토리스 안쪽을 질 안에서 찌른다.

"아우♡ 가♡ 쑤걱쑤걱♡ 가, 가, 가요오오오♡♡♡"

"아아♡ 즙, 나와♡ 나와, 나와, 나와♡ 나와 버려♡♡♡"

두 사람의 절정에 달한 목소리는 아마 복도까지 다 들렸을 것이다.

하지만 음탕하게 떨어 대는 종업원들을 앞에 두고 나는 멈출 생각이 없었다.

"미미……!"

여운에 젖은 미미를 천장으로 향하게 눕혀.

"아아……. 아리스트 님……♡"

모든 걸 이해하고, 가느다란 다리를 천천히, 그리고 활짝 열었다.
"넣을게……!"
즈푹즈푹, 질 안에 가득 차는 육봉.
"아, 아아아앙♡ 자×……♡ ……응……. 하앗♡"
처녀를 앗은 감촉은 있었지만, 소녀의 질 속은 이미 가장 안쪽까지 길이 트여 있었다.
(미미의 안, 좁은데도 안쪽으로 빨려 들어가……! 기분 좋아……!)
질 속이 작아서 그런지 그녀의 꿀단지는 빈틈없이 육봉에 달라붙었다.
"호, 호벼 주고 있어……♡ 자×로 호빗호빗……♡"
귀여운 말투를 쓰면서 삽입의 쾌감에 허리를 떠는 미미.
조금의 틈새도 허락하지 않는 작고 좁은 질이, 떨림과 함께 더욱 조여왔다.
(짜인다……!)
하지만 이렇게 사정할 수는 없다.
나는 남자의 자존심을 걸고, 허리를 놀리기 시작했다.
"앗♡ 하아♡ 아아♡ 앗♡"
처녀가 육봉에 꿰뚫리는 열기에 달아올라, 음탕하게 몸을 꼬는 미미.
앳된 모습이 주는 배덕감은 수컷의 이성을 녹이고도 남았다.
"헉……, 헉……!"
문득 깨닫고 보니, 나는 퍽, 퍽, 퍽 소리를 내며 귀여움 떠는 질을 몰아세우고 있었다.

"앗♡ 호빗호빗♡ 굉장해♡ 자×, 가♡ 가하앗♡♡♡"

내 육봉으로 미소녀를 절정에 이르게 하는 광경은 나의 수컷 본능을 충족시켰다.

"아……♡ 옷……♡ 하헷……♡"

단단한 물건을 단단히 죄며, 간헐적으로 떠는 미미.

눈에도 육봉에도 매우 강렬한 자극이었으나, 나는 사정을 꾹 참았다.

"……저, 저기……. 아리스트, 님……♡"

왜냐하면 조리대에 손을 짚고서 야하게 엉덩이를 여봐란듯이 보여 주더니.

"……주세요……♡"

두 손으로 자기의 질구를 벌리는 리오나 씨가 있었기 때문이다.

"리오나 씨, 넣을게! 넣어 버릴게……!"

물론, 이런 극상의 진미를 놓치는 건 말도 안 된다.

나는 미미에게서 육봉을 빼내고 콧김을 거세게 쉬며 리오나 씨에게 다가간다.

"앗♡ 아아아아앙♡"

끈적한 늪을 거쳐 처녀의 증표를 힘껏 꿰뚫었다.

"아윽?! 응하앗♡ 아리스트, 님♡♡♡"

퍽, 가장 깊은 곳에 귀두가 닿은 것만으로 그녀는 몸을 활처럼 휘었다.

그리고 깊고, 따뜻하고, 탐욕스러운 질이 꿈틀거리기 시작했다.

(크윽……. 빨고 있어……!)

그것은 마치, 질벽에게 받는 펠라티오 같았다.

"……리오나 씨의 질 안, 엄청 기분 좋아……!"

"저, 저도요♡ 기, 기분♡ 좋아요오♡"

그리고 그때부터는 천장을 향해 누운 미미와 탱글탱글한 엉덩이를 내미는 리오나 씨.

호사스럽게도 두 사람을 번갈아 맛보는 섹스가 시작되었다.

"옷, 옷, 옷♡ 즈, 즙 나와♡ 나와앗♡♡♡"

암컷 구멍의 깊숙한 곳을 육봉으로 갈아엎어 리오나 씨의 암컷 분수를 본 다음에는.

다시 미미의 질 속에 삽입하여 앳된 몸을 팔딱팔딱 튀게 한다.

"앗♡ 우아아앙♡ 배가 엄청나아♡ 후벼서 가아아아♡♡♡"

그리고 최고의 암컷 구멍을 실컷 맛본 끝에 한계에 도달하자.

"아아……. 나와! 나온다, 나와!!"

"주, 주세요♡ 주세요오오오오오♡♡♡"

우선 필사적으로 조르는 리오나 씨의 질에 있는 대로 사정한다.

——뷰루루룻!!! 뷰룩!!

"오우♡♡♡ 응호오옷♡♡♡"

그리고 리오나 씨의 절정에 오른 상스러운 얼굴을 보고 치솟은 욕망은 미미의 질에 또다시 폭발시킨다.

——퓨뷰뷰뷰뷰웃!! 뷰르릇!!

"아우우읏♡ 뜨거워어어어어♡♡♡"

나란히 절정에 이르는 미소녀들.

"하아……. 하아……."

여자들을 나 좋을 대로, 내키는 대로 너저분하게 흐트러지게 한 죄책감과 정복감에 젖은 나.

그런데 연회는 아직 끝나지 않은 모양이다.

“어?! 리, 리오나 씨……?!”

정신을 차리니, 리오나 씨가 무릎을 꿇고는 가슴에 육봉을 끼우고 귀두를 입에 머금고 있었다.

“랠름……♡ 츠푭♡ 츠즈즙♡ 핥짝……♡”

어디서 배웠는지, 소녀가 음란한 청소 펠라로 남은 정액을 쪽쪽 빨아낸다.

그리고 펠라는 그대로 미미에게 바통터치.

“하압픗♡”

그때부터는 미미의 정열적인 자극이 시작되었다.

“응후웃♡ 후으♡ 츠주주우웁웁♡ 츄우우우웁♡”

본 적도 없는, 음탕한 표정과 혀 놀림으로 육봉은 금세 활기를 되찾고.

“하아, 하아……. 다시 넣을게……?”

멋진 테크닉과 기대 어린 눈빛을 신호로 쾌락의 연회는 다시 처음으로 되돌아가…….

“아앗♡ 아아앗♡ 또오♡ 자×이이♡”

“읏♡ 옥♡ 가♡ 즙, 나와앗♡”

귀여운 두 종업원의 교성은, 한동안 조리실에서 멎지 않았다.

“다른 원생들이 자극을 받을 테니…… 제발 조금만 조용히 해 줘…….”

그 후, 빰을 붉힌 원장님께 야단을 맞은 건, 두 사람에게는 비밀이다.

후기

『좌천된 곳 여성 도시! R』을 손에 들어 주셔서 진심으로 감사드립니다.

속편이라는 매우 귀중한 기회를 얻어, 이번 작품은 정도원이라는 무대를 배경으로 한 하렘 이야기입니다.

새로운 여주인공들의 결사적인 모습, 그리고 관능적인 모습을 즐겨 주셨다면 정말 기쁠 겁니다.

속편에도 멋진 일러스트를 그려 주신 아지시오 선생님, 세세한 부분까지 제 요구를 들어주시고 애써 주신 편집자님. 출판, 서점 관계자 여러분, 그리고 '녹턴 노벨즈'에서 이 졸작을 읽어 주신 독자 여러분.

여성 도시의 세계에 힘을 보태 주신 모든 분께, 이 자리를 빌려 깊은 감사를 드립니다. 정말 감사합니다!

그리고 다시 한번, 후기를 읽어 주신 당신께, 진심 어린 감사를 전합니다. 이 책이 조금이라도 당신의 마음에 휴식을 주었다면 작가로서 이보다 더한 행복은 없을 것입니다.

2022년 2월 이치야 스미

SASENSAKI HA JOSEITOSHI! R
~KONDO HA SEIJOTACHI TO ICHARABU HAREM~

좌천된 곳은 여성 도시! R

2025년 9월 15일 1판 1쇄 발행

저 자 이치야 스미
일러스트 아지시오
옮 긴 이 변성은
발 행 인 유재옥
담당편집 정영길

이 사 조병권
출판본부장 박광운
편 집 1 팀 박광운
편 집 2 팀 정영길 조찬희 박치우
편 집 3 팀 오준영 이소의 권진영 정지원
디자인랩팀 김보라 전세연
디지털사업팀 김지연 윤희진 장혜원
라이츠사업팀 김정미 이지현 유아현
영업마케팅팀 최원석 윤아림
물 류 팀 백철기
경영지원팀 최정연
인쇄제작처 ㈜코리아피엔피
발 행 처 ㈜소미미디어
등 록 제2015-000008호
주 소 서울시 마포구 토정로222, 502호 (신수동, 한국출판콘텐츠센터)
판매 및 마케팅 (070) 8822-2301

ISBN 979-11-384-4016-5 04830
ISBN 979-11-384-3969-5 (세트)